झूठ का पेड़

ओड़िया कथाकार गौरहरि दास की
बहुचर्चित कहानियाँ

झूठ का पेड़

गौरहरि दास

अनुवाद

सुशील दाहिमा

राधाकृष्ण प्रकाशन

ISBN : 978-81-8361-851-9

झूठ का पेड़

पहला संस्करण : 2017
This book is printed on **Print on Demand** Technology : 2025

मूल्य : ₹595

प्रकाशक
राधाकृष्ण प्रकाशन प्राइवेट लिमिटेड
जी–17, जगतपुरी, दिल्ली–110 051

शाखाएँ : अशोक राजपथ, साइंस कॉलेज के सामने, पटना–800 006
पहली मंजिल, दरबारी बिल्डिंग, महात्मा गांधी मार्ग, प्रयागराज–211 001
1, अनमोल सोराबजी संतुक लेन, धोबी तलाव, मरीन लाइंस, मुम्बई–400 002

वेबसाइट : www.radhakrishnaprakashan.com
ई–मेल : info@radhakrishnaprakashan.com

JHOOTH KA PED
Stories by Gaurahari Das

बेटी गौतमी के लिए

दो शब्द

आज से कई साल पहले कहानी लिखने की शुरुआत करते समय मन में एक सवाल उठा था, संसार की सारी बातें तो लिखी जा चुकी हैं, मैं भला और नया क्या लिखूँ? जन्म, मृत्यु, प्रेम, प्रतारणा, स्वप्न-स्वप्नभंग—इन तमाम अनुभवों को लेकर ढेर सारी कहानियाँ और उपन्यास लिखे जा चुके हैं। मेरे इस प्रश्न का उत्तर एक प्रख्यात कथाकार ने यों दिया था—जीवन एक रहस्यपूर्ण जंगल है। पहले से इस जंगल के रास्ते शेर जा चुका है, हाथी और हिरन भी इस जंगल को पार कर चुके हैं। इसका मतलब यह नहीं कि उस जंगली रास्ते में खरगोश या गिलहरी नहीं जा सकते! शेर ने अपने ढंग से सड़क पार की। हाथी और हिरन ने भी अपने-अपने कायदे से रास्ता पार किया, ठीक उसी प्रकार खरगोश और गिलहरी भी अपने-अपने हिसाब से जंगल पार करेंगे। रास्ता पार करने के सबके तरीके अलग-अलग हैं और सबके अनुभव जुदा-जुदा।

तीन दशक से ऊर्ध्व काल से मैं कहानी और उपन्यास लिखता आ रहा हूँ। इसी बीच मेरी कुछ कहानियाँ अंग्रेजी में अनूदित हो चुकी हैं। लेकिन देश के मुख्य स्रोत में मौजूद एक विशिष्ट हिन्दी प्रकाशक द्वारा प्रकाशित होनेवाला यह मेरा प्रथम कहानी-संकलन है। यह घटना मुझे उत्साहित करने के साथ-साथ आत्म-सचेतन भी कर देती है। उत्साहित होने का कारण समझाने की कोई आवश्यकता नहीं है। भारतवर्ष की हिन्दी पाठक-गोष्ठी संख्या की दृष्टि से सबसे बड़ी है। इस प्रकार के विशाल पाठक-समाज के सामने अपने को उपस्थापित करने का अवसर विरले ही व्यक्ति प्राप्त करते हैं, लेकिन उत्साह से अधिक आत्म-सचेतनता का अनुभव हो रहा है। इसका कारण है, हिन्दी पाठकों ने बहुत से प्रख्यात लेखकों की कहानियाँ

पढ़ी हैं और वे पढ़ भी रहे हैं। क्या उन्हें मेरी ये कहानियाँ अच्छी लगेंगी?

मेरे विचार से, साहित्य एक ऐसा प्रश्न है, जिसका कोई उत्तर नहीं होता। एक लेखक के अन्दर रोज सैकड़ों सवाल उठते हैं और समाप्त हो जाते हैं बिना उत्तर के ही। वह इस मौजूदा विश्व और उसकी घटनाओं को लेकर बिलकुल सन्तुष्ट नहीं है। तभी वह मन-ही-मन एक विकल्प विश्व की परिकल्पना करता रहता है। मैं भी स्वप्न देखता हूँ, सीमित ही सही, मैं भी मौजूदा स्थिति में तनिक परिवर्तन ला पाता? लेकिन वैसा कुछ नहीं कर पाता। मेरे चरित्र वैसे ही रहते हैं और उनकी चारों ओर घटनाएँ भी वैसी ही घटती रहती हैं। अत: मैं सिर्फ प्रयास करता रहता उनके अनुभवों को सही ढंग से उपस्थापित करने का।

जो लोग साहित्य को मनोरंजन की सामग्री मानते हैं, मैं उनसे सहमत नहीं हो पाता। मेरे लिए साहित्य आग में जलकर दहन-ज्वाला के बारे में लिखने की गहन साधना है। इस सिलसिले में गौतम बुद्ध के बारे में सुनी हुई एक बात याद आती है। किसी ने प्रश्न किया था, भारत के भगवान के अन्य अवतार जैसे—श्रीराम, श्रीकृष्ण आदि के हँसते हुए चेहरों के चित्र हैं, लेकिन गौतम बुद्ध के हँसते हुए चेहरे का चित्र कहीं नहीं है। वे सदा गम्भीर क्यों हैं? इस प्रश्न का उत्तर किसी दूसरे ने दिया है, ''जिस व्यक्ति ने गौतम बुद्ध की भाँति मानव जीवन के दुःख को समझा है, व्याधि, वार्द्धक्य और मृत्यु के क्लेश का अनुभव किया है, वह हरगिज हँस नहीं सकता।'' मेरे विचार से, लेखक की स्थिति भी वैसी ही है। जीवन के रहस्य को समझ जाने के बाद वह हँसेगा कैसे, जो किसी का मनोरंजन करेगा!

'झूठ का पेड़' के प्रकाशन के अवसर पर अनेक व्यक्ति मेरे स्मरण में आते हैं। उनके सहयोग के बिना इस पुस्तक का प्रकाशन सम्भव नहीं होता। सबसे पहले याद आते हैं हिन्दी के विशिष्ट लेखक श्री बलराम जी। जर्मनी के फ्रांकफर्ट विश्व पुस्तक मेले में जाते वक्त उनसे मेरी भेंट हुई थी। उन्होंने न केवल इस पुस्तक का सम्पादन किया है, बल्कि इसका ब्लर्ब भी लिखने का कष्ट उठाया है। पुस्तक के अनुवादक श्री सुशील दाहिमा एक उच्चकोटि के कवि एवं पत्रकार हैं। उन्होंने मेरी कहानियों का हिन्दी अनुवाद कर मुझे अनुगृहीत किया है। 'राजकमल प्रकाशन' के प्रबन्ध निदेशक श्री अशोक महेश्वरी

अनुक्रम

झूठ का पेड़

उर्मिला

उन दिनों ईश्वर से प्रार्थना करने का जब भी सुयोग बनता तो मेरा एकमात्र उद्देश्य उर्मिला की मृत्यु-कामना होता। मैं चाहता कि कोई अनहोनी हो और वह लौटकर हमारे स्कूल ही न आए। उर्मिला के प्रति अपनी असहिष्णुता को लेकर मेरे भीतर कभी कोई ग्लानि न होती, उल्टे मेरी सारी अमंगल कामनाओं के बावजूद उसके साथ किसी तरह की अनहोनी न होने से मैं खुद को असहज महसूस करने लगा था। ऐसे में कभी-कभी पद्मलोचन की बात मानकर पास के गाँव के ओझा से सलाह लेने की बात पर गम्भीरता से विचार करने लगता। पद्मलोचन का कहना था कि महालिक ओझा से तावीज लाने से चक्षुबन्धन से लेकर वशीकरण तक सब कुछ सम्भव है, चाहूँगा तो उर्मिला को अपने वश में भी कर सकूँगा। लेकिन, आज उसी उर्मिला को इस हालत में देखकर मैं अपनी ही नजरों में गिरा जा रहा हूँ।

उन दिनों पद्मलोचन का वह प्रस्ताव लालच भरा तो था, पर उसकी शर्त भयावह थी। अमावस की अँधेरी रात में गाँव से बाहर वाले मसान के पास रहने वाले महालिक ओझा के मठ तक जाने के उसके प्रस्ताव से मैं डर रहा था। इससे तो अच्छा है कि एकान्त में बैठकर ठाकुर से प्रार्थना करूँ। न हो तो स्कूल की प्रार्थना सभा में 'हे आनन्दमय कोटि भुवन पालक' गाने के बाद उर्मिला को दंड देने के लिए कुछ पल मौन रहकर ईश्वर से अनुरोध करता रहूँ। इससे मेरे सिवा कोई और मेरा उद्देश्य न जान सकेगा और न ही मुझे किसी भयावह स्थिति में फँसना पड़ेगा।

मेरे और उसके बीच यह स्थिति उससे हुई मेरी पहली मुलाकात में ही बन गई थी। बारिश के चलते क्लास में उस दिन ज्यादा छात्र नहीं आए थे। मैं डेस्क को तबला मानकर ठक्-ठक् करता गाना गा रहा था और दोस्त मेरे गाने का आनन्द ले रहे थे। हेडमास्टर कब दरवाजे की चौखट पर आ खड़े हुए, मैं जान ही न पाया। क्लास में घुसकर वे कड़कती आवाज में बोले, 'कौन गा रहा था?' मैं जानता था

कि मुझे गाते हुए स्वयं उन्होंने अपनी आँख से देख लिया है, फिर भी वे एक गवाह ढूँढ़ रहे थे। सम्भवत: मन-ही-मन चाह रहे थे कि कोई गवाह न मिले। हेडमास्टर का गुस्सा देखकर हम सब चुप लगा गए। सहसा खड़ी होकर उर्मिला ने कहा, 'विकास गा रहा था सर।'

हेडमास्टर के कान उमेठने से अधिक उर्मिला के इस आघात ने मुझे कष्ट पहुँचाया था। वहीं पर, उसी क्षण मैंने ठाकुर से प्रार्थना करते हुए सोचा था, 'काश, यह लड़की हमारे स्कूल में न आती!' हालाँकि उर्मिला नियमित रूप से स्कूल आती और मेरी छोटी-छोटी भूलों के लिए भी मेरी आलोचना कर खुश होती।

मेरे प्रति उसकी दुश्मनी का कारण क्या था, यह मैं समझ न पा रहा था। दूर से आकर उसके गाँव के पास वाले स्कूल में पढ़ने के चलते ही तो कहीं वह ऐसा नहीं कर रही? बार-बार मन में ऐसे खयाल उठते तो मैं अपने विश्वस्त मित्र पद्मलोचन से भी यही सवाल करता।

मुझे साहस देने के लिए या फिर उर्मिला पर अपना पुराना गुस्सा उतारने के लिए पद्मलोचन इशारे से सिर के पास उँगली रखकर कहता, 'उसका तो स्क्रू ढीला है, क्यों उसके बारे में सोचते रहते हो? उसका भाई पुलिस इंस्पेक्टर है, इसलिए उसके पाँव जमीन पर नहीं हैं। होने दे, डरने की जरूरत नहीं। हम सब हैं न तेरे साथ!' पद्मलोचन की ऐसी बातों से मुझे हिम्मत मिलती।

वह नवीं क्लास का साल था। अपने गाँव का स्कूल छोड़कर मैंने पाटपुर हाईस्कूल में नाम लिखाया था। पाटपुर हाईस्कूल छोटा स्कूल है। हमारी क्लास में तब केवल चौदह छात्र थे—बारह लड़के और दो लड़कियाँ। स्कूल छप्पर के नीचे था, पर दीवारें ईंट की थीं। सामने था बड़ा-सा मैदान, जिसमें तरह-तरह के फूल खिले रहते थे। पीछे बहुत बड़ा तालाब था ।

पहले-पहल वह स्कूल मुझे अच्छा नहीं लगा। स्कूल कहने पर जिस तरह की बड़ी इमारत के चित्र से मैं परिचित था, पाटपुर उच्च अंग्रेजी विद्यालय का चेहरा उससे मेल न खा रहा था, पर मुझे अच्छा लगे, न लगे, मेरा नाम वहाँ लिखवा दिया गया और पास के तलबंध गाँव में दूर के रिश्तेदार के घर रहने की व्यवस्था भी कर दी गई। बाद में ग्यारहवीं क्लास में साल भर के लिए मैं हॉस्टल में आकर रहा था।

विवशता में पाटपुर उच्च अंग्रेजी विद्यालय और तलबंध गाँव के साथ तालमेल बिठा रहा था। धीरे-धीरे बाड़ लगे पगडंडीनुमा तलबंध के रास्ते और पाटपुर मुझे रास आने लगे। बारिश के दिनों में घास के मैदान में लाल-लाल बीरबहूटी, बरगद पर बगुलों की सभा, तालाब की मेड़ पर नन्ही बछिया और बकरी के बच्चों की दौड़-प्रतियोगिता मेरे स्कूल आने-जाने के समय को अलग-अलग रंगों में रँग रहे थे। मैं नीले आसमान के नीचे नाना रंगों और आकृतियों के मेघों की दौड़-भाग का खेल देखते हुए तलबंध को पसन्द करने लगा। धीरे-धीरे घर-गाँव के संगी-साथी

दूर होते चले गए। छुट्टी होने पर पद्मलोचन मुझे अपने गाँव ले जाता और मेरी मनपसंद उबले हुए अंडों के साथ चिकन-झोल की व्यवस्था करता तो अपने परम्परावादी परिवार की हर मनाही को चिकन-झोल में डुबो बैठता।

सब कुछ धीरे-धीरे अच्छा लगने लगा। स्कूल की प्रार्थना के समय गाकर शिक्षकों का ध्यान खींचने लगा। फुटबॉल के खेल में हमेशा गोलकीपर बनकर भविष्य में दक्ष गोलकीपर बनने की शुभेच्छाएँ भी जमा कर रहा था। वक्त-बेवक्त स्कूल के तालाब में जाल डालकर छोटी-छोटी मछलियों को पकड़ने के लिए संगी-साथी मुझे उत्साहित करते तो मैं भी मछली पकड़कर लाने के बाद उन्हें पकाने के लिए अन्य कोई चारा न होने के चलते बगीचे की बाड़ से बाँस के टुकड़े निकाल लाने की सलाह देने में कोई संकोच न करता। इन कामों में मेरा कौशल देख उस गाँव के साथी मन-ही-मन मुझे नेता मानने लगे। उस समय भूल से भी मैं अपने इस असाधारण कौशल के पीछे अपने ही गाँव के साथी बगुली की प्रेरणा और हौसला बढ़ाने की बात किसी को न बताता। सहज रूप से अपनी क्लास का मॉनीटर भी बन गया। स्कूल में घटने वाली हर घटना के पीछे मेरा हाथ होने की जानकारी सबको होने के बावजूद कभी पकड़े न जाने के कौशल को देखकर दोस्त मेरी मेधा की तारीफ करते, पर उर्मिला मुझे कोई भाव न देती। मेरी हर तरह की दक्षता को वह चुटकी में उड़ा देती। जरा-सा मौका मिलते ही वह मेरी कमजोर नस दबा देती तो मैं चारों खाने चित हो जाता था।

नौवीं क्लास की ही बात है। मॉनीटर बनने के लिए मेरे सहपाठी विक्रम और दो-तीन अन्य छात्रों को मिलाकर उसने मेरे नेतृत्व को चैलेंज किया। तब मैंने बिना अच्छा-बुरा सोचे विक्रम को गाली दे दी थी, 'तू दलित-दलिद्दर मॉनीटर बनेगा बे?'

अभी मेरे मुँह से पूरी बात निकली भी न थी कि किसी ने मेरे गाल को जोर से काट लिया। सामने देखा तो उर्मिला दाँत किटकिटाती सामने खड़ी थी। उसका वह रणचंडी रूप देख मैं डर गया। जैसे-तैसे उसकी नुकीली उँगलियों से अपने गाल को तो छुड़ा लिया, पर उर्मिला की फटकार को न भूल सका, 'खबरदार, यदि तूने इस क्लास में किसी से भी फिर ऐसी कोई बात कही तो! दलित-ब्राह्मण क्या रे! हम सब साथी हैं। वैष्णव होकर भी पद्मलोचन के घर चिकन-झोल उड़ाने वाला तू ऐसी बात कैसे कह सकता है? क्यों, उसने तो किसी से नहीं कही यह बात?'

सुनकर शर्म और अपमान से मेरी देह जल उठी। उसी क्षण क्लास छोड़ आया।

उस दिन अपने कमरे में आने के बाद काफी देर तक उर्मिला के बारे में सोचता रहा। लड़की होकर उसकी इतनी हिम्मत! सबके सामने मेरे गाल नोच

लिये। एक न एक दिन उसे जरूर देख लूँगा। उस समय मेरा छोटा और सिकुड़ा-सा चेहरा और लाल-सुर्ख होंठ, दोधारे ब्लेड के इस्तेमाल के बावजूद मूँछ के न आने का दुःख मुझे क्षुब्ध और म्लान कर रहे थे। ध्रुव या नकुल की तरह यदि मेरा चेहरा लम्बोतरा, दो काली चकचक मूँछें और थोड़ा खुरदरा होता तो मैं एक मिनट में उर्मिला को ठीक कर देता, ऐसा लगा था मुझे।

उर्मिला भले ही हमारे साथ पढ़ती थी, पर उम्र में मुझसे दो साल बड़ी थी। लड़कियों को आम तौर पर अपनी उम्र छिपाकर रखने की बात मैंने सुनी थी, पर उर्मिला सबसे हटकर थी। वह बार-बार 'मैं तुझसे दो साल बड़ी हूँ' कहकर रौब-गालिब करने की चेष्टा करती रहती। उर्मिला का चेहरा लम्बोतरा और फैलाव लिये था। वह मेरे सामने आ खड़ी होती तो मैं सिकुड़ जाता। चौड़ी छाती, गोल मुँह, कमर तले तक लम्बी चोटी, माथे पर कुमकुम, आँखों में पतली-सी काजल रेखा, छाती पर सफेद झीनी ओढ़नी—इस रूप और पोशाक में वह मुझसे कहीं अधिक श्रेष्ठ और दक्ष दिखाई देती। उसकी तुलना में दूसरी लड़की कम सुन्दर और चुपचाप रहनेवाली थी। हम उसे उर्मिला की चमची कहकर उसका उपहास करते। उर्मिला को कुछ छात्र सुन्दर भी कहते थे। हालाँकि उसकी यह सुन्दरता उन दिनों कभी भी मेरी आँखों में कोई प्रभाव न छोड़ सकी। उसे दुश्मन भाव से ही देखता और फिर दुश्मन चाहे कुछ दिखे, न दिखे, सुन्दर तो नहीं ही लगता। पुलिस इंस्पेक्टर की घमंडी बहन, बुढ़िया, अहंकारी, रणचंडी—सारे के सारे ऐसे अनकहे सम्बोधन उर्मिला के लिए ही थे, पर इनमें से एक भी शब्द मैं प्रकट रूप में उससे कह न पाता। उर्मिला मुझे हर क्षेत्र में पीट रही थी।

दसवीं क्लास में पढ़ते समय माँ-बाबा से रो-गाकर मैंने एक छींटदार शर्ट खरीदवा ली थी। पीरहाट ऑपेरा की डुएट में गाना गाने वाले लड़के को वैसी शर्ट पहने मैंने देखा था। शर्ट मुझ पर फब रही थी। वैसी मॉडर्न शर्ट हमारे स्कूल में किसी के पास नहीं थी। इस मामले में, मैं स्कूल में पहला था। यूनिफार्म व्यवस्था न होने से उस दिन वही शर्ट पहनकर गया था। दोस्तों ने शर्ट को पसन्द किया था, उर्मिला को छोड़कर। उर्मिला ने केवल इतना कहा था, 'जिनके भीतर कुछ नहीं होता, वे ऐसी शर्ट पहनकर गन्धैले शरीर को सजाते हैं।' उसकी बात सुनकर सारे दोस्त मेरा साथ देने के बजाय मानो उर्मिला की बात का समर्थन करते हुए हँस पड़े थे। उस दिन शर्म और अपमान से बुझा चेहरा लिये लौटा और कसम खाई, 'फिर कभी यह शर्ट नहीं पहनूँगा।'

इतनी दुश्मनी हो जाने के बाद भी मैं उर्मिला की बातों को क्यों इतना महत्त्व दे रहा था, यह मेरी समझ से बाहर था। मेरी एक भी बात नहीं सुनने वाली उर्मिला मुझसे जब भी जो काम करवाना चाहती, अनायास करवा लेती। उसके स्वर में आदेश देने जैसा भाव रहता, जिसे टाल पाना मेरे लिए सम्भव न हो पाता। अधिकारभरी

यह वाणी शायद उसे पुलिसिया भाई से मिली है, सोचकर मैं उसकी हर बात सुन और मान लेता था।

एक बार स्कूल से तलबंध गाँव के वापसी के रास्ते पर अचानक बारिश होने लगी। आसपास न तो पेड़ थे, न ही मेरे पास छाता था। पहले तो मैंने अपने हाथ की किताबों को छाता बनाकर सिर पर रख लिया। हालाँकि तुरन्त बाद सिर से अधिक किताबों की हिफाजत जरूरी लगी। सो, उन्हें अपने कपड़ों में छिपाने की चेष्टा करने लगा। रिमझिम में मेरा बदन भीग रहा था। उसी समय मैंने उर्मिला को कहते सुना, 'मर्दानगी दिखाते हुए भीग क्यों रहे हो? मेरे छाते के नीचे आ जाओ न!'

गीली पलकों को ऊपर उठा मैंने उर्मिला को देखा। वह मेरे पीछे-पीछे आ रही थी। जाऊँ ,न जाऊँ की चिन्ता छोड़ उसके छाते के नीचे आ गया था। एक छाते के नीचे बढ़ाव-चढ़ाव लेती उर्मिला और मैं! मुझे उससे सटकर खड़े होने में संकोच और उससे ज्यादा डर लग रहा था। उसकी ओर निहारते हुए गाल का दर्द याद आ जाता और मैं भय से दो कदम दूर खिसक जाता, पर उर्मिला मुझे पानी की बौछारों से बचाने के लिए स्वयं भीगते हुए भी मेरे सिर पर छाता ताने बार-बार कहे जा रही थी, 'पास सरक आओ न, मैं क्या तुम्हें मार डालूँगी?' मैं उसकी बात मान चुपचाप चल रहा था। उसकी गर्म साँसें, छाती का उठना-गिरना, सबको निरखता हुआ उसे छू रहा था। कनखियों से उसे देखना अच्छा लग रहा था, लेकिन उसकी आँखों से अपनी आँखें टकराते ही मैं उन्हें दूसरी ओर कर लेता।

तलबंध गाँव के पोखर के करीब पहुँचकर मैंने उर्मिला से विदा ली। उर्मिला के जाने के बाद इधर-उधर देखते हुए टोह ली कि किसी ने हमारा यों साथ-साथ आना देखा तो नहीं! सुनसान पड़े खेत-बगीचे में कोई दिख नहीं रहा था। मैं निश्चिंत हुआ।

कुछ दिनों बाद उर्मिला ने अपने खेत से ककड़ी और अमरूद लाकर क्लास में सबको बाँटा, लेकिन मैंने शपथ ली थी कि उसके हाथ से कुछ भी नहीं खाऊँगा। सो, ककड़ी और अमरूद के प्रति अपना लोभ किसी तरह सँवरण कर लिया, लेकिन मेरे दोस्त उर्मिला से अमरूद लेने का लोभ सँवरण न कर पाए। उस दिन गुस्से से दाँत किटकिटाते हुए एक बार फिर मन-ही-मन उर्मिला को गाली दी, 'काश, ये किसी के साथ भाग जाती या...' फिर धीरे से बुदबुदाते हुए कहा था, '...तालाब में डूब ही जाए तो!' पर उर्मिला को कुछ भी नहीं हो रहा था, बल्कि पद्मलोचन के अनुसार वह तो दिनोंदिन और सुन्दर दिखाई देने लगी और टीचर भी उसे पहले से ज्यादा पूछने लगे। हर विषय में बहुत खराब नंबर आने पर भी मैथ के चिन्तामणि सर भी उर्मिला को कुछ न कहते। खुद हेडमास्टर भी बिना कारण बुलाकर उससे बातें किया करते।

कदम-दर-कदम उर्मिला की बढ़ती लोकप्रियता मुझे परेशान कर रही थी। मैं न तो चैन से रह पाता, न ही यार-दोस्तों से गप्पें मार पाता। उर्मिला ने सहपाठियों को अमरूद और सर लोगों को मुस्कान से वश में कर रखा था। स्कूल में होने वाली सरस्वती और गणेश पूजा में बिना कारण उर्मिला सबकी प्रशंसा पा जाती। हम लोग सुबह उठकर फूल तोड़ने, गेट सजाने, रंगीन कागज काटने और मैदान से घास लगी थक्का-थक्का माटी लाकर पूजाघर में पीछे की ओर जंगल का भ्रम पैदा करने वाले श्रमसाध्य काम करके भी जितनी प्रशंसा न ले पाते, उर्मिला और उसकी सहेली दो साड़ियाँ टाँगकर हमसे अधिक प्रशंसा पा जातीं। सर लोगों की इस नीति की हम लोग अपने दायरे में कड़ी आलोचना करते, पर इससे उर्मिला को कोई नुकसान न होता।

'सब दिन होत न एक समाना' तो फिर उर्मिला के दिन भी कैसे समान रहते? मैं जो हर दिन उसके अमंगल की कामना करते हुए ईश्वर को याद करता था, उसका कुछ तो असर होना ही था! ग्यारहवीं की परीक्षा में उर्मिला फेल हो गई तो आगे की परीक्षा देने की उसकी योजना धरी की धरी रह गई। परीक्षा में फेल हो जाने के बाद उसे स्कूल आने की जरूरत नहीं रही। उसकी इस विफलता ने मुझे आनन्दविभोर कर दिया। बिना कोई वजह बताए मैंने दोस्तों में लाजेंस बाँटा। बेवजह ही उस दिन देर तक अकेला खेलता रहा और माघ की ठंड के बावजूद हॉस्टल के बरामदे में गाना गाते हुए झूमता रहा। गाते-गाते मन-ही-मन बुदबुदाया भी, 'ईश्वर के घर देर है, अन्धेर नहीं!'

पाटपुर हाईस्कूल में अब हमारे दिन गिने-चुने रह गए थे। समय कम होता जा रहा था। मार्च के पहले हफ्ते में परीक्षा और फिर स्कूल से सम्बन्ध खत्म। हमारा सेंटर तिहिड़ी हाईस्कूल में पड़ा। परीक्षा देने के बाद हम लोग वहीं से सीधे अपने घर चले जाएँगे, ऐसा तय हुआ था। परीक्षा की तैयारियों के बीच हम सब कभी-कभी सिर उठाए पाटपुर हाईस्कूल के बगीचे और तालाब को निहारा करते। तालाब की छोटी-छोटी लहरों की तरह हमारे भीतर अनेक स्मृतियाँ जाग उठतीं। हमारे नीचे की क्लास के लड़के हमें विदाई देने की तैयारियों में लगे थे। मेरे साथी टेबल, कुर्सी, दीवार, बाड़ और एजबेस्टस छत की क्लास में चित्र और लिखावट में 'विदा बन्धु, विदा' लिख रहे थे। इसी तरह जहाँ-तहाँ 'भूलना मत', 'विदा-अलविदा' और 'चिर विदा' जैसे अत्यन्त भावात्मक एवं करुण रसमिश्रित वाक्यों से स्कूल की दीवारें रँग गई थीं।

हम भी दिल-दिमाग से पाटपुर छोड़कर जाने के लिए तैयार हो रहे थे। दसवीं क्लास के लड़के हमारे लिए भोज की व्यवस्था कर रहे थे। मंगल की रात भोज का आनन्द लेने के बाद बुध की सुबह हम तिहिड़ी के लिए निकलेंगे। उससे पहले एक बैलगाड़ी में हमारे ट्रंक, सूटकेस और बिस्तर चले जाएँगे और सुबह-सुबह हम तिहिड़ी के किराये के मकान में पहुँच जाएँगे।

भोज अगले दिन दोपहर में था। मैं तालाब की ओर मुँह किए खाट पर बैठा पढ़ रहा था। अचानक उर्मिला और उसकी सहेली को हॉस्टल के अपने कमरे में पाकर मैं डर गया। इस समय वह मेरा अपमान करने ही आई होगी, यह लगभग निश्चित था, लेकिन उर्मिला कुछ कह नहीं पा रही थी। चुपचाप मेरी बिखरी पड़ी किताब-कॉपियों, टेस्ट पेपर और कमरे में अस्त-व्यस्त पड़े कपड़े-लत्तों को बड़ी-बड़ी आँखों से देखे जा रही थी। जहाँ-जहाँ उसकी नजरें पड़ रही थीं, वहाँ पड़ा सामान मुझे और अधिक खराब तथा बेचैन करता दिखाई दे रहा था। मैं अपनी आँखों से उसकी नजरों का पीछा कर रहा था।

तभी अचानक उर्मिला चंचल हो उठी। अपने हाथ से घड़ी उतार मेरी ओर बढ़ाई। मैं थोड़ा अकबका-सा गया था, पर वह बोली, 'हाथ में घड़ी न होने का तुझे दुःख हो रहा है न! ले, मैं तो परीक्षा दे नहीं रही, मेरी घड़ी ही सही, तेरे साथ जाकर परीक्षा दे आएगी।' इससे पहले कि मैं कुछ कहता, उर्मिला कमरे से बाहर जा चुकी थी।

मैं अपनी खाट के पास खड़ा उन दोनों के जाने पर नजर गड़ाए था। घड़ी न होने के एहसास से मैं हर समय भीतर-ही-भीतर घुटता रहता। मैट्रिक परीक्षा से पूर्व जिन दो चीजों की मुझे बहुत जरूरत थी, उनमें घड़ी मुख्य थी। दूसरा था टेस्ट पेपर। घड़ी वाली बात दो-एक दोस्तों से कही तो थी, पर उर्मिला से तो कभी नहीं कही थी। इस बात को वह कैसे जान गई, सोचकर आश्चर्य हो रहा था, पर मेरे लिए तो इससे भी बड़ा आश्चर्य था उर्मिला का बदला हुआ रूप! आज से पहले कभी मुझे उर्मिला इतनी गम्भीर और जिम्मेदार न लगी। हमारे बीच दुश्मनी बराबर बनी रही। अगर वह चाहती तो मेरे पास घड़ी न होने की चर्चा कर सबके सामने मुझे लज्जित कर सकती थी, पर वैसा न कर अपनी घड़ी मुझे दे जाएगी, इस पर मुझे विश्वास ही न हो रहा था।

सुनहरी घड़ी स्टूल पर रखी थी। उसमें लगा था एक काला फीता। हालाँकि लड़कियों की घड़ी आम तौर पर छोटी साइज की होती है, पर मेरे छोटे और पतले चेहरे के हिसाब से वह इतनी छोटी भी न थी। उर्मिला के जाने के बाद मैंने घड़ी को उठाकर हाथ में बाँध लिया था। मेरे पतले हाथ की कलाई अचानक महत्त्वपूर्ण और असाधारण हो उठी। मैं अजीब-सी सिहरन से रोमांचित हो उठा था।

पाटपुर छोड़े काफी दिन हो गए। इस बीच गाँव के उस स्कूल की स्मृतियाँ धुँधली और चित्र फीके हो चुके हैं। पच्चीस साल के अन्तराल में बहुत कुछ अदल-बदल चुका है। जिन लोगों से कभी न भूलने का वादा किया था, वे सहज ही बिसर गए। जो लोग बार-बार कहते थे कि मुझे कभी न भूलेंगे, वे भी भूल चुके हैं। विस्मृति की रेतीली आँधी में उर्मिला की स्मृति भी रेत पर लिखे गए नाम की तरह मिट चुकी थी, पर उसी की तरह दिखाई देने वाली इस आया से नर्सिंग

होम के बरामदे में अचानक भेंट न होती तो शायद उर्मिला की स्मृति मन में कभी न उभरती।

माँ को ऑपरेशन के लिए नर्सिंग होम में भर्ती कराया था। डॉक्टर ने कहा था, 'ऑपरेशन से एक दिन पहले शाम को इन्हें लाकर भर्ती करा दें ताकि खाने-पीने का परहेज शुरू हो सके। अगले दिन सुबह दस बजे डॉ. मिश्र इनका ऑपरेशन करेंगे।'

'बेड' के ऊपर की चादर और तकिया का कवर बदल देने के लिए मैं किसी सिस्टर को बुलाने जा रहा था। मेरी आवाज सुन जो आया कमरे में आई, उसे देखकर मैं आश्चर्य से भर उठा।

'उर्मिला!' मेरे मुँह से यह नाम अनजाने में निकल गया। देखते-ही-देखते मैं पच्चीस बरस पीछे लौटने लगा। पाटपुर हाईस्कूल छोड़ने के अगले साल भद्रक से कटक आते समय मेरे सहपाठी सनातन ने उर्मिला के बारे में जो कुछ बताया था, वही था उसके बारे में सुना हुआ आखिरी समाचार, जिसे सुनकर मैं जितना अस्थिर हो उठा, उतना ही लज्जित भी।

'उर्मिला के पिता ने पूजा के लिए बाहर से एक ओझा को बुलाया था। वह ओझा यक्ष पूजा द्वारा घर के अन्दर से सोने से भरा घड़ा बाहर निकालने वाला था। पूजा-विधि के एक विशेष प्रकार के लिए एक कुँआरी किशोरी की उपस्थिति जरूरी है, ऐसा ओझा ने उर्मिला के पिता से कहा था। इसके बाद उर्मिला नहा-धोकर, पीली साड़ी पहनकर, सात दिन सात रात पूजाघर में बैठी थी। आठवें दिन भोर में सोने से भरे घड़े का पता चलने की बात थी। पूरे गाँव के बूढ़े-बूढ़ियाँ, युवक-युवतियाँ, लड़के-बच्चे—सब इस अनोखे दृश्य को देखने के लिए लालायित थे। पूजाघर के झरोखे और दरवाजे की फाँक से बस थोड़ा-थोड़ा धुआँ रह-रहकर बाहर आ रहा था, पर दरवाजा खुल नहीं रहा था।'

यह सब बताते हुए सनातन उत्तेजना से काँप-काँप जा रहा था, जबकि मैं दोनों कान खड़े किए उसके हर शब्द को सुनने के लिए आतुर था।

सनातन ने कहा था, 'यों ही सुबह से दोपहर हो आई, पर दरवाजा नहीं खुला। देखने वालों का धैर्य सीमा पार कर चुका था। उर्मिला के पिता की राय पर जोर-जबरदस्ती किसी तरह दरवाजा खोला गया। भीतर जले हुए होम काठ से धुआँ उठ रहा था। चारों ओर दूब, बेर के पत्ते, सिन्दूर, हल्दी, अक्षत, घी और पूजा-सामग्री बिखरी पड़ी थी, पर कमरे में न तो ओझा था, न ही उर्मिला! दोनों खिड़की से कूदकर रात के अँधेरे में भाग गए थे। उर्मिला के पुलिसिया भाई के लिए यह घटना घोर अपमान का कारण थी और पिता के लिए बड़े शर्म की बात। पास-पड़ोस और नाते-रिश्तेदारों में यह बात आग की तरह फैल गई। रास्ते-पगडंडियों, तालाब की मेड़ों और खेत-खलिहानों में उर्मिला और उस युवा ओझा के सम्बन्धों को लेकर तरह-तरहकी अश्लील चर्चाएँ फैलती चली गईं।'

'इसके बाद... ?' मैंने पूछा, पर सनातन ने मेरे इस सवाल का कोई जवाब न दिया, लेकिन उसकी बातों से मैं समझ गया कि वह ओझा के साथ क्यों चली गई थी, जबकि वह उसे ले जाना नहीं चाहता था।

आज अचानक कई बरस बाद इस आया को देखकर उर्मिला की याद हो आई। माँ का बिस्तर बदलने वाली बात को भूलकर मैंने उससे पूछा, "तुम उर्मिला हो न ?"

आया ने मानो एक अजीब सम्बोधन सुन लिया हो! नाराजगी प्रकट करते हुए बोली, "उर्मिला, कौन ? मैं वनलता हूँ, वनलता परिड़ा।"

मैंने शर्म से सिर झुका लिया। फिर हड़बड़ाता-सा बोला, "कुछ गलत न समझें। आपका चेहरा मेरी एक मित्र के चेहरे से एकदम मिलता है। बस, उसके शरीर का रंग आपसे थोड़ा..."

मेरी बात अभी पूरी न हुई थी। बिछौने की चादर बदलकर आया जैसे आई थी, वैसे ही बिना कुछ कहे चली गई।

माँ अपने बेड पर सोई हुई है। मैं उसके पास एक कुर्सी पर बैठा आया के विषय में सोच रहा हूँ। दो अलग-अलग व्यक्तियों के बीच क्या इतनी समानता हो सकती है ? पच्चीस साल पहले उर्मिला थी गाँव की एक किशोरी, चालीस साल की इस आया के पास उर्मिला के चेहरे का वह लावण्य, वह चमक और सबसे महत्त्वपूर्ण उसकी दोनों आँखों में भरी हुई दीप्ति तो थी ही नहीं, पर लग तो एकदम उर्मिला ही रही थी।

मैं एक बार फिर उस आया से मिलने के लिए बेचैन हो उठा। हो सकता है कि मुझसे खुद को छिपाने के लिए वह झूठ बोल रही हो! मेरी आँखें कभी इतनी चूक नहीं कर सकतीं, पर उससे मेरी भेंट हो नहीं पा रही थी। अगले दिन और फिर उसके अगले दिन भी नहीं। इस बीच माँ का ऑपरेशन हो गया और 'रेस्ट' के सात दिन भी पूरे हो गए। नर्सिंग होम के सारे भुगतान देकर मैं घर लौट आया, लेकिन उर्मिला की याद लगातार मेरा पीछा करती रही। उन यादों में उस घड़ी से जुड़ी स्मृति भी थी। याद आ रहा है कि मैट्रिक परीक्षा के बाद उसकी घड़ी वापस कर आने के लिए माँ ने मुझसे कहा था, पर न जाने क्यों और किसलिए उस घड़ी को मैं लौटा नहीं पाया और जब लौटाना चाहा तो उससे मुलाकात ही न हुई।

उस दिन रविवार था। मैं चुपचाप घर से निकल नर्सिंग होम की तरफ चल पड़ा। नर्सिंग होम के रिसेप्शन पर बैठी एक परिचित सिस्टर से पूछा, "वनलता परिड़ा आज आई थी क्या ?"

उस सिस्टर ने पास बैठी दूसरी सिस्टर से मेरे सवाल को अपनी आवाज में दोहराया, "वनलता परिड़ा आज आई थी क्या ?"

इसके बाद दोनों ने ही एक साथ उत्तर दिया, "नहीं, वह आठ-दस दिन से नहीं आ रही है।"

"कहाँ रहती है, बता सकती हैं ?"

''तीन नम्बर सेक्टर के मन्दिर के पास। घर के सामने ट्यूबवेल है।''

आठ-दस दिन हो गए, वनलता परिड़ा आई नहीं, पर क्यों? मेरे भीतर वनलता परिड़ा को लेकर पैदा हुआ आश्चर्य लगातार बढ़ रहा है। निश्चय किया कि जैसे भी हो, वनलता से मिलूँगा जरूर।

तीन नम्बर सेक्टर के मन्दिर के पास से बाएँ हाथ की ओर मुड़ने पर कुछ ही दूर था वह ट्यूबवेल। वह टूटा हुआ है, यह तो अँधेरे में भी पता चल रहा था। चारों ओर सूखे पत्ते और घास। बहुत दिनों से इससे पानी नहीं निकला है शायद। सामने ही था, कुछ दूर पर 'आउट हाउस' की तरह दिखाई देता एक एजबेस्टस घर। दरवाजा अन्दर से बन्द था, लेकिन चीखने और रोने का स्वर खिड़की और छत के मोखे से छिटककर बाहर तक फैल रहा था।

मैं डर गया। घर के अन्दर कोई पुरुष एक स्त्री को पीटता हुआ अश्लील गालियाँ दे रहा है। घर के अन्दर से देगची-थाली गिरने और कुछ टूट-फूट की आवाजें आ रही हैं। बीच-बीच में स्त्री की कातर गुहार भी।

यह वनलता परिड़ा का घर है? —मैं किसी से पूछना चाहता था, पर आसपास कोई दिखाई नहीं दे रहा था। माहौल अशान्ति भरा लगा। सोचा कि लौट जाऊँ, फिर किसी दिन आऊँगा कि धड़ाक् से दरवाजा खुल गया। अन्दर से एक कंकालनुमा व्यक्ति बाहर आते-आते मुझे देखकर खड़ा हो गया। उसकी आँखें लाल दिख रही थीं और मुँह से स्प्रिट की गन्ध आ रही थी।

उसने पूछा, ''हैं, किधर? किसी का कुछ खलास करना है क्या? चलो, पचास फेंको!''

मैं और डर गया। खलास? पचास रुपये, पर क्यों? मैंने कहा, ''नहीं, ऐसा कोई इरादा नहीं। मैं वनलता से कुछ पूछने आया था।''

वह चिढ़ गया हो, इस अन्दाज में अन्दर झाँकते हुए बोला, ''फिर एक नया आशिक आ गया! कितने घाट का पानी पीती है, क्या पता?''

क्रोध और घृणा से मेरी मुट्ठियाँ भिंचने लगीं। उस व्यक्ति के थोबड़े पर तड़ाक से एक चाँटा जड़ देने का मन कर रहा था, पर चुपचाप खड़ा रहा। उसने इधर-उधर देखा, फिर किसी ललमुँहे बन्दर की तरह बरामदे से कूदा और अंधकार में गुम हो गया।

मेरे सामने वनलता परिड़ा का घर मानो किसी अनाथ बच्चे की तरह खड़ा था। चारों ओर दिखाई दे रही थी विकल करती दरिद्रता। वनलता ने आँखों से आँसू पोंछकर मेरी ओर देखा। उसका चेहरा ललौंह दिख रहा था। लगा कि ज्वर से काँप रही है। खड़े होने के ढंग से ऐसा ही लग रहा था।

मैंने देखा, ऊपर एक बल्ब जल रहा है। उसकी मटमैली रोशनी में घर के भीतर की चीजें साफ-साफ नहीं दिख रहीं। दीवार से सटी एक खाट, जिसका

सहारा लेकर वनलता खड़ी है। मैंने कहा, ''नर्सिंग होम गया था। सुना कि तुम कुछ दिनों से आईं नहीं। इसीलिए चला आया।''

''क्या काम था?'' वनलता का सीधा, ठेठ सवाल।

''काम? काम तो कुछ भी नहीं था, पर उर्मिला...''

''कौन उर्मिला?'' उसके स्वर में उपेक्षा थी।

''वह मेरी दोस्त थी।'' मैं उसे समझाने की चेष्टा कर रहा था।

''मैं नहीं पहचानती उसे। और कोई काम है?''

''नहीं। असल में आपका चेहरा मुझे उर्मिला की तरह लगता है। उसका एक कर्ज मुझ पर रह गया है। उसकी घड़ी...।''

पूरी होने से पहले ही मेरी बात काटते हुए वनलता ने कहा, ''रहने दो। कुछ तो है कहीं उस बेचारी का!''

मैं चौंक पड़ा। मुझे अचानक लगा कि यह वनलता नहीं, उर्मिला ही है। नहीं तो अपरिचित उर्मिला को 'बेचारी' क्योंकर कहती वनलता परिड़ा?

मुझे पाटपुर हाईस्कूल की बातें याद आ रही थीं। उर्मिला की कसैली बातें, कोसना, चीखना, रोज-रोज निर्देश देना याद आ रहा था। याद आ रहा था तलबंध गाँव वापसी के रास्ते में उर्मिला की छतरी के नीचे साथी बनकर रास्ता तय करना, अभिभावक जैसा उसका रंग-ढंग। उस लड़की की यह दुर्दशा?

सिर उठाकर उसे फिर देखा। वह शराबी व्यक्ति क्यों उससे मार-पीट कर रहा था? पूछने का साहस नहीं जुटा पाया।

आखिरी बार कहा, ''तुम वनलता नहीं हो, उर्मिला, पर यों झूठ बोलकर मुझे क्यों लौटा रही हो, यह मैं नहीं समझ पा रहा, उर्मिला!''

''कितनी बार कहूँ, मैं उर्मिला नहीं, वनलता हूँ। उर्मिला-फुर्मिला यहाँ कोई नहीं है। वह...वह तो...कब की मर चुकी! पापगर्भा...बद्जात लड़की...मर गई कब की! आप कृपा कर यहाँ से चले जाइए!'' वह चीखती-सी बोली और धड़ाक् से दरवाजा बन्द कर लिया।

मैं चौंक गया। वापस पलटते सुना कि वह मुँह पर कपड़ा दाबकर रो रही है, दरवाजे के दूसरी तरफ। उसकी वह रुलाई दरवाजे के इस तरफ साफ-साफ सुनाई दे रही है।

पाटपुर हाईस्कूल में पढ़ते समय अक्सर उर्मिला के सर्वनाश की कामना करता रहता था, पर आज जब उसी उर्मिला का सर्वनाश अपनी आँखों से देख रहा हूँ तो! यह सब अपनी आँखों से देख लेने के बाद तो मुझे खुशी से झूम उठना चाहिए, पर कहाँ खुश हो पा रहा हूँ मैं?

गांधी जयन्ती

नया गाँव के जिस किसी व्यक्ति ने सुना, उसी ने इस निर्णय के लिए युवक संघ के लड़कों की प्रशंसा की। नरोत्तम मिश्र की परलोक गमन वाली घटना के बाद युवक संघ भंग हो गया था। उस समय के सभापति सुधाकर बेहरा और कोषाध्यक्ष मनोज महान्ति कई दिनों तक चुप्पी साधे रहे। नरोत्तम मिश्र की मुंडी पर हेलिकॉप्टर से गिराए गए रिलीफ बैग के आ पड़ने से उनकी मृत्यु हुई थी। इस घटना में युवक संघ के सभापति सुधाकर का कोई हाथ न होने के बावजूद दोनों के बीच चलते रहे वाद-विवाद के कारण उनकी अकाल मृत्यु का दोष उस पर ही आ पड़ा था, क्योंकि गाँव के लोग जानते थे कि सुधाकर और उसके क्लब के लड़के मिलकर नरोत्तम मिश्र जैसे गांधीवादी व्यक्ति के विरुद्ध जिस-तिस तरह के अपवाद फैलाते रहते थे।

उनकी मृत्य को दो वर्ष हो चुके हैं। इन दो वर्षों में नया गाँव युवक संघ के कार्यकर्ता बदल गए। सुधाकर अब सलाहकार और मनोज मिश्र सभापति हैं। नरोत्तम मिश्र जब जीवित थे, गाँव में बिजली लाने की दिशा में युवक जरा भी प्रयास न करते, ऊपर से उन पर आरोप लगाते रहते। बाढ़ आए, न आए, गाँव के लोगों द्वारा नदी के बाँध पर जमा होकर अड्डेबाजी करने को वे नापसन्द करते थे। उनकी मृत्यु के बाद युवक संघ ने बिजली लाइन के लिए दरखास्त दे दी है। फिर भी बाढ़ आए न आए, घर-द्वार पर ताले मार बाँध के ऊपर चढ़ जाने का लोगों का कार्यक्रम बदला नहीं है। इस बारे में यदि कोई बात करता तो युवक संघ के कार्यकर्ता कहते कि इसमें उनकी कोई गलती नहीं। लोग चाहते हैं कि सरकारी सहायता मिले। वे लोग क्यों रुकावट पैदा करेंगे ? फिर नया गाँव के लोग हाथ नहीं फैलाते तो क्या हुआ, पूरे ओडिशा के लोग तो हाथ फैलाते हैं। जो हाथ नहीं फैलाएगा, वह उपवास में रहेगा। अब तो सरकारी सहायता के लिए जगन्नाथपुरी और केन्द्रपाड़ा के बलदेव ठाकुर भी मंत्री से गुहार लगाने लगे। लोग इस बारे में ज्यादा कुछ नहीं कहते, पर एक धारणा बन चुकी है कि लड़के बदल रहे हैं। गाँव की सामूहिक भलाई के लिए वे निश्चय ही कमर कसेंगे। गाँव के युवक संघ को

नरोत्तम मिश्र का नाम देने का निर्णय लेने के लिए लोग लड़कों को बधाई दे रहे हैं।

गांधी जयन्ती आ रही है। सुधाकर ने सदस्यों की जरूरी बैठक बुलाकर कहा, ''तुम लोग ऊँट की कहानी जानते हो कि नहीं? राजस्थान की मरुभूमि में ऊँट को जहाज कहा जाता है। रेतीला तूफान आने का पता ऊँट को पहले ही लग जाता है। तूफान आते ही ऊँट पेट के बल बैठ जाता है और अपना मुँह रेत में घुसा लेता है। तूफान गुजर जाने के बाद ही वह मुँह बाहर निकालता है। ये दो साल समझ लो, तूफान के वर्ष थे। नरोत्तम मिश्र था हमारा पहला नम्बर का शत्रु। उस बूढ़े के रहते हमारा कोई भी काम आराम से नहीं हो पाता था। उसके साथ मिल गए थे हरि महान्ति और हमारी बूढ़ी भी। इसलिए मैं उस बार कुछ कर नहीं पाया।''

सभापति मनोज महान्ति बहुत ही काइयाँ व्यक्ति था, वह बोला, ''छोड़ो सुधा भाई, उन पुरानी बातों को मथने का क्या फायदा? अब नया क्या करें, बताओ। तुम्हारी आँखें तो एमएलए की सीट पर है, मेरी सुपरक्लास ठेकेदार बनने की इच्छा है। आज नहीं तो कल, मन्तेई नदी पर पुल बनेगा। तब तक मेरा लाइसेंस पक्का न हुआ तो तुम्हारे नेता होने का क्या फायदा?''

सुधाकर ने सुना, लेकिन कुछ कहा नहीं।

मनोज बोला, ''पर एक बात का रहस्य मेरी समझ से बाहर है। नरोत्तम मिश्र के नाम से क्लब का नाम रखने का कारण क्या है? उस बूढ़े की मति-गति से तो हमारा कोई मेल नहीं।''

सुधाकर ने कहा, ''तू तो अपने व्यापार के बारे में चिन्ता कर। पॉलिटिक्स के बारे में कुछ नहीं जानता तू। नरोत्तम मिश्र का नाम लेकर यदि कुछ शुरू नहीं करते तो हमारा व्यापार शुरू नहीं हो पाता। यह व्यवस्था इसीलिए है। हमारा सुख-दुःख जो समझेगा, उसी के नाम से क्लब बनाएँगे। इस साल हमने 'नरोत्तम मिश्र युवक संसद' नाम रखा है, अगली बार यह होगा 'एनएम युवा संसद'।''

''एनएम मतलब—युवक संघ का नया बना सदस्य?'' यदुनाथ ने पूछा।

''बीपी कॉलेज माने बीजू पटनायक कॉलेज। पुरी जाते समय साइनबोर्ड देखा होगा—वीएचकेपुर। देखा है कि नहीं? उस गाँव का पूरा और सही नाम है—वीर हरे कृष्णपुर। उसी तरह एनएम का फुल फार्म होगा—नरोत्तम मिश्र।''

''ऐसा करने से फायदा क्या होगा?''

''कम जगह में लिखा जाएगा, समझे?'

परन्तु यदुनाथ ने इस बात पर विश्वास नहीं किया।

''बिना मतलब से तो सुधा भाई कुछ करते नहीं। दैवकूट के चलते ही न ऐसे अनजान-से गाँव में पैदा हो गए, नहीं तो कटक, भुवनेश्वर या दिल्ली-बॉम्बे में कहीं पैदा हुए होते तो अभी तक नेशनल स्तर के लीडर हो चुके होते। उनका घुँघराले बालों से ढका सिर सुपर कम्प्यूटर है।''

हँसते-हँसते सुधाकर ने कहा, ''अपना यदुनाथ बड़ा अन्वेषक है। क्या रे, शास्त्र कहता है कि 'विश्वास से मिलता कृष्ण, तर्क से अति दूर'। हर बात में तर्क शोभा नहीं देता। तू तो बस मुझ पर विश्वास बनाए रख।''

यदुनाथ ने प्लस-टू में पढ़ने के लिए एडमिशन लिया था, किन्तु छह माह बाद ही उसे कॉलेज के लेक्चरर और टेबल-कुर्सी तक कुछ भी अच्छे नहीं लगे। उस दिन से घर से खाकर युवक संघ में हाजिर हो जाता है। उसने पूछा, ''एनएम अंग्रेजी जैसा लगता है। गाँववालों को समझने में परेशानी नहीं होगी?''

''अरे छोड़! थोड़ी परेशानी होगी तो हो, पर सुन, कुछ दिन गुजर जाने के बाद हम लोग 'एनएम युवक संघ' का नाम फिर बदलकर 'नया गाँव मॉडर्न युवक संघ' कर देंगे। इस बीच बस, नरोत्तम मिश्र के नाम से कोई एक स्कैंडल बाहर आ जाने की जरूरत है।''

''सैंडल क्या होगा?'' यदुनाथ ने पूछा।

''सैंडल नहीं बे, स्कैंडल...'' झपट पड़ने जैसे भाव से चमकते हुए मनोज ने कहा, ''इसीलिए तो तूने मैट्रिक में पैंतीस परसेंट नम्बर पाए थे। अखबार नहीं पढ़ता क्या, हैं? मंत्री, सेक्रेटरी के नाम से समय-समय पर अपवादी खबरें नहीं छपतीं? उन्हें ही स्कैंडल कहते हैं।''

इस बार यदुनाथ का चेहरा तनिक मुरझाया, पर तुरन्त ही खिल उठा।

सुधाकर ने कहा, ''अरे, जाने भी दे मनोज, लड़के का माथा और ज्यादा भारी मत कर। अभी छोटा है, धीरे-धीरे सब समझ जाएगा।''

यदुनाथ के जाने के बाद सुधाकर बोला, ''सभी मेम्बरों की एक बैठक बुलाओ। बैठक के दिन बड़ा भोज होगा। कई दिन हो गए, लड़के भूख से कुलबुलाने लगे हैं। उन पर थोड़ा-बहुत खर्च न करने पर वे बात नहीं मानेंगे। गांधी जयन्ती की सभा पर मेरा और तेरा भविष्य निर्भर है। मंत्री का इम्प्रेस्ड होना जरूरी है।''

मनोज व्यापारी का बेटा है। भोज की बात सुनते ही उसका मुँह सूख गया। बोला, ''अभी तो क्लब के अकाउंट में सौ रुपये ही पड़े होंगे। ये लोग कोई साढ़े सात सौ ग्राम मटन और पाँच सौ ग्राम अन्न से कम नहीं ठूँसेंगे। इतना धन कहाँ से आएगा?''

सुधाकर बोला, ''तुम्हारे सेक्रेटरी क्या कर रहे हैं? उनके साथ परामर्श क्यों नहीं करते?''

मनोज हँसा।

नरोत्तम मिश्र के बेटे संजय को बहुत कह-सुनकर तो सुधाकर ने इस युवक संघ का सेक्रेटरी बनने के लिए राजी किया है, पर यह पद लेने के दिन से संजय एक बार भी क्लब में नहीं आया। जैसा बाप, वैसा बेटा। किसी को मुँह खोलकर न कुछ कहेगा, न अन्याय का समर्थन करेगा! उसके नाम का इस्तेमाल तो सुधाकर स्टाम्प की तरह करता है।

''जैसे कोई साँप सँपेरे का सम्मोहन मंत्र नहीं मानता, वैसे ही वह भी किसी की बिलकुल नहीं सुनता।'' मनोज ने कहा।

''ठीक है, ठीक है। भोज के लिए रुपयों की व्यवस्था मैं करूँगा, पर तुम संगठन के बारे में समझो-बूझो। गांधी जयन्ती पूरे दम के साथ होनी चाहिए। इलाके भर के लोगों की आँखें फट जानी चाहिए।''

''पर ऐसे फंक्शन के लिए लाख से कम न लगेंगे?'' मनोज बोल पड़ा।

''लाख नहीं, दो लाख! लाख तो खर्च हो ही जाएँगे। तो हम क्या सूखे रहकर पानी पीटेंगे, हैं?''

इतनी बातों में बस इसी एक बात से मनोज को सुख मिला। दो साल हो गए कोई कमाई हुए। पहले दो-तीन साल में ही इलेक्शन होता था। जब से केन्द्र और राज्य में स्थिर सरकार बैठी, तब से उनका संगठन अस्थिर हो गया। रुपया नहीं आएगा तो गाड़ी चलेगी कैसे? आहिस्ता-आहिस्ता लड़के भी दूसरी ओर मुँह करने लगे हैं। साल भर में गणेश और सरस्वती मिलाकर कुल दो पूजा होती हैं। इस बाबत आने वाला चन्दा भी बस तीन माह में खत्म हो जाएगा।

सुधाकर ने कहा, ''खाली पड़ी जमीन पर क्लब हाउस बनाएँगे। सामने एक मन्दिर होगा, पीछे की ओर क्लब। मन्दिर के दोनों तरफ पाँच-पाँच दुकानें। एमएन युवा संसद, ये सभी कुछ देखेगी-समझेगी। मंत्री के द्वारा शिलान्यास हो जाने के बाद बाकी बातें मैं देख लूँगा। युवा संसद का स्थायी कमाई का फंड नहीं रहेगा तो हम संगठन नहीं चला पाएँगे। अभी तो तवा गरम है। संजय ने अगर उस बड़बोले हरि महान्ति को पकड़कर कुछ भी कर लिया तो हमारा खेल बिगड़ जाएगा।''

''इसीलिए तो मैं कदम-कदम पर उस पर नजर रखता हूँ।'' मनोज बोला।

वे लोग महादेव पोखर की आड़ में बैठे थे। अस्त होता हुआ सूर्य। पोखर के जल में बनतीं नन्ही लहरें। मनोज ने मोटर साइकिल स्टार्ट करने से पहले पूछा, ''आज थोड़ा कुछ इन्तजाम करूँ क्या?''

''जैसा बरसाती मौसम बन रहा है, थोड़ा कुछ हो जाता तो अच्छा रहता।''

''देशी या अंग्रेजी? गांधी तो स्वदेशी की बात ज्यादा कहता था।'' फिर तनिक ठहरकर उसने कहा, ''अच्छा, चलो ठीक, विलायती ही मँगवा दूँगा, पर भोज का खर्चा किससे उठाएँगे, यह तो...''

''कहा तो, वह सब मैं देख लूँगा। तू जा, आठ बजे मैं क्लब पहुँच जाऊँगा। बेहरा घर की बुढ़िया के पास बढ़िया देसी मुर्गा है, उसे लाता तो हम चार-पाँच जनों का काम चल जाता। देसी और विदेशी का पंच...!''

मनोज इशारे का मतलब समझकर हँस पड़ा।

पाटपुर के जाने-माने शराब व्यवसायी सुर राउत ने जब सुना कि नया गाँव का युवा नेता सुधाकर बेहरा उनसे मुलाकात करने आ रहा है तो उन्हें कोई आश्चर्य न हुआ। अपने बारे में बहुत ऊँचे विचार नहीं होने पर भी वे ही इस इलाके के सबसे धनी व्यक्ति हैं, इसे लेकर उन्हें कोई सन्देह नहीं है। यही वजह है कि अनेक लोग उनके दरवाजे आते हैं, परन्तु जब उन्हें गांधी जयन्ती की सभा में मानद अतिथि के रूप में सम्मिलित होने के लिए आमन्त्रित किया गया तो वे सचमुच आश्चर्यचकित रह गए। सुधाकर का चाय-बिस्कुट से स्वागत करने के बाद सुर राउत ने कहा, ''मेरा गांधी जयन्ती की सभा में जाना क्या अच्छा लगेगा? जो भी हो, हूँ तो आखिर शराब के कारोबार में...''

सुधाकर ने बात पूरी हो, इससे पहले ही कहा, ''हैं तो! अब तो आपके बेटे यह सारा कारोबार देखते हैं। शराब व्यवसायी का ठप्पा क्या हमेशा अपने साथ लिये चलेंगे?''

पर पक्के कारोबारी सुर राउत सुधाकर की बातों में छिपे रहस्य का अनुमान न लगा सके। उन्होंने तनिक सतर्क हो देखा। तीस-बत्तीस साल का साँवला-सा युवक। गले में सोने की चेन। पहने है खादी का कुरता और चूड़ीदार पाजामा। सिर पर घुँघराले बाल। बहुत साधारण-सा लगता है उसका चेहरा, पर उसकी बातें अबूझ क्यों लगती हैं?

सुधाकर लम्बे समय तक सुर राउत को दुविधा में नहीं रखना चाहता था। वह बोला, ''आप तो मुझसे अधिक अनुभवी हैं। क्या आप नहीं जानते कि वक्त के साथ व्यक्ति का परिचय भी बदलता जाता है? कनिका के जमींदार कभी अत्याचारी शासक थे। यहाँ तक कि उनके प्यादों के डर से इलाके के दरवाजे बन्द हो जाते थे। कनिका के इलाके में चौंसठ तरह की कर-व्यवस्था थी। जल-कर, फल-कर, चारा से लेकर बाछा को बधिया करने तक का कर! यहाँ तक कि नई शादी होने पर पति-पत्नी से सुहागरात-कर भी वसूला जाता था। अब तो राजा का वह परिचय और है! अब तो राजा की बात उठने पर परिचय दिया जाता है कि वे मिस्टर दास (मधुसूदन दास) के सहयोगी थे। बाढ़ समिति के चेयरमैन की भी चर्चा सामने आती रहती है। इसी तरह आपका भी परिचय बदल जाएगा। शराब का कारोबार कोई खराब काम तो है नहीं। इस कारोबार के लिए सरकार ने लाइसेंस दिया है। आबकारी टैक्स से ओडिशा को लगभग दो सौ करोड़ रुपये मिलते हैं। उसी रुपये से अस्पताल बनते हैं, स्कूल खुलते हैं, जिनमें बच्चे पढ़ाई करते हैं...''

प्रशंसा-भरी दृष्टि से सुधाकर को निहार रहे थे सुर राउत। इतनी कम उम्र में लड़के की खोपड़ी में इतनी तेज बुद्धि!

वे बोले, ''ठीक है। जब तुम लोग इतनी जिद कर रहे हो तो मैं आऊँगा, पर मंत्री जी को यह बता दिया है न, उनकी प्रतिष्ठा...!''

''अरे, मंत्री ने तो स्वयं अपनी ओर से आपका नाम प्रस्तावित किया है।''

सुर राउत को चमकाने के लिए ऐसे ही सुनहरे मौके की तलाश में था सुधाकर।

सुनकर सुर राउत और कुछ न कह सके।

ज्यादा मीठा खा लेने से जैसे जुबान बँध-सी जाती है, सुधाकर की बातों ने भी उनका मुँह बाँध दिया तो वे बोले, ''ठीक है, मैं आऊँगा, पर मन है कि पता नहीं, क्यों पीछे खिसक रहा है। मैं और गांधी जयन्ती...!''

''वही पुरानी बात फिर क्यों उठा रहे हैं? आपकी प्रतिष्ठा क्या हमेशा पाटपुर अंचल में ही सिमटकर रहेगी? मंत्री ने आपका नाम राज्यसभा के लिए...''

'फों' कर हँस पड़े सुर राउत। उनके मुँह से निकले पीक के थपके ने पिचकारी मारकर उनके धुले झकास कुर्ते को रँग डाला। बड़ी मुश्किल से अपनी हँसी को सँभालते हुए उन्होंने कहा, ''शायद तुम मेरी बाबत ज्यादा कुछ नहीं जानते। खैर, बताओ, कितना चन्दा दूँ?''

हालाँकि सुधाकर का असली उद्देश्य तो निश्चित रूप से चन्दा लेना ही था, परन्तु सुर राउत ने सीधी और साफगोई से भरी अपनी बात कहकर उसे थोड़ा लीक से हटा दिया। अपने मतलब के लिए खुद को तैयार करने के लिए वह कुछ समय चाहता था। सो, सुर राउत पर से अपनी नजरें हटाकर वह ड्राइंग रूम में रखे सामान को देखने लगा।

सुर राउत की पसन्द सचमुच प्रशंसा योग्य है। लम्बे-चौड़े ड्राइंग रूम में सागौन की टेबल-कुर्सी, फर्श पर हल्के रंग का कारपेट, दीवार पर बी. वर्मा की पेंटिंग, ऊपर भारत के मानचित्र की आकृति वाली दीवार-घड़ी। पंखा और लाइट की डिजाइन के चुनाव में भी पसन्द लाजवाब।

सुर राउत ने फिर पूछा, ''कुछ कहा नहीं?''

''आपके जैसे बड़े आदमी को क्या कहूँ? मंत्री आएँगे, सभा होगी। यह आस्था और विश्वास को प्रतिष्ठित करने का सुयोग है। इससे पहले संगठन के लिए तो खर्च करना ही पड़ेगा। और आजकल की बातें तो आप जानते ही हैं।''

''जमाना हमेशा एक जैसा था बाबू! जमाने को दोष देकर क्या लाभ! मुझसे पूछोगे तो मैं कहूँगा, लोग बदल जाते हैं, जमाना नहीं बदलता।''

''आप जैसा ठीक समझें...।''

'अच्छा' कह सुर राउत घर के अन्दर चले गए। लौटे तो उनके हाथ में नोटों का बंडल था। बोले, ''इतने से काम चलाओ। सभा के दिन और जो भेजना होगा, भेजूँगा।''

सुधाकर नोट का बंडल अपने हैंड-बैग में डाल उठ खड़ा हुआ। सुर राउत भी उठे। सड़क पर आ जाने के बाद सुधाकर किसी एकान्त जगह तलाशने लगा, जहाँ

वह रुपये गिन सके। सुर राउत के सामने रुपया गिनना छोटापन होता। अब सारा रुपया युवक संघ ले जाना भी नहीं चाहता था।

पाटपुर बाजार के उतार के पास एक चाय की दुकान पर उसे देखते ही दुकानदार ने आवाज दी, ''बाबू, नमस्ते। हमारी ओर का रास्ता तो आप भूल ही गए।''

सुधाकर ने अपनी मोटर साइकिल ले जाकर चाय दुकान के आगे खड़ी कर दी। चाय दुकानदार उसे देखकर गद्गद हो उठा। पूछा, ''इधर कहाँ गए थे इस गर्मी में? शायद पंचानन बाबू के घर गए होंगे?''

स्पेशल चाय की घूँट भर रहा था सुधाकर। पंचानन महापात्र का नाम सुन वह चौंक पड़ा। एक रुपये की चाय के बदले चाय दुकानदार मुकुन्द ने कितनी बड़ी बात याद दिला दी! पंचानन को तो वह भूल ही गया था।

दुकान के अन्दर बैठ उँगलियों की पोर पर हिसाब लगाया, पचास हजार से कम नहीं होंगे । मुकुन्द को चाय के पैसे देकर कहा, ''हाँ, पंचानन महापात्र ने खबर भिजवाई थी, उन्हीं की ओर जा रहा हूँ।''

पंचानन महापात्र पाटपुर के नामवर ठेकेदार। तीन पुश्त की ठेकेदारी। मंत्री, चीफ इंजीनियर से उनका सीधा कारोबार होता है। ऐसा भी नहीं है कि वे स्थानीय नेता की पूछ नहीं करते थे। हालाँकि यहाँ के नेता भी जानते थे, पंचानन महापात्र को डरा-चमकाकर कुछ नहीं किया जा सकता। जो भी करना है, राजी-खुशी से।

गांधी जयन्ती सभा के अतिथि होने के लिए पंचानन महापात्र शायद 'न' नहीं करेंगे, सुधाकर ने हिसाब लगाया। चार गेस्ट का जुगाड़ बैठे तो फिर दो लाख का चन्दा मिलने में कोई परेशानी नहीं होगी, पर सुर राउत को बड़ी कुर्सी तो देनी ही होगी। उन्हीं के खुश रहने पर तो हमारी भविष्य की बहुत-सारी बातें निर्भर करती हैं।

पाटपुर से लौटकर आने के बाद से ही सुधाकर काफी हलकान दिखाई दे रहा है। उसके हावभाव देखकर क्लब के मेम्बर समझ गए कि इस बार गांधी जयन्ती धूमधाम से होगी। सुर राउत ने आश्वासन दिया है, जो भी खर्च-वर्च होगा, वे समझेंगे।

उस दिन शाम की बैठक का दौर काफी लम्बा रहा। काँच गिलास की टनटनाहट के बीच जो शब्द बार-बार सुधाकर के मुँह से बाहर आ रहा था, वह था 'चियर्स'! दूसरे भी उसके पीछे थे 'चियर्स' के साथ।

दो अक्टूबर की सुबह ही सुधाकर का मुँह सूख गया। पाटपुर एसडीओ ऑफिस से खबर आई कि मंत्री का नया गाँव दौरा रद्द! भद्रक जिला की बजाय मंत्री जाएँगे सम्बलपुर—पार्टी की राजनीतिक कार्य समिति की बैठक में। यह खबर सुन पिछली रात का उसके सिर पर चढ़ा विदेशी नशा एकबारगी उतर गया। उसका मूड खराब करने के लिए यह खबर ही काफी नहीं थी, पंचानन महापात्र ने दोपहर में खबर भिजवाई कि वे वकील से सलाह-मशवरा करने कटक जा रहे हैं। गांधी जयन्ती छुट्टी का दिन होने के चलते वकील घर में ही रहेंगे। सो, उनसे बात करने

का काफी समय मिलेगा। अब सुर राउत ही सुधाकर का आखिरी सहारा थे। वह नहीं आए तो सभा का सत्यानाश हो जाएगा।

यह स्थिति देख सभापति मनोज महान्ति भी धक् से रह गया। पहले न जाने उसने कितनी ही सभाओं को बिगाड़ा होगा। किसी सभा में साँड़ घुसाकर तो किसी मंच पर सड़े अंडे, टमाटर, बैंगन फिंकवाकर आयोजकों का मजाक उड़ाया होगा, किन्तु आज अपनी सभा को विफल होते देख वह परेशान हो उठा। नया गाँव में फोन की सुविधा नहीं है। उसने सुधाकर से कहा, ''यहाँ मैं सँभालता हूँ, तुम तो पाटपुर जाओ। वहाँ बैठे मंत्री को फोन कर अनुरोध करना। इसके अलावा सुर राउत को पैरों-पैर जगाते रहना। वह नहीं आया तो सभा का काम तमाम! हम लोग गाँव में मुँह दिखाने लायक नहीं रहेंगे।''

मनोज ठीक ही कह रहा था। दो साल हो गए, उनके संघ ने किसी कार्यक्रम का आयोजन नहीं किया। इस तरह निकम्मा हो बैठे रहने से तो वे लोगों के मन से ही दूर हो जाएँगे। जैसे भी हो, गांधी जयन्ती की सभा को सफल करना ही होगा। इस सफलता पर ही उनका भविष्य टिका है, नहीं तो लोग कहेंगे कि नरोत्तम मिश्र की अच्छी बातों का विरोध करने के लिए ही इन्होंने गुट बनाया था। नरोत्तम मिश्र की आँखें बन्द होते ही इनका काम भी समाप्त हो गया।

सुधाकर बोला, ''मंत्री के नहीं आने की खबर चार कान से छह कान न हो, वरना कोई नहीं पूछेगा हमें। यह बात लोगों को दिन ढले बताएँगे हम लोग। तुम भी इस तरह काम-वाम करते रहो ताकि गाँव के लोगों को कोई भनक न लगे। सुर राउत को एक विशेष सम्मान देंगे। यदुनाथ से कहो, वह स्कूल के पंडित के पास जाकर मानपत्र लिखवा लाएगा। मानपत्र के साथ एक शॉल और फूलमाला देने से वे खुश हो जाएँगे।''

मनोज ने कहा, ''किसी को कोई भनक नहीं लगेगी, तुम जाओ। यहाँ की बात लगी है मुझे। संजय से बोल दिया है, वह अपने बाप के बारे में दो शब्द कहेगा। दो साल से तो कुछ किया नहीं, तब वार्षिक रिपोर्ट क्यों लिखेंगे?''

सुधाकर बोल पड़ा, ''नहीं-नहीं, कुछ विवरण तो पढ़ना ही होगा। हमने कुछ किया है या नहीं किया, इसे क्या सब जानते हैं? सुर राउत जितना भी हो, दूसरे गाँव का व्यक्ति है। हमारी संस्था के बारे में उसकी धारणा तो अच्छी होनी ही चाहिए न!''

मनोज राजी हो गया।

गांधी जयन्ती की साँझ वेला तक 'एनएम युवा संसद' का घर चूना पोताई की सफेदी से नई बहू की तरह दिखाई देने लगा। सभास्थल पर आठ डे-लाइट पेट्रोमैक्स बाघ की तरह गर्जना कर रहे थे। चारों ओर तिरंगे झंडे टँगे थे। मंच के ऊपर गांधी जी की बड़ी फोटो, उसके पास थी नरोत्तम मिश्र की छोटी फोटो। आयोजक नरोत्तम मिश्र की बड़ी फोटो खोज रहे थे, पर इससे बड़ी और कोई फोटो थी ही नहीं।

सुर राउत की कार शाम ठीक पाँच बजे आकर रुकी। सुधाकर ने पहले उतरकर कार का दरवाजा खोल उसे थामे रखा। किसी एक ने आकर एक फूलमाला सुर राउत के गले में पहना दी। सुर राउत अपने सुन्न पैरों का भार सँभालते-सँभालते मंच की पिछली ओर गए। वहाँ चाय, शर्बत की व्यवस्था थी। वह सम्पन्न हुई तो सभा का कार्यक्रम शुरू हुआ।

सुधाकर ने मंच पर आकर सूचना दी, ''अतिथि पहुँच गए हैं। सब लोग शान्त हो बैठ जाएँ।''

नया गाँव का हर लड़का-लड़की, बूढ़ा-बूढ़ी आकर मैदान में बैठ गए हैं। ठंडी रात की कोई परवाह नहीं। सभा के बाद 'घोड़ा नाच' होगा।

सभा आरम्भ हुई। सुधाकर ने अतिथि का परिचय देना शुरू किया, ''राज्य के विशिष्ट उद्योगपति, स्वतन्त्रता सेनानी सुर राउत को अतिथि के रूप में पाकर हम गौरवान्वित हैं।''

दर्शकों की भीड़ से किसी ने कहा, ''ये पाटपुर के शराब व्यवसायी ही तो हैं न, जिनके पैर सुन्नता रोग के शिकार हैं?''

सुर राउत चुपचाप बैठे थे। उनके चेहरे के भाव बता रहे थे कि वे सुधाकर के इस परिचय-पर्व से सन्तुष्ट नहीं हैं।

अतिथि परिचय के बाद वार्षिक रिपोर्ट पेश हुई। इसके उपरान्त नरोत्तम मिश्र के विषय में बताया गया और अन्त में मुख्य अतिथि का भाषण। सुर राउत उठे।

सुधाकर ने मनोज को कनखी मारते हुए कहा, ''बूढ़ा काफी खुश है। ऐसा सम्मान उसने अपने जीवन में कहीं भी नहीं पाया होगा। अब देखना, कैसे हर महीने पच्चीस हजार चन्दा मिलेगा!''

सुर राउत ने अपना भाषण शुरू कर दिया। कोई एक गलत-सा शब्द सुन मनोज ने उधर देखा। सुधाकर ने भी।

बिना किसी भूमिका के सुर राउत ने कहा,''मेरे जैसे व्यक्ति को गांधी जयन्ती की सभा में भाषण देना पड़ा, इससे बड़ी विडम्बना और कुछ नहीं।''

सुधाकर कान खड़े कर सतर्क हो उठा।

सुर राउत कह रहे थे, ''गांधीजी जब देश को स्वाधीन करने के लिए लगे हुए थे, हम कुछेक व्यापारी पैसे खाकर अंग्रेज सरकार के तलवे चाट रहे थे। स्वतंत्रता सेनानियों के आन्दोलन की खबरें जुटाकर दे रहे थे सरकारी अफसरों को। विवेक- बुद्धि तो हमने कभी की बेच डाली थी तो हमें यह सब करना खराब भी क्यों लगता? जैसा कहते हैं, हम थे अंग्रेज सरकार के दलाल!''

सभा के लोग स्तब्ध! सुधाकर, मनोज और युवा संसद के कार्यकर्ता तब तक आतंकित हो चुके थे। यह बूढ़ा क्या कहे जा रहा है?

सुर राउत बोले, ''जो बाबू मुझे निमंत्रण देने गए थे, वे कह रहे थे, जमाना बदल गया है। मैं उस दिन उनकी बात से सहमत नहीं हुआ था, पर सच में जमाना बदल गया है। गांधी जयन्ती में अतिथि होने के लिए अब लोग नहीं मिल रहे। मेरा मत है कि गांधी जयन्ती पर कुछ ठेकेदार या मंत्री न हों तो मेरे जैसे शराब कारोबारी को भी जयन्ती से जोड़ दिया जाए तो चन्दा मिलेगा, सभा के लिए लोग भी मिलेंगे?''

सुधाकर ने महसूसा और इशारा किया। पीछे से एक ढेला आकर बजा सुर राउत के कपाल पर! सुर राउत 'ओह' कहते पीछे हट गए। मनोज ने तुरन्त उठ खड़ा हो कपट-भरी विनयशीलता से कहा, ''शायद सिर में लगा है! ये हमारे विरोधी दल का काम है। आप सब बैठ जाएँ!''

इसके बाद मंच से चीखता-सा बोला, ''जिन्होंने भी यह कांड किया है, उन्हें एनएम युवा संसद बिलकुल बर्दाश्त नहीं करेगी।''

सुर राउत माइक के पास से हटे नहीं। उन्होंने जेब से रूमाल बाहर निकाल सिर से टपकता खून साफ किया। कुछ पल ठहर गला खँखारकर फिर बोले, ''भाइयो-बहनो, मेरी बात खत्म नहीं हुई है। मेरे लिए आप सब जरा भी परेशान न हों। मैं शराब कारोबारी और धनी व्यक्ति हूँ। यहाँ हाथ उठा दूँ तो मेरे आदमी खून की नदी बहा देंगे। इस सभा में वे लोग हैं। किसने मुझ पर ढेला फेंका, मैं चाहूँ तो पाँच मिनट में जान सकता हूँ, पर मैं यहाँ वैसा नहीं करूँगा। जीवन में देशद्रोह के बहुत काम किए हैं, पर समझ चुका हूँ कि गांधी बूढ़ा ठीक कहता था। उसी ने पहचाना था इस देश का दु:ख-दर्द। आज जब थोड़ा-सा सच बोलने पर ढेले के आघात से मेरा सिर फटता है तो जो जीवन भर सच बोलता रहा, उसे लोग गोली नहीं मारते तो क्या करते? नरोत्तम मिश्र का नाम सुनकर मैं इस गाँव में आया था। मुझे जो चन्दा देना था, दे चुका, और भी जरूरत होने पर भेज दूँगा, पर सभा के आयोजक गांधी की तस्वीर के सामने चन्दे के लिए मेरे जैसे व्यक्ति की खुशामद न करें। मेरा इतना भर अनुरोध है।''

सुर राउत माइक के पास से उतरकर सीधे अपनी कार तक आए। उनके लोग भी उठकर आ गए सभा से। वे लोग एक अजीब-सी उत्तेजना से काँप रहे थे। बयासी साल के बूढ़े व्यक्ति को पत्थर मारा किसने?

सुर राउत की नजर परन्तु इन सब पर नहीं थी। उन्होंने एक बार गांधी और नरोत्तम मिश्र की फोटो और फिर उनके चन्दे से सजे-धजे पंडाल की ओर देखा और फिर कार का दरवाजा बन्द कर लिया। उनकी कार की लाइट ने नया गाँव के अँधेरिया रास्ते को क्षणभर के लिए रोशनी से भर दिया।

मंच से किसी के लिए सभा अशेष होने की घोषणा करना जरूरी नहीं रह गया था। आयोजक अदृश्य थे और जयन्ती सभा सम्पन्न हो गई थी।

कान्हू का घर

"रहने दो कान्हू, किस पर इतना बिगड़ रहे हो, हाँ?" मालकिन चिल्ला उठी। कान्हू थोड़ा नरम तो हुआ, पर पूरी तरह शान्त न हो सका। उसी तरह बड़बड़ाता हुआ मालकिन के पास आया। हाथ में एक टूटी ईंट पकड़े था, शायद किसी को दे मारने के लिए। बचे-खुचे गुस्से को ईंट के टुकड़े पर उतारते हुए उसने उसे दूर फेंक दिया, जो बालू के ढेर में जा घुसा।

कोई दो ईंटें ले गया था। यही थी कान्हू के गुस्से की वजह। कल साँझ के समय उसने गिनती की थी, तब चौरासी थीं। सुबह केवल बयासी निकलीं। दो ईंटें कोई ले गया है। किसने लिया, वह जान नहीं पाया था। इसीलिए बाहर खड़ा गाली बक रहा था। जितनी भी भाषा-कुभाषा उसे आती थीं, उसी से काम ले रहा था। उसकी सारी गालियाँ घर के चारों ओर सुनी गईं।

मालिक का बँगला बन रहा है। वे लोग शहर के बीच सरकारी क्वार्टर में रहते हैं। सुबह-शाम कार से आकर यहाँ का काम देख जाते हैं। मिस्त्री और मजदूरों को काम बताते और पैसे देते। बाकी वक्त में कान्हू काम और सामान की देखभाल करता। वह यहाँ का केयरटेकर और मैनेजर, सब था।

'छोटे मैनेजर!' कहकर कोई उसे बुला लेता तो खुशी से फूल उठता कान्हू। बताने पर एक की बजाय दो काम कर देता। लोगों से कहता कि यदि उसने ठीक से पढ़ाई की होती तो बाबू कम्पनी में उसे मैनेजर बना देते, पर वह तो केवल पाँचवीं पास है।

सुनने वाले कान्हू की ओर देखते। पन्द्रह-सोलह साल का काला-कलूटा, गोल-मटोल-सा छोकरा। खा-पीकर मोटा-ताजा हो गया है। कुम्हड़े की तरह पेट बाहर निकल आया है। सिर के बाल साही के काँटों की तरह कड़े और नुकीले। गले में तुलसी माला, जिसे कभी उसकी माँ ने उसे दी थी। ड्रेस के नाम पर हाफ पैंट, लाल रंग की सैंडो गंजी और कमर पर पटके की तरह बाँधा हुआ लाल गमछा।

नवागढ़ के रमेश तिवाड़ी ने साल भर पहले कान्हू को इस मालिक के पास ला छोड़ा था। बाप ने दारू पी-पीकर पत्नी बदल ली तो अकेली माँ बेटे के लिए व्यथित हो रही थी। उसके अभाव-भरे संसार में कान्हू 'अगस्त्य क्षुधा' लेकर पैदा हुआ था। हर समय 'भूख लगी है' की रट लगाए रहता। घर के सारे बर्तन-डिब्बे खँगाल डालता। मुरमुरिया, चूड़ा और पखाल—कुछ भी न छोड़ता। पेट नहीं भरता तो जिसकी-तिसकी बाड़ी में घुसकर ककड़ी, भिंडी, अमरूद, इमली, आम, नारियल, पकी-मीठी तिंतड़ी में जो भी दिखता, तोड़कर खा जाता। उसे लेकर गाँव के लोगों के साथ माँ की रोज किचकिच होती, पर बेचारी करती तो क्या करती? वह लोगों से कहती, 'लाकर कान्हू ने कहीं छिपाया या बेचा तो नहीं न! लाया तो पेट में ही डाला न!'

गाँव के लोग उसे हर तरह से कोसते, गाली देते और निन्दा करते : पेटू भुक्खड़ बेटा जनने की जरूरत क्या थी? माँ रोती और दुखी होती।

यह सब देखकर कान्हू माँ की पीड़ा महसूस करता और माँ का सिर छूकर फिर कभी वैसा काम न करने की कसम खाता, पर साँझ ढलते ही पेट की भूख जब तंग करती तो दोपहर की कसम कहीं हवा हो जाती। वह फिर इसके-उसके बाड़ी-बगीचे में नजरों से सेंध मारने लगता।

कान्हू को लाकर यहाँ छोड़ते तिवाड़ी बाबू ने कहा था, 'रुपये-पैसे की बात बाद में तय करेंगे। उसकी माँ ने कहा है कि पेटभर खाने पर लड़के को रख लीजिए। उसे थोड़ा किनारे लगा देंगे, यही बहुत है।'

हर रोज हजार-हजार हतभागे-हतभागिनी रेल, मोटर, बस, बैलगाड़ी, साइकिल और रिक्शे पर बैठकर इस शहर में आते हैं। इन सबका लक्ष्य भी एक ही होता है—किसी तरह कहीं कोई किनारा मिल जाए, पर कहाँ है वह जीवन-नदी, कहाँ है उसका वह अदृश्य किनारा, किसने देखा है? फिर भी हर रोज सुबह से साँझ तक, साँझ से भोर तक, हजारों लोग कीड़े-मकोड़ों की तरह यहाँ भागे चले आते हैं। सोचकर कि शायद किसी किनारे लग जाएँगे।

तिवाड़ी की बात सुनकर मालिक हँस पड़े थे। वे तो खुद बीस साल से इस शहर से उस शहर के जंजाल में फँसे हुए हैं, अभी तक तो किसी किनारे लगे नहीं। वे फिर किसी और को क्या किनारे लगाएँगे! पर बुद्धिमान व्यक्ति हैं, इसलिए यह बात कही नहीं। अनुभव से जानते हैं कि सपना न दिखाया जाए तो सच्चाई जानकर कोई कहाँ रहता है! 'किनारे लगा दूँगा' या 'आदमी बना दूँगा' कहकर सपना दिखाया जाए, तो वह रहता है। खाली मजूरी की बात कहने पर वह छोड़कर चला जाता है।

'सुरक्षा की चिन्ता से मनुष्य की मुक्ति कहाँ!' दर्शन पढ़े हुए मालिक ने पत्नी से कहा था।

तब तक मालकिन ने कान्हू का मोटा-तगड़ा चेहरा और चंचल आँखों को देखकर उसकी कीमत का अन्दाजा भी लगा चुकी थीं। ऐसा चंचल, बावला मन का लड़का उनके घर के काम की देखभाल के लिए ठीक रहेगा।

मालिक ने भी 'हाँ' भर दी थी।

तिवाड़ी बाबू कान्हू को वहाँ छोड़कर मालिक से तीन सौ रुपये लेकर चले गए। रास्ते के मोड़ पर अदृश्य हो जाने तक कान्हू उन्हें निहारता रहा था। वह महसूस कर रहा था कि जैसे कहीं कुछ छूट या टूट गया है, मानो खुद की बनाई पतंग या दियासलाई की तिल्लियों से बना घर हो!

मालकिन का अन्दाजा सही निकला। उन्होंने कान्हू को काँसे के एक बड़े बर्तन में चीनी-चूड़ा भरकर दिया था। उसी बरामदे में बैठकर कान्हू ने उसे हाथ से मिलाते हुए चटखारे लेकर खाया था। जीवन में शायद पहली बार उसकी भूख शान्त होने के बाद भी बर्तन में चीनी-चूड़ा बचा हुआ था, पर उसने सारा चाट-चूटकर साफ कर दिया।

मालकिन ने कहा, 'इतनी दूर से आया है। सफर की थकान कम हो जाए, इसलिए इसी बरामदे में आराम कर, नहीं तो घर के पिछवाड़े में घूम-घाम ले। कल सुबह तुझे घर बनने वाली जगह ले जाएँगे, तू वहीं रहेगा। घर बन जाने के बाद हम सब भी वहीं आ जाएँगे, वहीं साथ-साथ रहेंगे।'

इतना कहकर मालकिन ने कान्हू की ओर देखा तो वह सिर नीचे किए रो रहा था। भूख तो मिट गई, फिर रोना किस बात का? मालकिन ने सोचा, पर कान्हू से कुछ कहा नहीं।

वह भी क्या कहता? माँ की बातें याद आ रही थीं या गाँव, क्या पता! इतनी सुन्दर स्त्री की इतनी मीठी-मीठी बातें सुनकर तो कहीं खुशी के मारे नहीं रो रहा था वह?

मालकिन ने पूछा, 'क्यों रे, गाँव की याद आ रही है?'

कान्हू ने रोते-रोते ही कहा, 'हाँ!'

'माँ की बातें... ?'

'हाँ।' कान्हू बोला।

मालकिन उसके पास चली आईं। अपनी उँगली से कान्हू की आँख से आँसू पोंछकर बोलीं, 'बस-बस! घर बन जाने पर हम सब जाकर तेरी माँ को ले आएँगे। थोड़े ही दिनों की तो बात है! रमेश बाबू तो बाबू के पास आते ही रहते हैं। तेरा मन करे तो उनके साथ माँ के पास चले जाना। तू जा, अभी थोड़ी देर बाद बुबू बाबू स्कूल से आएँगे तो दोनों मिलकर खेलना।'

कान्हू चला गया—मालिक के क्वार्टर के पीछे आम के बगीचे में। बाड़ी के किनारे-किनारे फूलों से सजे गमले। पेड़ों के पत्ते भी फूलों की तरह रंग-बिरंगे!

कान्हू ने उनको सहला दिया। कितने अलग हैं उसके गाँव के पेड़ों से यहाँ के पेड़! बाबू के बगीचे के आधे से ज्यादा पेड़ तो वह पहचान ही नहीं पा रहा, पर अपने गाँव के सभी पेड़ों को वह पहचानता है। इमली, चाकुंडा, आम, नीम, कटहल, बेर, पीपल, केला, पपीता, मुनगा, सेमल, देवदारु, कदम, और भी न जाने कितने तरह के पेड़! बाबू के बगीचे में छोटे पेड़ अधिक हैं। एक ओर तो आम के पेड़ हैं।

कान्हू ने ऊपर की ओर देखा, ढेर सारे आम लटके थे। उसने निशाना साधकर पत्थर फेंका। पत्तों सहित दो आम नीचे आ गिरे। उसने आम उठाते-उठाते किसी की आवाज सुनी और घूम गया।

एक बच्चा, उससे बहुत छोटा, लकदक ड्रेस में। उसकी पीठ पर कपड़े का बैग लटक रहा था। हाथ में पानी की नीली बोतल। काले जूते, सफेद मोजे। गले में झूलती काली पट्टी। गेट से कूदकर आते-आते वह चिल्लाया, 'कौन? कौन है तू?'

कान्हू को जवाब देना नहीं पड़ा। मालकिन ने आकर पहचान करवा दी उससे, 'यह कान्हू है। इनका घर नवागढ़ में है और यह है हमारा बेटा बुबू।'

बुबू एकटक कान्हू को देख रहा था। कान्हू ने अपने हाथ के आम बुबू की ओर बढ़ाते हुए कहा, 'लो।'

कान्हू का यह व्यवहार बुबू को अच्छा लगा। माँ से कहा, 'अच्छा लड़का है।'

उसी रात मालिक ने भी मालकिन से कहा, 'कान्हू अच्छा लड़का है। माँ-बाप गरीब हैं, नहीं तो जैसा स्वभाव है, यह सेना में भर्ती हो सकता था। बुबू ने बताया कि एक ही निशाने में इतने ऊँचे पेड़ से आम गिरा लिया उसने।'

पर कान्हू को लेकर मालकिन कोई ज्यादा उत्सुक न दिखीं।

उन्होंने पूछा, 'बना महान्ति ने अपना सारु उठाया कि नहीं?'

'हाँ, बच गए। यदि उसने नारियल गाछ लगाया होता, तब तो अपनी जमीन पर मकान बनाने के लिए हमें पन्द्रह साल इन्तजार करना पड़ता।'

मालकिन चुप रहीं।

मालिक-मालकिन ने शहर के निचले छोर पर जमीन खरीदी थी। सस्ते में मिल गई थी। इसकी देखभाल के लिए पास ही रहने वाले बना महान्ति के आग्रह को उन्होंने मान लिया था, पर वह था होशियार। देख-रेख करते-करते उस जगह उसने सारु की खेती कर डाली। मकान बनाने का मुहूर्त आ गया, पर सारु कच्चे थे। मजबूर हो निर्माण का मुहूर्त आगे खिसकाना पड़ा।

दूसरे दिन मालिक-मालकिन कान्हू को मकान बनने वाली जगह पर छोड़ आए।

दीवार से सटा एक कमरे का 'आउट-हाउस' तैयार था। उसी में सीमेंट रखा हुआ था। मिस्त्री और मजूर अपनी गैती, कुदाल, झूड़ी और जरूरत का सामान वहीं रखते। मालिक ने उसी कमरे का एक कोना दिखाया कान्हू को, 'कान्हू यहीं रहेगा। पास में ढाबा है। कुछ दिन वहीं खा आया करेगा।'

'हीटर ले आने पर तू अपना खाना बना लिया करना,' मालकिन ने कहा।

कान्हू खुश हो उठा।

एक साल गुजर गया, पर सात-आठ साल हो गए लगते हैं। साल भर में ही नवागढ़ के अज्ञात गाँव का कान्हू मालिक का मैनेजर बन गया था। जब देखा, तब कान्हू की खोज। आते ही मालिक पूछ बैठते, 'कान्हू, घर का काम कहाँ तक हुआ?'

कान्हू भी कम तेज न था। ईंट, बालू, सीमेंट, चिप्स, लोहा-छड़, मिस्त्री-मजूरी, पाइप, मोटर—सभी का हिसाब उसकी जुबान पर रहता। मिस्त्री और मजूर भी कान्हू की पहरेदारी देख डरे रहते। कोई कहीं जरा भी बैठा, राजमिस्त्री किसी रेजा-कुली से थोड़ा भी हँसी-मजाक करता तो कान्हू को सहन न होता। वह जाकर डाँट-फटकार करने लगता। धमकी भी दे देता, 'मालिक से कह दूँगा।'

तेलंगा रेजा-कुली दाँत निपोरते ओड़िआ मिस्त्री से कहता, 'स्साला! घर का कोई है नहीं, पर छज्जे पर कौआ भी बैठने नहीं देता।'

कान्हू को यह बात चुभती। वह चिल्ला उठता, 'यह हमारा घर है, समझे? विश्वास न हो तो मालकिन से पूछना।'

बात यहीं खत्म न होती। मालिक-मालकिन के आने पर वह यह बात उठाता। वह तो मानो ट्रांजिस्टर सेट था। बीते कल से आज तक घटने वाली हर छोटी-बड़ी खबर बिना थमे एक-एक कर कह जाता। उसी में राजमिस्त्री का उलाहना देने वाला प्रसंग भी होता।

नाराज हो मालकिन राजमिस्त्री से कहतीं, 'ऐसा कहना तो ठीक नहीं हुआ।'

कान्हू राजमिस्त्री की ओर दाँत निपोरते हुए जीभ दिखाता। इसके बाद कमर में गमछा कसकर बाँधते हुए ईंट-बालू का हिसाब-किताब समझने के लिए चला जाता।

उसके जाने के बाद राजमिस्त्री कहता, 'स्साला, जंगली! जरूर 'कंध' (वनवासी) होगा यह!'

मालिक हँसने लगते।

सुबह होने से पहले कान्हू उठता। दातुन मुँह में डाल कुआँ से पानी निकालता। टुल्लू पम्प में पानी भरकर स्विच दबाता। चार-पाँच बार करने के बाद मोटर पानी खींच लेती। पाइप से पानी बहने लगता। नीली पाइप के साथ सफेद पाइप जोड़

आधी दीवार पर चढ़कर फैला-फैलाकर पानी गिराता। पानी छिड़काव के इस काम में उसके दो घंटे निकल जाते। तब तक पसीने से भींगी उसकी पीठ पर धूप चमकने लगती, पर कान्हू थकता नहीं। पानी छिड़कने का काम खत्म कर बालू को पैरों से सरका मन्दिरनुमा कर देता। रास्ते से जाती गाड़ी, मोटर, बकरी और उद्दंड लड़कों को गाली देता। उन्होंने उसकी बालू को छितरा दिया है। बालू का मामला सुलटीकर गिट्टियों के ढेर की ओर आता। इसके बाद ईंटों की तरफ। एक-एक कर ईंटों की गिनती करता, टूटी हुई ईंटों को साइज में रखता। इसके बाद अपने रहने वाली जगह पर जाकर काँसे के बरतन में चूड़ा-चीनी छककर खाता। तब तक धूप छज्जे के आसपास पहुँच रही होती...।

पर आज कान्हू पेट भर चूड़ा-चीनी नहीं खा सकता। ईंट के हिसाब में गोलमाल हुआ था। दो ईंटें किसने लीं, वह यह जान नहीं पा रहा था।

मालकिन ने कहा, ''इतना क्यों बड़बड़ा रहा है ? दो ईंट के लिए इतना बोलेगा तो आसपास के लोग गुस्सा नहीं करेंगे ?''

मालिक कार पार्किंग कर आ रहे थे। उन्होंने मालकिन को बुलाकर कहा, ''गाली देने दो, अच्छा है। आखिर लोगों को भी तो मालूम पड़े कि ईंट चुरा लेने की बात हमें पता है।''

कान्हू का स्वभाव ऐसा ही है। हँसेगा तो बात-बात पर हँसने वालों की तरह खी-खीकर हँसता ही रहेगा। हँसते-हँसते लोट-पोट हो जाएगा। गुस्सा हुआ तो बकबक चलती रहेगी।

मालकिन के मना करने के बावजूद वह बड़बड़ किए जा रहा था। सबसे ज्यादा अपने बाप को ही बकते हुए कहता कि उसका शराबी बाप रोज माँ को पीटा करता। उसे काम पर भेज खुद घोड़े बेचकर सोता। शाम को चावल या पैसे लेकर आने पर छीन लेता और दारू भट्ठी चला जाता था। माँ गुस्सा करती तो चाकू दिखा छाती पर चढ़ आता। लात-घूँसे मारता। यह सब बर्दाश्त करते हुए कान्हू को गले लगा भूखी-प्यासी सो जाती, पर उस अत्याचारी बाप ने दूसरी औरत के चक्कर में माँ को छोड़ दिया।

इतना बोलकर वह रुक जाता। मन-ही-मन कहता, 'बाबू का घर बन जाएगा तो वह माँ को गाँव से ले आएगा। माँ यहाँ कोठी में रहेगी। सुबह धूप चढ़ने तक सोएगी। किसी के यहाँ बर्तन माँजने नहीं जाएगी।'

इसके बाद वह आधा बन चुके घर के चारों ओर घूम आता। मालिक की कही बातों को याद करता। यह बैठक है, यह ठाकुरजी का कमरा, यह भंडार-घर, यह बाबू के सोने का कमरा, यह रसोईघर, यह बुबू बाबू का कमरा, दो स्नान-घर। इसके बाद एक छोटे कमरे के पास आकर अटक जाता। इस बार अपने गाँव में

खराडियाँ खेलते समय जैसे अपने घर को छेंककर खड़ा होता, वैसे ही उस छोटे कमरे के बीच खड़ा हो बोल उठता, ''यह है हमारा घर।''

कान्हू ने ठीक से पानी का छिड़काव किया कि नहीं, मालकिन इसकी जाँच कर रही थीं। जर्दावाले गुटखा की जरी कान्हू के रहने वाले आउट हाउस के पास पड़ी थी। मालकिन ने आवाज लगाई, ''कान्हू! तू गुटखा खाता है?''

वह क्या जवाब दे! यही सोचता आ रहा था कि मालिक ने उसे वापस लौटा दिया।

फुसफुसाते हुए मालकिन से बोले, ''ओ-हो! हर बात में बुबू की तरह उस पर शासन क्यों करती हो? मैं तो कहूँ कि छोटे-छोटे नशे करना अच्छा है, बल्कि कर सको तो कोई एक नशा करना उसे सिखाओ। नशे की आदत होगी तो उसे पैसों की जरूरत पड़ेगी। पैसों की जरूरत के चलते वह तुम्हारे पास टिका रहेगा। जो नशा जितना पक्का होगा, उस नशे के लिए आदमी उतना ही कमजोर होता है। कुछ समझ रही हो... ?''

शादी कर घर बसाए मालकिन को चौदह साल हो गए थे। मालिक का हर इशारा समझ लेने में वह पटु थीं। क्या समझीं, क्या जानें, उन्होंने स्नेह से मालिक की चिकोटी काट ली।

मकान का काम आगे बढ़ रहा था। बीच-बीच में आँधी-पानी के चलते काम अटक जाता था। कभी बालू न मिलती तो किसी दिन मिस्त्री न आते। मालिक आते और ये सब देख नाराज हो लौट जाते, पर कान्हू कहीं न जाता। दिन-रात, सुबह-शाम, गर्मी-बरसात, जेठ-पौष—हर समय वहीं रहता तो बाबू कहते, 'कान्हू बहुत अच्छा है।'

कान्हू हर समय घर की देख-रेख के लिए सतर्क रहता। यक्ष की तरह ईंट, बालू, सीमेंट की देखरेख में कोई कमी न छोड़ता। यहाँ तक कि आधी बनी दीवार पर कौओं तक को बैठने न देता। ऐसा भी न था कि कभी-कभी गाँव की बातें उसे याद न आतीं। माँ की बातें बराबर याद आती थीं, पर मालिक कहते थे, 'तू गया, मतलब घर का काम ठप्प! तेरे भरोसे ही काम चल रहा है। तू छुट्टी में गया तो हमारे घर का क्या होगा? मिस्त्री-मजदूर तो सारे बंडलबाज हैं!' सुनकर कान्हू की छाती चौड़ी हो जाती। गाँव जाने की बात भूल जाता। मालिक से पूछता, 'घर का काम पूरा हो जाने पर मैं माँ को ले आऊँगा। वो यहाँ रहेगी तो?'

उनका अधूरा घर कैसे पूरा होगा, मालिक इसी चिन्ता में रहते। जितना भी पैसा जहाँ कहीं से जुगाड़ कर लाते, सारा घर में घुस जाता। छत पड़ने तक चालीस फीसदी काम है। असली दौड़-भाग तो उसके बाद है। पाइप का काम, बिजली का काम, फर्श का मोजाइक, लकड़ी का काम और अन्त में रंग-रोगन का काम। वे परेशान हो उठते। कान्हू का सवाल पपीता की पककर लटकी

शाख–सा झूलता रहता। वे कहते, 'हाँ–हाँ, रहेगी।' फिर वे घर का काम–धाम देखने निकल पड़ते।

मिस्त्री–मजूरों का काम खत्म होते–होते रात हो आती। वे लोग पाइप में पानी चढ़ा हाथ–पैर धोना चाहते, किन्तु कान्हू मोटर चालू न करने देता। "करेंट खत्म हो जाएगा, तुम लोग कुएँ से पानी निकालकर धोआ–धाई क्यों नहीं करते?" वह उन्हें सलाह देता।

मिस्त्री बिगड़ते, रेजा–कुली हँसते। बूढ़ी रेजा कान्हू का गाल चीप देती, पर कान्हू टस–से–मस न होता।

"मालिक ने कहा है कि बेकार में मोटर नहीं चलाएँ।"

मिस्त्री–मजूर हाथ–पैर धोकर चले जाते। दिन में यहीं बैठकर खाना खाते, पर कान्हू 'अपने घर' के बीच में बैठकर खाता। यही तो एक दिन उसका कमरा होगा, यहीं वह माँ के संग बैठकर खाया करेगा। आज से ही यहीं बैठने या खाने से क्या हो जाएगा? छत तो पड़ ही गई है, पेंट हो जाने के बाद वह यहीं आकर रहेगा।

साँझ होने के बाद किसी के न रहने पर कान्हू उस कमरे के बीच में देर तक बैठा रहता। आँधी–तूफान, सियारों की हुँकार तक उसे डरा न पाते। वह बिन कपाट के उस कमरे की खिड़की से आकाश को निहारता। आकाश में लाखों तारे आँखें मिचकाते रहते, कान्हू भी उनके संग आँखमिचौनी करता। फिर बोलता, 'एक तारा, मानुष मरा, दो तारे शुभम्। तीन तारे जिसने देखे वो आयु रहते भी मरा।' इस तरह देखते रहने पर तारों के संग उसका परिचय हो जाता। तारे बहुत अच्छे हैं, हर रोज ठीक समय पर अपनी सही जगह आ जाते हैं। वह 'अपने घर' के झरोखे की खाली जगह पर चिन्ह लगाता। यह तारा उसके घर का तारा है। दूसरे कमरे के झरोखे से दिखाई देता मालिक–मालकिन का तारा और उस ओर का तारा बुबू बाबू का तारा।

यदा–कदा कान्हू हवा से बातें करता। हवा के साथ ताल देकर मुँह से सीटी मारता। गुटखा को एक ओर दबाकर सीटी मारते–मारते छत पर चला जाता। अपने कमरे की छत पर बैठकर दूर के बड़े–बड़े मकानों को निहारता तो उसकी आँखों में चौंध भर जाती। इतने बड़े–बड़े मकान! कितने हजार घर! उसके गाँव में तो इतने पेड़ भी नहीं हैं।

गाँव की बातें याद आते ही माँ की स्मृति कसकने लगतीं। कालिआ, जगुनी, बुलू, बइदा की भी याद हो आती। उनके घर के पास वाला बरगद भी स्मृति में उतर आता। बरगद के गहन हरे पत्तों के जोड़ों में लटकते छोटे–छोटे लाल फल। सौ–सौ, हजार–हजार, लाखों फल। नन्ही गिलहरियाँ दिन भर वहाँ दौड़–भाग करती रहतीं। पिछले पैरों पर बैठ, पूँछ को लम्बा कर बच्चों की तरह दोनों पैरों को हाथ बना फल खाती रहतीं। सैकड़ों पतंगें और तितलियाँ भी। कान्हू किसी भी

गाँववाले से डरता न था, केवल बइदा के मोहल्ले वाले हमलावर साँड़ और उद्धवा पागल के सिवा। उद्धवा पागल, बावला और बच्चा-घरैया था। दोपहर में नहीं सोने और रास्ते पर घुमक्कड़ी करने से उद्धवा पागल अपने चोले में बच्चों को धर लेता, फिर पहाड़ ऊपरवाली 'ठाकुराणी' (देवी) के पास ले जाकर बलि चढ़ा देता। इसीलिए वह उससे डरता।

कान्हू की छाती धकधक धड़क उठती। तब तक उसकी माँ काम से लौट आती। माँ के हाथ-पैर पानी से तर थे। पैरों की अँगुलियों के जोड़ों से माटी तेल का लेप चूता रहता। माँ अकेली चटाई बिछा सोई रहती। बीच-बीच में वह उसे ढूँढ़ता रहता। कान्हू की पलकें गीली हो उठतीं। वह जैसे माँ के पास खिसक आया हो, सीमेंट खम्बे के पास सरक मन-ही-मन कहता, 'माँ! दो महीने बाद हमारे दुःख दूर हो जाएँगे। मालिक के घर का काम खत्म हो जाएगा। तू रमेश तिवाड़ी को भेज देना। उसके साथ आकर मैं तुझे ले आऊँगा। फिर हम अपने घर में एक साथ रहेंगे।'

हवा सुन नहीं पाती कान्हू की बात। तारे समझ नहीं पाते। बादलों के झुंड और पेड़ों के पत्ते, कोई भी नहीं समझ पाते। कान्हू नन्हे बछड़े की तरह उचक-उचककर डेगता नीचे चला आता। हीटर चालू कर भात पकाता। इस हीटर के लिए मालिक को पैसे नहीं देने पड़ते। लाइनमैन हर माह पच्चीस रुपये लेता। लेता है तो ले, घंटे भर में कान्हू का भात 'डालमा' बन जाता। कान्हू खाकर उसी बालू-सीमेंट पर सो जाता। दिन सरकते रहते। काम होता रहता।

कान्हू देखता, कैसे दिनोंदिन घर सुन्दर लगने लगा। अब मालिक-मालकिन बहुत व्यस्त हो गए हैं। सारा पैसा खत्म होता जा रहा है। मार्बल के दाम चढ़ गए हैं, बढ़ई भी देर कर रहा है। लकड़ी तो सोने के भाव हो गई। मालिक का शरीर काला पड़ता जा रहा है। मालकिन चिड़चिड़ी होती जा रही हैं। काम खत्म हो तो वह निश्चिन्त हो। उन्हें इसी माह काम पूरा करना होगा।

कान्हू मालकिन के पास जा खड़ा होता। डबडबाती आँखों से निहारता। कान्हू के पास आते ही मालकिन उससे दूर चली जातीं। कान्हू के मन की बात उसके होंठों में ही रह जाती।

आउट हाउस तोड़ दिया गया है। वहाँ अब पाखाने की टंकी बनेगी। पहले जहाँ बनाने की बात मालिक करते थे, अब वहाँ नहीं बनेगी। उधर बनाने से वास्तुशास्त्री ने कहा है कि मालिक का नुकसान होगा। कान्हू कुछ नहीं बोला। वह तो अपने छतवाले कमरे में रहेगा। इस एजबेस्टस घर को कौन पूछता है ? जिधर देखो—बालू, सीमेंट, पानी बिखरा है। वह कपड़े-लत्ते ले सीधा अपने कमरे में चला आया। वहाँ बढ़ई ने अपना सामान रखा हुआ था, जिसे देख वह चिल्लाया, "अपने रन्दा, बटाली, आरी हटा लो, यह मेरा कमरा है।"

घर की प्रतिष्ठा के दिन कान्हू के लिए नई ड्रेस खरीदकर आ गई। ब्राह्मण ने उसके सिर पर अक्षत डाल सिन्दूर टीका लगा दिया। छोटा मैनेजर बिना काम पास वाले पड़ोसी के घर का चक्कर लगा आया।

मालिक ने कहा, ''आज ये बाँस के सारे भारे (मचान) खोल देना। पेंट का काम तो हो ही गया है।''

मालकिन मालिक को बुला थोड़ी दूर ले गई। मालिक गम्भीर हो गए। पूछा, ''कब बोल रहा था?''

''हर रोज तो कहता है, जाकर माँ को ले आएगा।''

मालिक ने नई नवेली दुलहन की तरह दिखते मार्बलवाले घर को निहारा और फिर काले, मैल से भरे कान्हू की ओर देखते हुए कहा, ''कल रमेश तिवाड़ी आएँगे, मैंने खबर भेजी है।''

अगले दिन रमेश तिवाड़ी आ गए। मालिक के क्वार्टर में कान्हू को बुलाया गया। मिक्श्चर, बिस्कुट और सन्देश खा लेने के बाद रमेश तिवाड़ी के लिए कान्हू घर से कॉफी ले आया।

तीन सौ रुपये अधिक देते हुए रमेश तिवाड़ी को मालिक तनिक दूर ले गए। तिवाड़ी ने मालिक की बातें सुन आँखों को बड़ा-बड़ा कर कहा, ''हैं! इतनी बातें?'' इसके बाद राह खर्च लेकर कान्हू को पुकारा, ''कान्हू, चलो बहुत दिन हो गए, तू गाँव नहीं आया। गाँव चल। मालिक ने घर-प्रतिष्ठा के लड्डू दिये हैं। बाद में माँ के साथ आना। घर का काम तो पूरा हो गया।''

कान्हू खुशी से नाच उठा। इतना भर सुनने के लिए ही तो वह कब से कान खड़े किए बैठा था। रमेश तिवाड़ी ने अभी छाता और चप्पल लिये भी न थे कि वह आगे-आगे दौड़ पड़ा। फाटक खोल रास्ते पर जा खड़ा हो आवाज लगाई, ''आओ, देर हो रही है। जाकर जल्दी ही आएँगे।''

रमेश तिवाड़ी पीछे-पीछे बस स्टैंड की ओर चले।

कान्हू के चले जाने के बाद मालिक बोले, ''कैसा बावला लड़का है! तिवाड़ी की जान आज सांसत में पड़ेगी। रास्ते भर उसे चैन से न रहने देगा!''

मालकिन हँस पड़ीं, मालिक भी। घर का काम पूरा हो चुका था। वे लोग खुश थे। मालकिन ने कहा, ''जो भी कहो, कान्हू नहीं होता तो मकान बनाने में हमें बड़ी परेशानी होती।''

दर्शन पढ़े मालिक ने कहा, ''कहीं किसी के लिए काम रुकता है?''

'एक दिन में ही लौट आएगा।' कहकर गाँव में पन्द्रह दिन रुक जाने को कान्हू जितना तकलीफदेह मान रहा था, वहीं माँ का उसके साथ शहर जाना अमंगलकारी है, हाथ जोड़ते हुए बोलना कहीं अधिक पीड़ादायक लग रहा था। इसीलिए वह

माँ पर बिगड़ जाता कि वहाँ बाबू न जाने क्या-क्या सोचते होंगे! काम पूरा हो गया, पर अभी भी छोटे-मोटे कई काम पड़े हैं। ईंट, सीमेंट, चिप्स, बालू—कितना कुछ सड़क किनारे पड़ा है। मोहल्ले के लोग हर समय लालची भूतों की तरह देखते रहते हैं। कान्हू नहीं है, यह पता चलने का मतलब है कि लोग माल उठा रास्ता नाप लेंगे, लेकिन माँ है कि कुछ समझती ही नहीं!

माँ की बस एक ही बात, 'वे बड़े लोग हैं, उनके घर में हम क्यों रहेंगे?'

कान्हू कुछ भी सुनने को तैयार नहीं होता। उसे पक्के घर की बातें याद आतीं। वहाँ के कामों की याद आती। उसे लगता कि उसके बिना वहाँ काम अटक गया है।

एक दिन रात में इन यादों के आने से वह बहुत छटपटाया। अगले दिन बस से मालिक के पास आ गया। रमेश तिवाड़ी के संग आते-जाते वह रास्ता जान गया था। कंडक्टर से बोला था, "भुवनेश्वर।"

मालिक के नए घर के सामने पहुँच कान्हू पहचान नहीं पाया। घर के आगे साइनबोर्ड लगा है। घर-प्रतिष्ठा के दिन के आम पत्ते सूख-साखकर झड़ चुके थे। फाटक के दोनों ओर सिन्दूर से बना चिन्ह अब भी दिख रहा है। बादामी रंग की शर्ट और कत्थई रंग की पैंट पहना व्यक्ति घर के आगे खड़ा है। कान्हू के घुसते ही उसने उसे रोककर पूछा, "कहाँ?"

"अपने घर।" कान्हू ने सहज भाव से कहा।

"तेरा घर?" उस व्यक्ति ने यों मुँह घुमाया मानो मैला देख लिया हो!

कान्हू कुछ नहीं बोला। वह समझ गया कि नहीं पहचानने के चलते ऐसा व्यवहार कर रहा है। उस पर दया दिखाने के अन्दाज में बोला, "मैं कान्हू हूँ, समझे? भीतर मालिक-मालकिन हैं न?"

"कोई नहीं है।" ठंडे स्वर में उसने उत्तर दिया।

"बुबू बाबू?"

"यह कौन है?" उसने पूछा।

"मालिक का बेटा।"

"तू पटनायक बाबू के बारे में पूछ रहा है क्या?"

"हाँ-हाँ! हैं न?"

"वे यहाँ नहीं हैं। यह घर अब 'हिल्टन कम्पनी' का गेस्ट हाउस है। साइनबोर्ड देखो।"

कान्हू को विश्वास नहीं हुआ। हठात् उस व्यक्ति की बगल से निकल पोर्टिको पार कर वह घर के अन्दर जा घुसा। उसे घर का रास्ता मालूम था। वह सीधा जाकर कपाट ठेल अपने घर में घुस गया, किन्तु वह क्या देखता है कि वहाँ उसके घर में रखी है चमचमाती टेबल, कुर्सी और टीवी। उसने धीरे से जाकर टीवी को

छू दिया। पैरों तले नरम कालीन। यहाँ चटाई और बिछौने की कतई जरूरत नहीं। कितना बदल चुका है उसका घर!

''पकड़ो-पकड़ो उस लड़के को!'' कहता दरबान दौड़ा आया। इस बार कान्हू की बाँह थामे वह एक तरह से उसे जमीन पर घसीटता हुआ ले गया, ''बाहर निकल यहाँ से, चोर कहीं का!''

कान्हू की बाँह कटकटा उठी।

उसने गुस्से से दरबार को देखा। बोला, ''मैं मालिक के घर से हूँ। तुम्हें दंड नहीं दिया तो मैं कान्हू नहीं।''

''ठीक है, जा-जा! पटनायक बाबू फैमिली लेकर दिल्ली चले गए। तू उनके घर में काम करता था तो वे यहाँ से रिलीव हो गए, नहीं जानता?''

''रिलीफ! रिलीफ मतलब?'' कान्हू ने पूछा।

''रिलीफ नहीं रे, जंगली उल्लू, रिलीव। घर का काम पूरा हो जाने की प्रतीक्षा कर रहे थे, वरना तो उनको कभी का दिल्ली चले जाना चाहिए था।''

मालिक नहीं हैं, मालकिन नहीं हैं। अब वह कहाँ जाएगा? यह आदमी भी बिना कुछ समझे-बूझे उसे रोकता क्यों है? अपने कमरे में जाकर उसे रहना है। वह रहेगा तभी तो माँ को बुला लाएगा। माँ और वह एक साथ यहाँ रहेंगे।

वह निहोरा करता-सा बोला, ''मैं कान्हू हूँ, इस घर का छोटा मैनेजर। यहाँ के हर काम की देखभाल मैं करता हूँ। ईंट, सीमेंट, बालू, चिप्स, लोहा, पत्थर, पानी छिड़काव—सब कुछ मैं देखता हूँ। मैं यहीं रहता हूँ।''

दरबान ने कान्हू को देखा। पास ही घर बनाने के समय लगे बाँस खुले पड़े थे। उसे दिखाते हुए उसने पूछा, ''वह क्या है?''

''बाँस का मचान मैंने बाँधा था।'' कान्हू ने उत्साह से भरकर कहा।

''इससे क्या होता है?''

''मिस्त्री इस पर चढ़कर काम करता है। मैं पानी का छिड़काव करता हूँ।''

''खोला हुआ क्यों है?''

''उसका काम पूरा हुआ, खुलेगा नहीं तो क्या होगा?''

''यह बात समझता है, पर अपनी बात नहीं समझता। तुझे तेरे मालिक ने घर के काम की देख-रेख के लिए रखा था। तू घर का काम देखता था। घर बनने का काम पूरा हुआ तो तेरा काम भी खत्म—बस्स!''

''पर मैं रहूँगा कहाँ?''

''ओ जंगली भालू!'' फिर दरबान ने मुँह घुमाकर रास्ते के किसी अज्ञात श्रोता से कहा, ''इसे मैं और क्या समझाऊँ, बोलो?''

कान्हू विकल हो कभी रास्ते को तो कभी उस घर को देख रहा था। इसी घर में उसने डेढ़ साल बिताया है। यहीं सोया है, यहीं बैठा है। इस घर के झरोखों से

आती हवा का आनंद लिया है। तारे गिने हैं, वर्षा की बूँदों को अँजुरी में भरा है, पर यह आदमी उसे 'अपने घर' में जाने नहीं दे रहा।

लूना पर बैठ एक व्यक्ति रास्ते पर जा रहा था। उसे देखकर मानो सचमुच कान्हू को जीवन मिला। वह उनके घर का काम करने वाला राज मिस्त्री था। वह पुकारते हुए दौड़ा, ''भाई, भाई, ओ भाई!''

राज मिस्त्री कान्हू को देख हँसा। बोला, ''अरे, कान्हू! तू कहाँ चला गया था? तुझे मैं मन-ही-मन खोज रहा था।''

''देख तो यह आदमी मुझे कैसे भीतर नहीं जाने दे रहा?'' कान्हू ने शिकायत की।

राज मिस्त्री ने दरबान को देखा। दरबान ने राज मिस्त्री को। दोनों हँस पड़े। राज मिस्त्री बोला, ''तेरे मालिक तो दिल्ली चले गए। अब इसे हिल्टन कम्पनी ने ले लिया है, गेस्ट हाउस के लिए।''

''पर...मैं रहूँगा कहाँ?'' कान्हू के स्वर में विकलता थी।

''तू घर बनने का काम देखेगा? बरमुंडा में शर्मा बाबू अपने घर के काम की देखभाल के लिए एक लड़का ढूँढ़ रहे हैं। तू करेगा?''

यह तो उसके प्रश्न का उत्तर न था। वह बेचैनी से बार-बार नये घर को देखे जा रहा था। इस घर में वह रह नहीं सकता, यह बात उसे हजम नहीं हो रही थी। उसके मालिक-मालकिन ने झूठ नहीं कहा होगा।

राज मिस्त्री ने लूना स्टार्ट करते-करते पूछा, ''धूप चढ़ रही है। क्या कहता है, बोल?''

कान्हू कुछ नहीं बोला। वहीं खड़ा रहा।

उसके सामने से अनेक वाहन गुजर रहे थे। राज मिस्त्री का लूना भी भीड़ में जा मिला, लेकिन कान्हू अब भी वहीं खड़ा था। अपना घर छोड़कर वह जाए भी तो कहाँ जाए?

झूठ का पेड़

सब के मुँह पर मानो ताला जड़ दिया गया था। महान्ति घर की बुढ़िया, जो ताजा मछली में भी कीड़ा फेंक देने को अपना काम मानती है, उसके मुँह पर भी इतना बड़ा ताला! साड़ी की किनारी को दाँतों से दबाए, पल्लू को सिर पर खींच अड़ोसी-पड़ोसी औरतें एक दूसरे पर एक चढ़ी, पीठ पर सिर रख ध्यान से परिडा घर के आँगन-द्वार को निहार रही हैं। दृश्य इतना विरल, इतना न्यारा है कि अपने अनुभव से तुलना करने का कोई प्रतिमान उनके पास नहीं है।

"मैं कह नहीं रही थी..." किसी शान्त पोखरी में नन्हा बच्चा फेंकने जैसा कुछ नई ब्याहता ने कहा, पर उसे अपना वाक्य पूरा करने का अवसर नहीं मिला। ऐसी महत्त्वपूर्ण घटना के बारे में पहली टिप्पणी देने का गौरव कुछ खास होता है, उसे कोई हाथ से जाने नहीं देना चाहता।

"तू क्या कह रही थी री?" प्रधान के घर की बड़ी बहू चौंक गई।

नई ब्याहता बहू को गड़बड़ा देने के लिए इतना ही काफी था, पर उनकी आशंका सच नहीं हुई। नई ब्याहता ने कहा, "मैं कह रही थी, परिडा घर की बहू की बड़े-बड़े लोगों से जान-पहचान है। मेरी बात तो किसी ने सुनी नहीं। जो भी हो, है तो भुवनेश्वर की बेटी!"

महान्ति घर की बुढ़िया अब चुप न रह सकी। इसके बाद चुप रहना तो मानो देशद्रोह सरीखा अपराध होता। उसने कहा, "क्यों री, किसने कब ऐसा कहा था? सभी उसे बड़बोली कहते हैं। फिर आज क्यों भली बन रही है?"

"अच्छा, ठीक, उधर देखो!"

ये सारी बातें तो बाद में किसी और दिन भी हो सकेंगी, पर सामने घट रही घटना मानो फिर कभी घटित न होगी, ऐसी धारणा देती एक किशोरी सबको परिडा घर के आँगन में हो रही घटना की ओर आकर्षित कर रही है।

पाटपुर गाँव के सिर पर है परिडा घर। सनातन के बाप-दादा गाँव में अपने पैतृक घर में रहते थे। शायद सनातन भी वहीं अपना जीवन बिता देता, पर तुलसी

ने ऐसा करने नहीं दिया। सनातन की धर्मपत्नी होकर इस गाँव में आने के अगले दिन से ही पुराने जमाने के घर को लेकर असंतुष्टि जाहिर करना शुरू कर दिया। चारों ओर से बन्द दीवारें, तेल सने चीकट दरवाजे और झरोखे, कनखजूरे, तेलिया कीटों से भरपूर छप्पर, तुलसी के पेट का भात बाहर निकाल लाए। सनातन ने स्वीकारा कि रेवेन्यू इंस्पेक्टर जैसे सरकारी अफसर की बेटी तुलसी की ऐसी प्रतिक्रिया स्वाभाविक थी।

तुलसी अपने नये ट्रंक और बैग में अन्य सामान के साथ दर्जन भर नये सपनों की पोटली भी लेकर आई थी। उसने एक-एक कर सब रख दिया सनातन के सामने। एक से बढ़कर एक, अगला पहले से भी अधिक सुन्दर।

उसने तुलसी के पाउडर सज्जित मुखड़े को निहार स्कूल के दिनों में पढ़े हुए नाटक के संवाद को याद करते हुए कहा, ''लंबे पेड़ की तरह गगनस्पर्शी स्वप्न देखने से क्या होगा? मिट्टी तले की जड़ें मजबूत होनी चाहिए।''

सनातन ऐसा कहने के बाद स्वयं अद्‌भुत आत्मविभोरता से रोमांचित हो उठा, क्योंकि उसे विश्वास था कि ऐसा मूल्यवान वाक्य इस गाँव के किसी पति ने अपनी नवपरिणीता पत्नी से कभी नहीं कहा होगा।

अपनों से दूर अपरिचित परिवेश में आने के बाद भी सिनेमा के नायक-नायिका जैसे गीत की आगे-पीछे की पंक्तियाँ पहले से जानते होते हैं, उसी तरह तुलसी ने जब सनातन से कहा कि आकाश को छुआ नहीं जा सकता, यह जानते हुए भी पेड़ बढ़ता है, नहीं तो बीज बना माटी में पड़ा रहता है, सुनकर सनातन रोमांचित हो उठा था।

उस रात पुनः-पुनः रोमांचित सनातन सुबह होते ही निर्णय ले चुका था कि मंत्री की पर्याय जैसी धर्मपत्नी यदि कोई है तो वह है उसकी पत्नी तुलसी। ये बातें लेकिन बहुत पहले की हैं। इसके बाद नाना प्रकार के कई नए कारण दिखा सनातन पाटपुर गाँव के सिरे पर स्थित इस डीह पर चला आया था। भाई चाह रहे थे कि इस जगह धान-मिल बिठाएँगे। डीह गाँव के सिर और बाजार चौक के आसपास होने के कारण यहाँ धान-मिल लगने से खूब चलेगा, इस पर सनातन भी राजी हो गया था, पर तुलसी का प्रस्ताव उसके लिए बाकी परिवार के निर्णय की अपेक्षा अधिक महत्त्वपूर्ण था।

सनातन ने जब यहाँ घर बनाया तो यह जगह सुनसान पड़ी थी, पर अब आसपास दूसरे लोगों ने भी मकान बना लिये हैं। सनातन के घर के चारों ओर नारियल पेड़, बाड़ी की ओर ताल, आँगन में कुआँ और तुलसी चौरा है।

''बड़े डील-डौल वाला दिखाई देता है बेटा! ये राजा है कि मंत्री री?''

''और क्या राजा रह गए हैं देश में? राजा का पद तो कब का उठ चुका। ये मंत्री हैं।'' एक किशोरी ने कहा।

''राजा का पद यदि उठ गया तो मंत्री पद कैसे रहा री?''

महान्ति घर की बुढ़िया ने उसकी बात को नापसन्द करने के अन्दाज में पूछा था, पर किशोरी चुप न रह सकी, ''पहले जिन्हें राजा कहा जाता था, अब उनको मंत्री कहते हैं। देश स्वाधीन हुआ तो राजे-रजवाड़ों का शासन भी उठ गया। देखती नहीं हो, ये क्या राजा की तरह मुकुट पहने हुए हैं?'' उसने उलटा जवाब दिया।

और कोई वक्त होता तो महान्ति घर की बुढ़िया चुप रहने वाली न थी। स्कूल जाने वाली इस छोरी को जरूर दो-चार तो सुना ही देती, पर आज उसके पास समय नहीं था। वह अपनी चौंध-भरी आँखों को परिडा घर की ओर लम्बा कर घट रही घटनाओं को देख रही थी।

परिडा घर के आँगन में घटित हो रही घटनाओं का यदि कोई धाराप्रवाह विवरण देता तो इस प्रकार देता : 'न कहा, न बोला, हठात् मंत्री की गाड़ी आकर सनातन परिडा के दरवाजे पर रुकी। खबर देने का मतलब कहाँ रहा? मंत्री के साथ सनातन परिडा के परिवार का गहरा सम्बन्ध है, सभी जानते हैं। सनातन परिडा की पत्नी तुलसी देवी पहले भी बार-बार आस-पड़ोस, बन्धु-बान्धव और जान-पहचान वालों को यह जानकारी देती आई है। मंत्री की गाड़ी आ पहुँचने पर सनातन दौड़ा और मंत्री को सत्कारसहित ले आया। तुरन्त पेड़ से नारियल उतारे गए और मंत्री के साथ आने वाले ड्राइवर, पुलिस, प्राइवेट सेक्रेटरी—सभी ने नारियल पानी पिया।'

मंत्री और उनके सहयोगियों के घर के भीतर जाने की घटना से सनातन और तुलसी जितने खुश हुए, अपने-अपने घर-आँगन से यह दृश्य देख रहे पड़ोसी उतने ही दुखी। इसके बाद का दृश्य नहीं देख पाना उनके दुःख का कारण था। तुलसी के पैर जमीन पर नहीं पड़ रहे थे। सैकड़ों बार ऐसे विवरण उसने पास-पड़ोस, पोखरी घाट और ब्याह-शादी में दिये होंगे! 'फलाने मंत्री के साथ हमारी रिश्तेदारी है, पुलिस डी.जी. हमारे घर आते हैं, कलेक्टर की पत्नी मेरी बुआ की बेटी है।' ऐसी महत्त्वपूर्ण खबर बहुत बार वह पाटपुर गाँव के लोगों को अयाचित रूप से दे चुकी है, किन्तु दुःख की बात है कि गाँव के एक भी आदमी ने उसकी बात पर कभी विश्वास नहीं किया। उलटे आँखें मिचमिचाकर हँसी को दबा उसे निहारते रहते मानो सच में वह उन्हें कहानी सुना रही हो! औरों की क्या कहे तुलसी, उसके खुद के सनातन ने भी उसकी बातों पर कभी विश्वास नहीं किया।

जब भी ऐसी कोई बात तुलसी ने कही, सनातन ने अविश्वास करने की भंगिमा में उसके पास से हटकर पूछा है, 'क्या सच में? मुझे पहले बताया नहीं, क्यों?'

पर तुलसी विचलित नहीं हुई। जब महान्ति घर की बुढ़िया अपने मैके की जमींदारी, प्रधान घर की नई ब्याहता अपनी बारहमासी खेती, दास घर की लड़की

अपने बाप-भाई के ट्रैक्टर से खेती और महापात्र घर की बहू उसके दहेज के सन्दूक को ससुराल के लोगों के सामने खोले जाने की बात करती है तो वह भी कहती है, 'मंत्री तो हमारे बन्धु हैं! छोटे-बड़े अफसरों की बैठकें और कहकहेबाजियाँ तो हमारे घर चलती ही रहती हैं।'

कहने के बाद वह किसी को ताकती नहीं। कहीं किसी की ओर ताकने पर कहीं उसकी बात पूरी न हो सकी तो? इसी आशंका से ग्रस्त हो बिना किसी से कुछ कहे वह वहाँ से उठकर चली जाती।

उसकी बातों को लोग सुन भर लेते हैं, पर उन पर विश्वास कोई नहीं करता। सभी कहते हैं, 'सनातन की पत्नी गपोड़ी है, आसमान से चुनकर आने जैसी बातें करती है। बाप ने तो जमीन-बाड़ी की माप-जोख में इधर-उधर कर भुवनेश्वर में मकान बना लिया और बेटी मंत्री से रिश्ता बता रही है!'

आठ साल गुजर गए। इस तरह लोगों की बातें सुनती आई है तुलसी। हाट से लौटते हुए सनातन ने भी सुना है। घर लौटकर कहा भी है तुलसी से, 'ये सब कहने की जरूरत क्या है? जो सुनता है, हँसता है।'

नागिन की तरह चिहुँक उठती तुलसी। सनातन के चेहरे पर एकटक आँखें टिका पूछती, 'केवल मैं ही झूठी हूँ? और तुम तो बड़े सच्चे हो, नहीं?'

सनातन इतना भर सुन लेने के बाद चुप हो जाता, मानो साँप ने सपेरे का सम्मोहन-मंत्र सुन लिया!

मंत्री कुछ पूछने जा रहे थे, तभी एक और जीप आकर सनातन के घर के सामने ठहरी। देखने वाले पड़ोसी एक बार फिर सनसना उठे। सारी घटनाएँ क्या आज ही यहाँ एक साथ घटेंगी? पड़ोसी एक और बात भी सोच रहे थे। उस बात के लिए वे बहुत दुखी भी थे। न सिर्फ प्रायश्चित्त कर रहे थे, बल्कि महसूस कर रहे थे कि तुलसी के प्रति उनका व्यवहार कतई ठीक नहीं रहा। जिस बहू पर पाटपुर गाँव के बच्चों, बूढ़ों, औरतों—सबको गर्व होना चाहिए, उसके प्रति वे पिछले आठ बरस से अन्याय करते आ रहे हैं। ऐसा व्यवहार कर उन्होंने केवल परिडा घर की बहू तुलसी का ही अपमान नहीं किया, बल्कि अपने-अपने भविष्य पर भी कुठाराघात किया है। मंत्री चाहें तो कितना कुछ हो सकता है! इस गाँव का भाग्य बदल सकता है—उनका अपना भी भविष्य बन सकता है। इस गाँव के बेकारों को नौकरी मिल जाएगी। गाँव के रास्ता-घाट की तस्वीर बदल जाएगी। बाढ़, अकाल से पीड़ित पाटपुर गाँव सुन्दर हो सकता है। इतने सारे सुयोग अपनी मूर्खतापूर्ण बातों से खो दिये हैं। तुलसी क्या ये सब भूल सकेगी?

मंत्री जितनी बार कुछ पूछने के लिए मुँह खोलते, तुलसी तब-तब कुछ-न-कुछ परोसकर उन्हें बोलने न देती। मैके से लाए पानदान में तुलसी द्वारा परोसे गए लौंग-खोसे दो सादा पान उठा मंत्री ने जीप में आए मोटे व्यक्ति की ओर देखा। मोटे

व्यक्ति ने कान-सिर सहलाते 'ये लीजिए' कह कागज की एक पुड़िया मंत्री के हाथों में थमा दी तो मंत्री गले में पड़े तिरंगे अंगवस्त्र को ठीक करते हुए उठ खड़े हुए।

अपनी जगह से मंत्री के खड़े होते ही इतने समय तक निस्तब्ध रहा तूफान भी उठ गया। सब-के-सब तत्काल उठ खड़े हुए और चाबी वाले खिलौने की तरह जाकर गाड़ी में बैठ गए। अब आगे जीप और पीछे मंत्री की गाड़ी।

मंत्री ने दोनों हाथ जोड़कर सनातन, तुलसी, देखने वालों, यहाँ तक कि समीप के नारियल पेड़, फूल-पौधों और रास्ते के किनारे की घास-झाड़ियों तक को नमस्कार किया और धूल उड़ाती गाड़ियाँ पाटपुर से छूमंतर हो गईं।

मंत्री के जाते ही तुलसी की व्यस्तता बढ़ गई। गाँव भर के लोग एक साथ उसके नदी तटवाले घर के आँगन में जमा हो गए।

पहले तो सनातन ने घर की काठ चौकियों और प्लास्टिक की कुर्सियाँ लाकर अतिथियों को सत्कारपूर्वक बिठाने की चेष्टा की, पर जल्दी ही वह समझ गया कि इतने अधिक दर्शनार्थियों के समावेश के लिए उचित व्यवस्था करना असम्भव है।

हालाँकि इसके बारे में गाँव के लोग कतई चिन्तित न थे। वे सब सनातन का समय भी नष्ट नहीं करना चाहते थे। वे तो तुलसी की सामान्य ढंग से देखा-देखी भर करना चाह रहे थे।

तुलसी लटई की तरह खाली घर से बाहर और बाहर से घर में घूम रही थी। वेश को सँभालने के दौरान ही वह कह रही थी, 'बाद में बात करेंगे, अभी तो व्यस्त हूँ। जिसकी जो भी शिकायत है, वह कागज पर लिखकर दे दो। जो करने की जरूरत है, करूँगी।' वह फिर से साड़ी बदलने भीतर चली जा रही थी।

पाटपुर गाँव में मंत्री के दौरे की ही चर्चा थी। तुलसी के परिवार से मंत्री की इतनी घनिष्ठता की बात तो कभी किसी ने कल्पना में भी न सोची थी। दूसरों की बातें तो दूर, पंचायत के सरपंच, पुलिस चौकी के सब-इंस्पेक्टर और उच्च प्राथमिक विद्यालय के हेडमास्टर तक इससे अनजान थे। सरपंच इतना भर जानते थे कि मंत्री चाँदबाली के नए अस्पताल का उद्घाटन करने आ रहे हैं, पर चाँदबाली-भद्रक के बीच पाटपुर गाँव में मंत्री के इस व्यक्तिगत कार्यक्रम का सुराग भी नहीं लगा था उनको।

मनुष्य के जीवन में कभी दस मिनट कितने कम होते हैं, कभी कितने अधिक, इस तरह के दार्शनिक चिन्तन में सनातन डूबा हुआ था। उसके चालीस साल के जीवन में ऐसी एक भी घटना कभी नहीं घटी थी। पढ़ाई, नौकरी की तलाश, हर ओर से निराशा, असफल हो गाँव वापस लौट आना और फिर भाइयों से अलग हो गाँव के सिरे पर मकान बनाकर रहने जैसे खींचतान और उतार-चढ़ाव भरे जीवन में ऐसा आश्चर्यजनक मुहूर्त तो कभी न आया था। उस दस मिनट ने न केवल उसके घटनाहीन जीवन को अर्थमय बनाया था, बल्कि इसी में वह अपने टूटे-

बिखरे से दिखाई देते भविष्य को एक बार फिर सँवार लेने की सम्भावना भी देख रहा था।

मंत्री यदि चाहे तो वह क्या नहीं कर सकता? नौकरी, ठेकेदारी, राजनीति—ऐसा क्या है, जिसकी उसमें योग्यता नहीं? वह बी.ए. तक पढ़ा है, ट्रैक्टर चला सकता है, अस्सी किलोमीटर की स्पीड से मोटरसाइकिल भी दौड़ा सकता है। जो लोग पाटपुर के सर्वेसर्वा बने बैठे हैं, उनसे वह किस गुण में कम है?

ढेरों सपने देखे हैं सनातन ने : भुवनेश्वर या कटक में उसका एक बँगला हो, बँगले के सामने कार। वह और उसकी पत्नी कार में बैठ घूमने जाएँ। बेटा पढ़ता अंग्रेजी स्कूल में। घर में फोन, टीवी, फ्रिज और ढेरों सामान हो। वह रहता उसी घर में, पर बीच-बीच में पाटपुर घूमने आकर रौब गाँठता, पर ये केवल सपने बने रहे। तुलसी के कहे अनुसार अंकुरित न हो सकने वाले बीज की तरह मिट्टी में दबा पड़ा रहा। उसके भीतर माटी की छाती चीरने का सामर्थ्य न रहा। वह बीज से अंकुरित नहीं हुआ। मिट्टी में रहकर आकाश को छूने जैसी हरियाली बात वह मात्र सोचता रहता। सोचते-सोचते रात बीत जाती।

तुलसी तब भी आँगन से लौटी न थी। वही एक सवाल! घुमा-फिराकर सब उससे पूछ रहे थे, 'मंत्री आपके क्या होते हैं—मामा या मौसा, भाई या जीजा?'

मंत्रियों से जैसे टीवी और अखबार वाले पूछते हैं, वैसे ही वे उससे पूछ रहे थे, पर तुलसी तो बस हल्की-सी मुस्कान से इतने सारे लोगों के सवालों के जवाब दे रही थी, कुछ बोलने की उसे फुर्सत ही कहाँ थी!

महान्ति घर की बुढ़िया, प्रधान घर की नई ब्याहता, महापात्र घर की स्कूल में पढ़ने वाली लड़की, गाँव के चौक-रास्तों को खेल का मैदान समझने वाले लड़के, महादेव के पुजारी, हमेशा व्यस्त रहने वाले गोविन्द साहू के साथ-साथ स्कूल के मैदान, पंचायत पोखरी और मन्तेई नदी के घाट—सभी मंत्री के दौरे की ही चर्चा कर रहे थे। उसी के भीतर वे अपने-आपको खोजने की चेष्टा भी कर रहे थे। भविष्य के खाते में इस घटना को कैसे और कितनी जल्दी खुद से जोड़ा जा सकता है, इस बारे में उद्यम भी कर रहे थे।

वह दिन इसी तरह से बीत गया। सनातन आशा कर रहा था कि अगले दिन भीड़ कम हो जाएगी, पर तुलसी वैसा नहीं सोच रही थी। अनुमान तुलसी का ही सही निकला।

अगले दिन उनके घर आनेवालों की संख्या बढ़ गई, पर मंत्री के यहाँ होने के समय उपजे कौतूहल और आज के कौतूहल के बीच बड़ा अन्तर था। बीते कल जैसे सभी एक साथ मंत्री को देखने के लिए उठ आए थे, आज वैसी हड़बड़ी नजर न आ रही थी, बल्कि हर कोई तुलसी और सनातन से अकेले में मिलना चाहता था। उनकी भाव-भंगिमा की तरह पहनावे में भी दिखावटीपन नजर आ रहा था।

हँसते-मुस्कराते, नमस्कार कर वे लोग चले आ रहे थे और 'एक जरूरी बात में तुम्हारी मदद चाहता हूँ' कहकर न जाने कितने छोटे-बड़े कामों की जिम्मेदारी सौंप रहे थे।

तुलसी यह भी ध्यान दे रही थी कि उनके घर आनेवालों में कोई भी खाली हाथ न आ रहा था। आते समय वे पास की दुकान से मिठाई या चाकलेट भी लाकर उनके बेटे को बुलाकर उसे थमा दे रहे थे। वे बच्चे के सिर के बालों को सहला देते और 'यह बड़ा होकर माँ-बाप का नाम रौशन करेगा' कहते हुए बहुत उत्साह से पेश आ रहे थे। अपनी बात कहते वक्त तुलसी और सनातन को इतना सम्मान दे रहे थे कि रह-रहकर वह उकता रहा था, पर सही समय पर तुलसी उसे उकताहट से बाहर निकाल लाती।

अतिथि के चरित्र के हिसाब से चेहरा भी बदल रहा था। पहले आसपास के लोग पैदल चलकर, नहीं तो साइकिल में आ रहे थे, धीरे-धीरे वह स्कूटर और मोटर साइकिल में बदला और हफ्ता पूरा होते-होते हर रोज दो-तीन जीप और कार सनातन के घर के सामने आकर ब्रेक मारने लगीं।

सनातन ने पूछा तो जाना, उनमें कोई इंजीनियर, कोई डॉक्टर, कोई कृषि अफसर तो कोई ठेकेदार होता। उनमें से कई तो सनातन से इस ढंग से बात करते, मानो पुरानी जान-पहचान हो और लौटते समय मिठाई के साथ एक-एक लिफाफा भी उसकी खटिया पर भूल जाने की तरह छोड़ जाते।

पहला लिफाफा कसकर पकड़े सनातन आँगन में दौड़ा था, पर चील की तरह उसके हाथ से लिफाफा झपटते समय सनातन की आवाज से पीछे घूमकर देखते उस सज्जन की आँखें तुलसी की आँखों से जा टकराई थीं। दोनों एक साथ मुस्करा दिए और भद्र इंजीनियर ने उत्साह भरी भंगिमा से 'जब भी कुछ दरकार हो, मुझे खबर दीजिएगा मैडम!' कहा और चले गए।

'मैडम!' चौंक पड़ा था सनातन और तुलसी के हाथों से लिफाफा छीन उसके अन्दर क्या है, देखना चाहा था।

शून्य से ताश की दो पत्तियाँ प्रकट करने की तरह तुलसी ने दिखाया—एक हजार वाले दो नोट!

सनातन दो कदम पीछे हट गया था। हजार वाले नोट इससे पहले उसने न तो देखे, न ही छुए थे। उसके घर की पुरानी और परिचित खाट, चौकी, कपड़े-लत्ते, बासन-कुशन—सब कुछ नए दिखे। एक अबोध की तरह वह तुलसी का मुँह देखता रहा।

उसके यों देखने का मतलब जैसे वह समझ गई हो, तुलसी बोली, 'हमने तो किसी से माँगा नहीं। इतना परेशान क्यों हो रहे हो? सोच लो कि लॉटरी लगी है।' कहकर वह नोट लेकर घर के अंदर चली गई।

सनातन सन्तप्त हो उठा। अपने सन्तप्त भाव का कारण वह तुलसी को कह भी न पा रहा था। दूसरे यदि तुलसी से फायदा उठा रहे हैं तो उसे क्यों सीधे-सीधे फायदा नहीं हो सकता? यह था उसके सन्तप्त होने का कारण, पर जब भी वह राजधानी जाने की बात करता, तुलसी नकार देती थी। कहती, 'समय आने पर वह खुद कहेगी।'

तुलसी की लोकप्रियता दिनोंदिन बढ़ रही थी।

अब कोई उसका परिहास भी नहीं करता था, बल्कि आदर और मर्यादासहित रहते। किसी का सरपंच, चेयरमैन या एम.एल.ए. से परिचय होता है, पर यहाँ तो सीधे मंत्री से परिचय! यह केवल गहरे मैत्री-संबंधों के चलते ही सम्भव है। भाग्यशाली व्यक्ति की किस्मत में ही ऐसा राजयोग होता है।

सनातन से कई लोग ईर्ष्या करते थे, पर वे लोग डरते भी बहुत थे। इसे सनातन भी अनुभव करता था।

दुकान पर पहुँचते ही दुकानदार गोविन्द साहू सबको छोड़कर पहले सनातन को पूछता और चाय-पानी पिलाकर सामान तौल देता। सनातन के हाथ से पैसा लेते समय वह खेद व्यक्त करता, मानो सचमुच सनातन उस पर दया कर रहा है!

चौकी का सब-इंस्पेक्टर बिना कारण नमस्कार करता और चौकी पर बुलाकर 'छेना-मुड़ुकि' और समोसा खिलाया करता।

गाँव के स्कूल के हेडमास्टर भी सनातन को देखते ही पढ़ाई बन्द कर देश के भविष्य को लेकर चर्चा शुरू कर देते और अपना विचार व्यक्त करते हुए कहते, 'सनातन जैसे योग्य व्यक्ति के समाज में रहते भी अयोग्य व्यक्तियों के हाथों में शासन होने के चलते ही आज देश की यह दशा हुई है।'

गाँव के सरपंच दिन में दो मर्तबे जैसे भी हो, सनातन से मिलकर जाते। साथ ही 'तुलसी से नमस्ते कह दीजिएगा' कहना भी न भूलते।

पास के बाजार का मिठाईवाला, गाँव के युवक संघ का सेक्रेटरी और गाँव में आए ब्लॉक ऑफिस के बाबू लोग सनातन के साथ बातचीत का अवसर मिलते ही स्वयं को कृतकृत्य अनुभव करते।

सनातन अपने भाग्य के बदलाव को लेकर जितना उल्लसित हो रहा था, राजधानी जाने के लिए तुलसी द्वारा मना किए जाने को लेकर उतना ही सन्तप्त हो रहा था। शायद यों ही कुछ समय और बीत जाता, पर एक दिन युवक संघ का सेक्रेटरी भाड़े की कार का इन्तजाम कर सनातन के पास मंत्री को 'चीफ गेस्ट' बनाकर लाने के वास्ते मदद माँगी। सनातन उसकी उपेक्षा न कर सका।

युवक संघ के सेक्रेटरी ने हालाँकि तुलसी से भी अनुरोध किया था, पर तुलसी ने 'मैं जाऊँ या ये जाएँ, बात एक ही है' कहते हुए सनातन की ओर देखा।

सनातन ने उल्लसित हो उत्तर दिया, ''नहीं-नहीं, दोनों क्यों जाएँगे?''

अन्त में युवक संघ का सेक्रेटरी राजी हो गया, पर 'फंक्शन में आप अवश्य ही हमारी गेस्ट रहेंगी' कहकर वह सनातन के साथ चला गया।

तुलसी बेटे को स्कूल ले जाने के लिए निकल रही थी, तभी अँधेरा-सा करते हुए काले मेघ घिर आए।

"बादलों का तो कहीं नाम भी न था," कहते तुलसी ने आकाश की ओर निहारा।

गहरे काले मेघ घिर रहे थे। इसी के साथ धूल-भरी आँधी और बवंडर भी उठे। देखते-देखते सूखे पत्ते चक्कर काटते हुए आकाश में उड़ने लगे। तुलसी वापस घर के भीतर चली आई।

बहुत देर बाद आँधी थमी तो वर्षा शुरू हो गई। वर्षा भी ऐसी, मानो घड़े में पानी डाला जा रहा हो! उस समय उसने सनातन के बारे में सोचा, 'अच्छे से सकुशल लौट आएँ वह।'

मेघाच्छन्न पाटपुर के रास्ते में पानी और कीचड़ भरा है। अर्जुनबाआजी पोखरी में मेढक टर्रा रहे हैं। बेटा सो गया है। तुलसी की आँखों में नींद उतर आई थी, पर सनातन खाली इधर-उधर करवटें बदल रहा है। उसे नींद नहीं आ रही। रात आधी बीत चुकी है।

कुछ देर बाद तुलसी ने पूछा, "क्या हुआ? मंत्री से भेंट नहीं हो सकी?"

सनातन कुछ कहने की इच्छा नहीं हो, इस अन्दाज में बोला, "भेंट न होती तो अच्छा होता।"

"इसीलिए तो तुम्हें मना कर रही थी।"

"तो क्या... ?"

"अरे, इतनी जोर से क्यों बोलते हो? मंत्री से भेंट के समय युवक संघ का छोकरा भी क्या तुम्हारे साथ था?"

"क्यों... ?"

"जो पूछ रही हूँ, वह बताओ न?" तुलसी ने कहा।

"नहीं था।"

"बच गए..." तुलसी ने राहत की साँस ली।

"क्या बच गए? इतना बड़ा झूठ क्यों बोल रही थीं?"

"कौन-सा झूठ... ?"

"तुम नहीं जानतीं? तुम्हें सब पता है, पर..."

"दूसरों को जताने-दिखाने भर के लिए हैं सारी बातें। मेरी ओर से कुछ भी न था। मैं और करती भी तो क्या?"

सनातन बिस्तर से उठा। लालटेन को तेज कर तुलसी की ओर देखा। वहाँ न तो कोई चिन्ता थी, न ही कोई उद्वेग। वह कतई विचलित न थी।

वह फिर सोने की चेष्टा करने लगा।

तुलसी ने पूछा, "क्या हुआ, बताओ न?"

"मंत्री ने पहचाना ही नहीं। कई मर्तबे बताने के बाद बोले—रथ शर्मा ज्योतिषी का घर समझकर उस दिन भूल से हमारे घर पहुँच गए थे। एस.डी.ओ. की गाड़ी पीछे रह जाने के चलते ड्राइवर घर नहीं पहचान पाया।"

तुलसी हँस पड़ी।

चिड़चिड़ाता-सा सनातन पूछ बैठा, "इसमें हँसने जैसी क्या बात है?"

तुलसी ने कहा, "सो जाओ। इतने दिनों बाद मुझे जताने-दिखाने के लिए कुछ मिला है। उसे गड़बड़ाने की तुम्हें कोई जरूरत नहीं।"

"तो क्या इतना बड़ा झूठ जीती रहोगी?"

"जब मैं कहती फिरती थी कि ये सब सच है, तब तो मेरी बात का कोई विश्वास नहीं कर रहा था। आज अगर तुम कहोगे कि ये सब झूठ है, तो भी कोई विश्वास न करेगा!"

सनातन ने एक बार फिर तुलसी की ओर देखा। नींद से बोझिल उसका चेहरा उसे रहस्यमय लग रहा था।

घर

छोटा भाई परेशान होता हुआ फोन पर कह रहा था, ''पिताजी का वही रोग फिर उभर आया है। वे घर से बाहर नहीं निकलते। आप जरा डॉ. राय से बातचीत करें। मुझे डर लग रहा है।''

मैं चौंक पड़ा। मन में कई तरह की आशंकाएँ उठ खड़ी हुईं, पर लिटू से कुछ कहा नहीं। वह जैसा डरपोक था, मेरी आशंका-भरी बातों से और डर जाता। मैंने कहा, ''तुम परेशान न हो। मैं अभी जाकर डॉक्टर से मिलता हूँ।''

मैंने जैसे ही फोन रखकर देखा तो रंजू खड़ी थी। मेरे माथे पर पसीने की बूँदों को देख उसने पूछा, ''किसका फोन था, क्या हुआ?''

नरम आवाज में मैंने कहा, ''लिटू का—राउरकेला से।''

मँझले के एक्सीडेंट वाले दिन से ही भोर में आने वाले ट्रंक कॉल से हमारे घर में सभी डरते हैं। बहुत ज्यादा परेशानी न हो तो भोर में चार-पाँच बजे प्राय: कोई फोन नहीं करता। मेरी सास के एक्सीडेंट की खबर भी इसी समय आई थी। बालुगाँ से लौटने के दौरान रास्ते में खोर्द्धा बाइपास पर उनकी कार ट्रक से टकरा गई थी।

भोर के निस्तब्ध काल में फोन की घंटी किसी मुसीबत के संकेत की तरह सुनाई देती है। इसीलिए मुझे उस समय फोन उठाने में भय लगता है। मेरे अपने असुरक्षित जीवन ने मुझे बचपन से ही डरपोक बना दिया है। मँझले भाई की मौत के बाद तो यह डर बढ़ा ही है, कम नहीं हुआ। राजू बाबू भी यही कहते हैं, 'आदमी हमेशा मृत्यु, बुढ़ापा और व्याधि की आशंका में ही जीता रहता है। उसके साथ हठात् ऐसी कोई दुर्घटना हो जाती है कि सारी योजना धूल में मिल जाती है।' लिटू ने कहा है कि डॉ. राय से सलाह कर उसे बताना है। देर होने पर, हड़बड़ा जाएगा वह। इतनी सुबह-सुबह में डॉ. राय को फोन करके उठाना ठीक नहीं होगा, बल्कि उनके घर चले जाना ही बेहतर होगा।

पिछली बार प्राय: पाँच साल पहले पिताजी को यह रोग हुआ था। एक दिन सुबह उठकर देखा तो बिना किसी को कुछ बताए वे कहीं चले गए थे। जाते

समय उन्होंने न तो छाता लिया, न ही चप्पलें पहनीं। यहाँ तक कि अपनी ऐनक भी नहीं ली थी।

'आप बूढ़े पर चीखे-चिल्लाए थे क्या?' यह एक वाक्य ऑफिस से बाहर और बस स्टैंड में सभी ने उस समय पूछा था मुझसे। इस प्रश्न को बार-बार सुनकर मैं जितना चिढ़ गया, उतना ही कुंठित भी हुआ था।

ठीक इसी तरह की बीमारी उस समय भी सामने आई थी। धीरे-धीरे पिताजी का बाहर घूमना-फिरना बन्द हो गया था। किसी के संग गपशप भी नहीं करते थे। यहाँ तक कि फूल लेकर महादेव मन्दिर भी नहीं जाते । पोती से लाड़-दुलार करना भी नहीं हो पाता। और तो और, गाँव की छोटी-बड़ी समस्याओं पर भी मुझसे कोई चर्चा नहीं करते थे। बस, चुपचाप घर के किसी कोने में यों बैठे रहते थे, मानो किसी से डरकर छिप रहे हों! गर्मी में भी पिछौरा या कम्बल ओढ़े रहते। घर में यदि कोई टीवी चला देता तो चुपके से आकर स्विच ऑफ कर चले जाते। रेडियो की बैटरी निकाल लेते और जब कोई कॉलिंग-बेल दबाता तो थरथराते हुए बाथरूम के कोने में जा छिपते थे। सत्तर साल के पकेव्यक्ति की यह दुर्दशा देख हम भयभीत हो उठते थे।

रंजू ने बताया था, 'तुम्हारे ऑफिस चले जाने के बाद 'कब बेटा वापस आएगा, कब आएगा' पूछ-पूछकर परेशान कर देते हैं। गुस्सा होने पर घर में छिपकर अपने हाथ-पैरों के रोम उखाड़ने लगते हैं और कभी किसी छोटे बच्चे की तरह खाट के नीचे घुस जाते हैं।'

डॉ. राय ने कहा था, 'सन्देह और पहचान की समस्या के चलते उनमें यह विकृति आ गई है। आप उन्हें गाँव छोड़ आइए, ठीक हो जाएँगे।' मैं प्रिस्क्रिप्शन लेकर बाहर जा रहा था कि उन्होंने दोबारा बुलाकर कहा था, 'और सुनिए, ये दवाइयाँ तो देंगे, पर सुबह ऑफिस जाने से पहले और शाम को ऑफिस से लौटकर पन्द्रह-बीस मिनट उनके पास बैठकर गपशप कीजिएगा।'

डॉ. राय की इस अन्तिम सलाह ने मानो मेरी पीठ पर भारी बोझ रख दिया। मैं सोच रहा था, 'सच ही तो है! आजकल पिताजी के पास बैठने का समय ही नहीं निकाल पाता। सुबह उठते-उठते ही काम में लग जाता हूँ। बेटी को स्कूल छोड़ना, बाजार से क्या लाना है, उसे समझना, फिर मिलने-जुलने वालों से पल-दो पल बातें कर विदा करने में ही सुबह निकल जाती है। इसके साथ भुवनेश्वर में तीन बार किराए का मकान बदलने और पत्नी-बच्चों की देखभाल भी शामिल है। ऑफिस के बड़े अफसर घर की समस्या समझते नहीं। गन्ना पेरने की तरह आदमी की देह का सारा रस निचोड़ लेना चाहते हैं। इन हालात में पिताजी के पास दो घड़ी बैठने का वक्त मैं कहाँ से लाता?'

इसके साथ पिताजी के लिए पहचान की भी समस्या है। शहर में वे परिचित होते हैं पोती के दादाजी, मेरे पिता, किसी के अंकल या मौसा सम्बोधन भर से।

मिलने-जुलने वाले लोग उनको दिखावे का नमस्कार कर घर के अन्दर घुस आते हैं। पिताजी के पास न कोई क्षमता होती, न कोई अधिकार। वे मानो सड़क किनारे के गैरजरूरी पेड़ हों! रहें तो ठीक, न हों तो किसी का कोई नुकसान नहीं। भुवनेश्वर से दो सौ मील दूर गाँव है, जहाँ इस घर के लोग मानगोविन्द महापात्र के नाम से परिचित होते हैं। उन्हीं की छाया में बढ़ते और खेलते-कूदते हैं।

डॉ. राय बिस्तर से उठ चुके थे। जाकर मैंने नम्रता से कहा, ''छोटे भाई ने फोन किया था, फिर वही बीमारी उभर आई है पिताजी पर, क्या करें?''

डॉ. तारापद राय बहुत ही सज्जन व्यक्ति हैं। उनका व्यवहार ही रोगी को आधा चंगा कर देता है। पागल रोगियों के बीच दिन व्यतीत कर वे दार्शनिक हो चुके हैं। उनकी बातचीत से ऐसा ही लगता है।

''इस बीच आपके घर में और कुछ वैसा ही घटा है क्या, जिसके चलते ऐसा हुआ, बताएँगे?'' उन्होंने पूछा।

मैंने कहा, ''मँझले का एक्सीडेंट...।''

''वह तो बहुत पुरानी बात है। उसके बाद...?''

''मैं याद नहीं कर पा रहा हूँ,'' मैंने धीरे से कहा।

पर डॉ. राय छोड़ने वाले शख्स नहीं थे। वे बोले, ''आपको याद करना होगा, नहीं तो रोगी को बिना देखे दवा लिख देना खतरनाक हो सकता है। कहीं कुछ हो गया तो?''

अभी मैं एक और बात कहने ही जा रहा था, पर मेरे भीतर किसी ने मेरा गला दबा दिया तो मैं कह नहीं पाया।

''आप उनके पास सुबह-शाम बैठते हैं?''

''बैठता था, पर उनके राउरकेला जाने के बाद...'' मैंने जानबूझकर डॉक्टर से झूठ बोला। भले ही मैं अपने-आपसे झूठ बोलता रहूँ, पर दूसरों के सामने एक गैर-जिम्मेदार बेटा होने की बदनामी नहीं ढो सकता।

वे थोड़े गम्भीर दिखे। बोले, ''आप उन्हें भुवनेश्वर ले आइए। अभी तुरन्त इलाज के लिए राउरकेला के डॉ. नन्द का पता दे देता हूँ, उनको दिखा दें।''

मैं उठने वाला ही था कि उन्होंने पूछा, ''पुराने प्रिस्क्रिप्शन लाए हैं?''

मैंने एक और झूठ बोला, ''घर में रखे हैं, साथ नहीं लाया।''

पिताजी के वे कागजात कहाँ रखे हैं, मैं खुद नहीं जानता। सच कहूँ तो पिताजी के ठीक हो जाने के बाद दोबारा उनकी जरूरत पड़ सकती है, ऐसा मैंने सोचा ही नहीं। इसके अलावा गैस-कार्ड, पासबुक और जमीन-जायदाद के कागजों की तरह पिताजी के प्रिस्क्रिप्शनों को मैंने उतना महत्त्व दिया भी नहीं।

'बूढ़े हो गए हैं। कुछ दिन के मेहमान हैं। उनके लिए क्या कोई इतना माथा-पच्ची करता है ?' पर जल्दी ही मेरा सिर घूम गया। जैसे कोई मेरे कानों के पास ये तीन वाक्य बोलकर चला गया था! मैंने यों ही सिर हिलाया—नहीं-नहीं, अपने बाप के बारे में क्या कोई ऐसा सोचता है ?

हठात् पिताजी द्वारा लिखी गई छोटी-छोटी माँगें मुझे याद हो आईं। काम के जंजाल में उनकी छोटी-छोटी इच्छाएँ एक तरह से मैं भूलता जा रहा था। पिताजी ने पत्थर से बने बर्तन की बात लिखी थी। ठाकुरजी की पूजा के लिए अच्छे पत्थर से तैयार किया गया कटोरा उन्हें दरकार है। मैंने उस दिन कहा था कि अब तो हर जगह स्टेनलेस स्टील के बर्तन चलने लगे हैं, पत्थर के बर्तन कौन खोजता है! वे हाथ से छूटे तो टूट जाएँगे। इसी तरह मँझले भाई के विवाह के बाद उन्होंने पीतल के सरौते के लिए लिखा था। विवाह के लिए जाते समय छोटा भाई नारियल और सरौता साथ लेकर गया था। हालाँकि वापसी के दौरान वर का सरौता कहीं गुम हो गया था। बहुत ढूँढ़ने पर भी किसी को नहीं मिला। घर आने के बाद बच्चों की तरह जिद की थी पिताजी ने, उन्हें उनका सरौता लौटाना जरूरी है।

उस दिन रंजू ने कहा था, 'बूढ़ा होने पर लोग यों लालची और मतलबी हो जाते हैं। सरौता तो घर में यों ही बेकार पड़ा था। बाद में क्या हम एक और नहीं खरीद देते ?'

'बाद में फिर कभी' के चक्कर में सरौता फिर खरीदा ही न जा सका। हालाँकि इस बीच घर में सौ सामान आए होंगे—फ्रिज, ग्राइंडर और वॉशिंग मशीन से लेकर कई तरह के सामान, पर इनमें पिताजी का सरौता नहीं था।

मैं इन दोनों वस्तुओं को खरीदने के लिए बाजार जाने निकला। पिताजी नया सरौता और पत्थर का कटोरा देख लेने पर खुश होंगे।

मुझे मेरे बचपन की बात याद आ रही थी। मेरी छोटी अधूरी चाह भी पिताजी लगे हाथ पूरी करते थे। मेरी फरमाइश पूरी होने में देर हुई तो मैं पिताजी के साथ बातचीत बन्द कर देता था।

छह महीने हो गए, पिताजी से मिले। सबसे छोटे भाई के विवाह के बाद राउरकेला जाने का और कोई काम नहीं पड़ा। पिताजी से मिलने जाने की बात मन में आने पर खुद ही तर्क भी रख देता, 'सारे झमेले तो सलटा दिये, फिर बार-बार राउरकेला जाकर क्यों किराया-भाड़ा लगाया जाए ?'

उस वक्त मुझे बचपन की बात याद नहीं आई। कोई कारण न रहते भी हर पन्द्रहवें दिन पिताजी का हॉस्टल आना भी स्मृति में नहीं आया। बार-बार सर लोगों से मिलकर मुझ पर नजर रखने के लिए दयनीय भाव से पिताजी का अनुरोध करना भी कतई मेरे मन में नहीं आया।

पिताजी तब क्या देखने के लिए बार-बार हॉस्टल आते थे? किसलिए गाँव की खेती-बाड़ी, यार-दोस्तों और बीमार पत्नी के जंजाल को पीछे छोड़ झोले में मुरमुरा, सतुआ, नारियल और चार-एक अमरूद लेकर दौड़े आते थे दस मील से? मैं भावुक हो रहा था। फिर अपने-आपसे कहता, 'हर बात को समझने-बूझने की जिम्मेदारी क्या केवल मेरी ही है? लिटू की भी तो कुछ जिम्मेदारी बनती है।'

पिताजी को भुवनेश्वर अच्छा लगता है। यहाँ हमारे घर में कई तरह की पुस्तकें, पत्रिकाएँ और अखबार उन्हें मिल जाते। राजनीति से लेकर धर्म पर चर्चा करने के लिए भी हमउम्र साथी पता नहीं कहाँ से आ जाते थे, पर पिताजी की बात मान बार-बार उनके लिए चाय-नाश्ता का इन्तजाम नहीं हो पाता। इन साथियों के लिए हर रोज बच्चों की तरह नई-नई फरमाइश। और फिर इन सबके ऊपर गाँव में घर बना देने की पुरानी माँग!

जानते-बूझते डॉ. राय के यह पूछने पर कि इस बीच और कुछ घटित हुआ है क्या, मैं चुप्पी लगा गया। न, चुप्पी नहीं, बल्कि जानबूझकर बहाने से टाल गया था, क्योंकि हम दोनों भाइयों ने मिलकर पिताजी से जो झूठ बोला था, उसे मैं डॉक्टर को बताना नहीं चाहता था।

गाँव में घर बनाना पिताजी की सबसे बड़ी और पुरानी इच्छा थी। मेरे बी.ए. करने के बाद से ही वे लगातार यह कहते आ रहे थे। यदा-कदा हम भाई जब उनकी इस बात पर कान नहीं देते तो वे माँ को इस काम में लगा देते, पर बकरी की तरह निरीह और खरगोश की तरह डरपोक मेरी माँ हमसे कभी यह बात न कहती। उलटे हमारी ओर से पिताजी को कारण बताने लगती थी।

पिताजी के मन में गाँव के घर का नक्शा हमेशा झूलता रहता था : सामने के दरवाजे पर शाल की चौखट, करमंगा की डिजाइन वाला कटहल की लकड़ी का दरवाजा, खिड़की पर कलश जैसा तोरण, बाहरी बैठक से लगा ठाकुर-घर , आँगन में तुलसी चौरा और ठाकुर घर से सटा उनका सोने का कमरा। सामने और तीन कमरे—तीनों बेटों के और अन्त में अतिथि और बन्धु-बांधवों की आवाजाही का एक और कमरा! पिताजी इतना कहकर रुक जाते। फिर शुरू होती माँ की बारी। वह अपने रसोईघर की बात बना-चढ़ाकर कहती। पिताजी कहते, 'जो भी करना है, एक ही बार में करो। मिस्त्री-मजूरी के डर से काम आधा-अधूरा करना ठीक नहीं।' हम तीनों सिर झुकाए उनकी बातें सुनते। फिर उनके घर का प्रस्ताव उन्हीं के पास रखकर अपने-अपने काम पर निकल जाते।

माँ बताती, 'तेरे चाचा के विवाह करके आने के समय ज्यादा कमरे नहीं थे। तेरे पिता ने अपना कमरा उनके लिए छोड़ दिया था। उस समय ये नौकरी-वौकरी

करते थे, बोलकर बाहर चले आए थे, पर इन्होंने सोचा था कि छोटा अपना कमरा तैयार कर इसे छोड़ देगा, पर तेरे पिता उस घर में लौटकर नहीं जा पाए। शहर में ही रह गए।'

माँ की बात गलत भी नहीं है, क्योंकि पिताजी से हमेशा अपने घर को छवाने की बात बचपन में हमने सुनी है। उस घर का बाँस का ढाँचा, उस पर नारियल पत्तों का छप्पर, दक्षिण दरवाजे की हवा, घर के सामने मधुमालती की लता—ये सारी बातें पिताजी कहते हैं। उस वक्त मैं हलफ लेने की तरह कहता, 'परेशान मत होइए। हम नौकरी करने के बाद पहले गाँव में घर बनाएँगे। आप और माँ गाँव में जाकर रहेंगे।' पर वह हलफ बनकर ही रह गया। पढ़ाई और नौकरी के साथ कदम मिलाते मानो हमारी दूरी बढ़ती ही गई, कम कहाँ हुई? तब चालीस-पचास हजार खर्च कर गाँव में घर बनाने की योजना नितान्त भावुकता-भरा अपव्यय ही लगा।

हमारे भीतर हुए इस बदलाव को समझते हुए पिताजी बीच-बीच में कहते, 'ठीक है, तुम लोग गाँव में नहीं रहे तो नहीं सही, इसके चलते क्या परदेशी बनकर छोड़ आओगे? सात पीढ़ी की पुश्तैनी जमीन पर क्या हमारा कोई चिन्ह नहीं रहेगा?'

पिताजी की बात मुझे तीर जैसी चुभ जाती। इस महँगाई के दौर में किराए का घर ढूँढ़ पाना कितना कष्टकर होने लगा है! कटक या भुवनेश्वर में दो कमरे का मकान बनाने से वह भविष्य में काम आएगा। शहर से सौ मील दूर मकान बनाकर क्या लाभ? आखिर क्या है गाँव में? न बिजली, न फोन! न कॉलेज, न अस्पताल! भुवनेश्वर से बड़ी भोर में भी निकलने से गाँव पहुँचते-पहुँचते आधी रात। कल को कुछ भला-बुरा हो जाए तो बूढ़ा-बूढ़ी को देखने के लिए जाना भी मुश्किल हो जाएगा। ऐसे गाँव में क्यों कोई मकान बनाए?

पिताजी मानो सब समझते हों! ऊपर से शान्त बने रहते, पर हम जानते हैं, वे नहीं समझे। इसका पता भी सात-आठ दिन बाद ही चल जाता। एक दिन सुबह-सुबह बोले, 'गोविन्द ने चिट्ठी लिखी थी। तेरा चाचा अपना पुराना घर तोड़कर नया मकान बना रहा है। घर तोड़ते समय बीच की दीवार भी टूट गई है। एक ही धरन का घर है। एक टूट जाए तो क्या दूसरा रहेगा? अभी आँधी-तूफान के चलते अपना घर भूत कोठी की तरह दिखता है। कुछ भी सही, करना तो होगा ही।'

'गाँव के स्कूल को दान क्यों नहीं कर देते?' लिटू चिढ़कर कहता, 'गाँव में जिसको आप सम्पत्ति कहते हैं, असल में वह विपत्ति है। कमाई से कहीं अधिक खर्च है उस पर। आप स्वयं जाकर उसे बेच-बाचकर निपटा आइए। मेरे पास समय नहीं है।' कहकर लिटू वहाँ से चला जाता।

पिताजी तब और कुछ नहीं कहते। लिटू की बातें सुन मुझे भी आश्चर्य हुआ। क्या यह वही लिटू है, जो छाया देखकर डरता था तो माँ ने हाथ में चार-चार तावीजें बाँध दी थीं? घर से बाहर जाता तो गाल पर काला टीका लगा, झाड़ू से तिनका तोड़ झाड़ देती थी। वही लिटू अब कितनी टनाटन बातें करता है!

मैं पिताजी को अपनी समस्याएँ समझा रहा था। दो-दो बच्चों की पढ़ाई का खर्च, पत्नी का शरीर स्वस्थ नहीं रहता। फिर आगे-पीछे के सही-गलत खर्चे! मुझे गाँव की जमीन का लालच नहीं है। तीन में एक तो गया। लिटू स्वयं गाँव की जमीन-वमीन सँभाले और वही उसका भोग करे। तब पिताजी का चेहरा किसी असहाय लावारिस बच्चे के मुँह की तरह दिखता। मैं फिर बात का रुख बदल देता, 'अच्छा, ठीक है, अगले साल देखेंगे!'

लिटू इन मामलों में प्रैक्टिकल है। वह सलाह देता, 'पिताजी को तो एक घर चाहिए, घर बना देंगे।'

घर तैयार हुआ, किन्तु गाँव में नहीं, भुवनेश्वर में। पिताजी रहे राउरकेला में। हम दोनों भाइयों ने विचार-विमर्श कर भुवनेश्वर में मकान बनाने का काम शुरू किया। पिताजी ने लिखा, 'ईंट की दीवार बनवाई है तो? भले ही छप्पर एजबेस्टस का बनवा, पर माटी की या कच्ची ईंट की दीवार मत बनवाना। शाल की चौखट बनवाई है तो? ठाकुरजी का घर अलग से बनवाया है तो?'

तब लिटू उन्हें समझा देता, 'सब ठीक-ठाक चल रहा है। घर बन जाने पर खुद जाकर नहीं देखोगे क्या?'

पिताजी गर्दन हिलाते हुए कहते, 'कौन जाने, तब तक मैं जिन्दा रहूँगा...'

मैं ऐसी अशुभ बात नहीं कहने के लिए उन्हें समझाता। पिताजी बात टालने की गरज से पोती को बुलाते, 'झुना, तेरी वो किताब लाना, जिसमें साहब लोगों की कोठियों के चित्र उस दिन दिखा रही थी।'

झुना रामायण के हनुमान की तरह बंडल भर किताबें लाकर दादाजी के सामने रखते हुए कहती, 'आप देखिए, होमवर्क हो जाने पर मैं आऊँगी।'

पिछली बार लिटू आया तो आधा बना मकान देखकर बोला, 'आखिर कितने दिनों तक पिताजी से डरकर मकान का काम यों आधा छोड़े रखोगे?'

तब मैंने कहा था, 'कोई उपाय नहीं है। मकान का काम पूरा होते ही पिताजी देखने के लिए आएँगे। हो सकता है कि वह दृश्य वे सँभाल न सकें।'

लिटू एक षड्यंत्र के सहभागी की भाँति चुप रह गया था, पर हम कर भी क्या सकते थे? गाँव में मकान बनाना इतनी सहज बात तो है नहीं। कौन जाकर गाँव में रहेगा? क्यों तो रहेगा? पिताजी के जीवित रहने तक ही तो गाँव से जुड़ाव है। उनके बाद गाँव में फिर रहेगा क्या हमारा? हम दोनों भाई तो यह भी नहीं जानते-पहचानते कि गाँव में हमारी जमीन है कहाँ, कौन-सी? हमें ही गाँव में कौन

पहचानता है? वहाँ मकान बनाने के लिए रुपया खर्च करने का मतलब है—उतना धन पोटली बाँधकर पानी में फेंक देना। न तो वहाँ मकान किराए पर उठ सकता है, न कोई काम ही आ सकता है। ठगों के काम आएगा।

रंजू ने पूछा, "डॉक्टर ने क्या कहा?"

मैंने उत्तर दिया, "पिताजी को लेकर आना होगा। उन्हें देखे बिना कुछ नहीं कह सकते।"

रंजू के मुखड़े पर बेचैनी दिखी। पिताजी के भुवनेश्वर आने पर सारी जिम्मेदारी उसे ही ढोनी होगी। घर के कामों के लिए नौकर-चाकर भी कोई नहीं। वे बूढ़े हैं। बिछौने पर ही टट्टी-पेशाब कर देते हैं, उस पर उनका पागलपन!

मैं रंजू के मन की बात समझ गया। ऊँची आवाज में बोला, "तुम्हारे पिता होते तो क्या तुम ऐसा सोचतीं?"

उसने हारे हुए से अन्दाज में कहा, "मैं करूँ भी तो क्या, बोलो? झुना की परीक्षा सत्रह से शुरू होगी। छोटा तो घड़ी भर भी दम नहीं लेता। मेरे कितने हाथ हैं...मैं किस-किसको सँभालूँगी?"

क्रोध, अहम् और लाचारी से मेरे सिर की नसें सनसनाने लगीं। रंजू से क्या कहूँ, निर्णय नहीं कर पा रहा। आदमी क्या इतना असहाय हो जाता है?

मैंने कहा, "तुम्हें जैसा जो चलाना है, चलाओ, किन्तु पिताजी आएँगे। हमेशा क्या यों ही खा-पीकर मस्त होती रहोगी?"

मेरा अन्तिम वाक्य ऊँट की पीठ पर बँधी रस्सी की तरह रंजू को चुभकर घायल कर गया। वह नाक फुला 'चौदह साल से घर-परिवार में उसे कौन-सा सुख मिला'—यही तलाश रही थी।

"मैं क्या यहाँ झूले में बैठी झूलती रहती हूँ? नौकरानी की तरह खटते-खटते हाथ-पैर की चमड़ी छिल गई। कमर-पीठ पिराते रहते हैं। कोई थोड़ा 'ओह' बोलने वाला नहीं, उलटे सब मेरे दुश्मन बने बैठे हैं। पिताजी यदि यहाँ आएँगे तो क्यों नहीं लिटू अपनी पत्नी को कुछ दिन के लिए यहाँ भेज देता?"

रंजू के गुस्से के बारे में जानता हूँ। एक बार जो उसके सिर पित्त चढ़ा तो फिर अच्छा-बुरा कुछ नहीं सुनती। घर के सामान यहाँ-वहाँ फेंकने से शुरू हो जाती है उसकी प्रतिक्रिया, जो बच्चों को दो-एक तमाचे जड़ने और भूखे ही सो जाने से ही शेष होती है।

बिना किसी को कुछ कहे मैं एडवांस टिकट बनाने के लिए बस स्टैंड की ओर निकल पड़ा। पिताजी को लाकर एक बार डॉक्टर को दिखा नहीं देने तक मैं अपने-आपको क्षमा नहीं कर पाऊँगा। लोग सुनेंगे तो क्या कहेंगे? कहेंगे, 'माँ का इलाज तो कराया नहीं, और अब बाप को भी...'

राउरकेला जाने वाली बस में बैठा मैं अपने गाँव के बारे में सोच रहा था। बंगोपसागर के तट का एक छोटा-सा गाँव। एक ओर बनिमाल, मन्तेई नदी और दूसरी ओर द्वीप जैसे दिखाई देते तीन-चार गाँव, एक-दूसरे से दूर-दूर। तीन मील की दूरी पर एक छोटा बाजार। बच्चे थे तब, जब पिताजी हम तीनों भाइयों को लेकर कादुआनासी गए थे। वहाँ हमारा नदी पार का घर है। धान कटाई-बिकाई के समय नौकर उस ओर रहते हैं। उनके लिए नई चाल तैयार होती है। घर के पीछे केले की बाड़ी, बाड़ी के नीचे पोखरी और पोखरी के चारों तरफ नारियल के पेड़।

पिताजी का सबसे विश्वस्त व्यक्ति था भ्रमरवर। हरिजन होते हुए भी बहुत साफ-सुथरा। पिताजी के पहुँचते ही तत्काल सारा काम-धंधा छोड़ उनकी सेवा के लिए दौड़ा आता। उसी भ्रमरवर ने उस दिन हमारे लिए रसोई की—उसना भात, छोटी मछली का चुड़ुचुड़ा, पकाया हुआ सत्तू और बड़ी अम्बिली। भूख से बाप-बेटे सबकी जठराग्नि सुलग रही थी। खाते-खाते कब भात खत्म हो गया, हम जान ही न पाए।

दोपहर हमने वहीं बिताई। पिताजी ने बता दिया था, इस निचली जमीन में लीलावती धान की खेती होती है। यह छोटे दाने का धान है। बहुत देर में पकता है यह। इधर की जमीन में जटिया धान होता है। यह धान भाद्र मास में पक जाता है। उधर हैं सोला, पाटणि किस्म के धान। सोला धान से मुरमुरे अच्छे बनते हैं!

खेती के पाठ में मँझला थोड़ा आगे रहता। उसने अपने हाथ की उँगली से मुझे बता दिया था, 'इत्ते-इत्ते छोटे धान। पहचानते हो?'

मैंने 'हाँ' भरी थी। छाँव ठंडी होने के बाद पिताजी हमें विजयपाटणा ले गए थे। वासुदेवपुर धामरा सड़क किनारे का एक शान्त हरा-भरा गाँव। वहाँ हमारी जमीन थी, जिसमें दूर के सम्बन्धी नरेन्द्र सब्जी की खेती करते थे। पिताजी तेज डग भरते हुए आगे बढ़े और बालू पर लोटते-से छोटे कच्चे कुम्हड़े को स्नेह से सहलाया। पूरी बाड़ी ककड़ी, कद्दू और मिरचे से भरी थी। पिताजी ने कहा था, 'यह माटी नहीं—सोना है, सोना। यहाँ एक बीज डालने पर भरपूर फल होते हैं।'

नरेन्द्र ने हमें कच्ची-कच्ची ककड़ियाँ तोड़कर ला दीं। उसकी बेटी एक कटोरी में नमक और कच्ची मिर्च ले आई। हम तीनों ने वहीं घास पर बैठकर ककड़ियाँ खाई थीं। लौटने के वक्त पिताजी ने कहा था, 'मेरी इच्छा है, एक गाँव में रहेगा, एक कादुआनासी में और एक विजयपाटणा में। गाँव में धान, कादुआनासी में मछली और विजयपाटणा में सब्जी की खेती।'

पिताजी पर पूरी तरह से निर्भर हमने तब पूछा था, 'आप कहाँ रहोगे? और माँ?'

इसके बाद माँ और पिताजी पर अपना-अपना अधिकार जताते हुए हम आपस में भिड़ गए थे। तब पिताजी ने सुलह का उपाय निकाला था, 'हम दोनों चार-चार माह तीनों जगह रहेंगे।'

सुनकर हम चुप हो गए थे।

उस दिन वापसी के दौरान हम बाप-बेटे चार थैलों में सब्जियाँ भरकर लौटे थे। चाँद को देखकर मन्तेई नदी में ज्वार चढ़ा था। पिताजी ने कहा था, 'पानी उतरा होता तो तुम लोग घुटनों तक दलदल में घुसते।'

मैंने पूछा, 'इस नदी के भँवर में फँसकर बहुत लोग मर गए हैं न?'

पिताजी ने कहा था, 'हाँ!'

उसके बाद उन्होंने समझाया था कि भँवर के चक्कर में आ जाने पर पानी का वेग कैसे गाय-गोरू और आदमी को तेजी से घुमाते हुए एकबारगी डुबो देता है।

लिटू उस समय छोटा था। किसी से सुना था तो पूछा, 'हमारे दादाजी इस नदी को भैंस की पूँछ थामकर पार होते थे?'

पिताजी ने कहा, 'हाँ-हाँ! कितनी बड़ी नदी है! भाटा होते ही तू तो तैर जाएगा।'

हम सब ठहाका लगा हँस पड़े। डरपोक लिटू का मन्तेई में तैराकी उपाख्यान! इससे बढ़कर हँसने की कोई और बात हो ही नहीं सकती थी।

पिताजी ने समझाया था, 'हँसो मत! बच्चा है, उसे शर्म आएगी और फिर वो रोने लगेगा। तुम्हारी माँ साथ नहीं है कि उसे समझा-बुझा लेगी।'

पिताजी सच कह रहे थे। लिटू की रुलाई नाक पर रहती है। एक बार जो शुरू हुई तो उसे समझाने-बुझाने में घंटों लग जाते हैं।

नाव इधर आकर लगी तो चाँद इमली पेड़ के सिर पर पहुँच चुका था। बाणिआसाहि के पास से कादुआनासी किसी परीकथा के स्वप्नलोक-सा दिखाई दे रहा था। उसके ऊँचे-ऊँचे नारियल पर चाँद की किरणें झिलमिला रही थीं। मन्तेई की पीठ मछली की देह पर छोटे-छोटे चमकते टुकड़ों की तरह चमचमाती दिखाई दे रही थी।

मैं मन-ही-मन बचपन के सन्मुख घुटने टेक माफी माँग रहा था। कर भी क्या सकता था! पिताजी चालीस साल के हुए तो मेरा जन्म हुआ। अवकाश ग्रहण के समय बचत के नाम पर पास कानी-कौड़ी भी नहीं थी। इसके बाद दोनों भाइयों की पढ़ाई, मेरा विवाह, फिर मँझले और छोटे का भी। पिताजी का सपना कहीं पीछे छूट गया। कमर सीधा कर गाँव की ओर देखने का साहस नहीं जुटा सके।

जानता हूँ, पिताजी यदा-कदा क्षुब्ध हो उठते। हम लोगों में कोई भी गाँव नहीं जाता, इसी का क्षोभ था उन्हें, पर कटक से बस, भद्रक से ट्रेकर और अन्त में चल-चलकर गाँव पहुँचते-पहुँचते अच्छा खासा आदमी भी बीमार हो जाए। ऐसे गाँव में क्या आना-जाना सम्भव है?

पिताजी कहते, 'चुंगा ने चिट्ठी भेजी थी। गाँव में सब मुझको परदेसी कहते हैं। तीन-तीन बेटों की शादी कर दी, गाँव के लोगों को मानगोविन्द बाबू ने भोज तक नहीं दिया!'

मैं समझाता, 'इस बार गर्मी में हम सब एक गाड़ी कर गाँव जाएँगे। अष्टप्रहरी कीर्तन कराएँगे। आमिष-निरामिष बनवाकर दो वक्त का भोज करवाकर लौट आएँगे।'

पिताजी का चेहरा खिल उठता। माँ भी कब की पीछे से आकर मेरे सिर के बालों को सहलाने लगती, पर उस गर्मी के बाद कई गर्मियाँ निकल गईं। हम लोग गाँव आकर भोज नहीं दे सके। हमारे भोज का इंतजार करते-करते माँ चल बसी। जिम्मेदारी से सिर झटक मँझला भी लौट गया है आधे रास्ते से। माँ के इलाज और मँझले के संस्कार-कर्म को पूरा करते हम दोनों भाई पूरी तरह से खाली हो गए।

मध्यवित्त परिवार की दशा तो गरीब की सस्ती रंगीन साड़ी की तरह है। पहन ले तो ओढ़ने के लिए नहीं, ओढ़ ले तो पहनने को नहीं।

बस तालचेर पार कर रही है। खिड़की से अँजुरी-अँजुरी भर ठंडी हवा आ रही है। मैंने फिर मन-ही-मन हिसाब लगाया कि दो-तीन कमरों का घर बनाने पर कितना खर्च आएगा। जी.पी.एफ. से मेरी बची-खुची बचत भी निकालूँ तो वह पन्द्रह हजार से ज्यादा नहीं होगी। लिटू क्या और रुपये देगा?

भुवनेश्वर का मकान बनवाने का काम शुरू ही नहीं करता तो ठीक रहता, पर सस्ते में प्लॉट मिल गया था। उसे हाथ से जाने देता तो बाद में पछताना पड़ सकता था।

मैं त्रिशंकु की तरह मध्य स्वर्ग में झूल रहा था। क्या करूँ, क्या न करूँ, कुछ भी तो फैसला नहीं कर पा रहा।

स्थितियाँ मेरे नियंत्रण से बाहर जा रही थीं।

लिटू के घर के सामने पाँच-छह लोग खड़े थे। मेरे मन की आशंका बढ़ गई। पिताजी की हालत क्या और अधिक बिगड़ गई?

लिटू घर से बाहर आ रहा था। मुझे देखते ही बोला, "कल रात पिताजी न जाने कहाँ चले गए!"

मैं धम्म से कुर्सी पर बैठ गया। पूछा, "पर गए कहाँ?"

लिटू की पत्नी बोली, "शाम के वक्त ओढ़-आढ़कर सोए थे। खाने के लिए बुलाने गई तो गेट खुला पड़ा था, पिताजी वहाँ नहीं थे।"

मैं नाराज हो उठा, "जानते हो कि पागल हैं। थोड़ा सचेत रहना चाहिए था। कमजोर बीमार पिता गए किधर?"

लिटू स्कूटर स्टार्ट कर कॉलोनी के सभी पहचान वालों के घरों में खोज आया। अतीत की जानकारी याद करते हुए मैंने कहा, "यहाँ ढूँढ़ने का कोई मतलब नहीं। पिताजी निश्चित रूप से गाँव गए होंगे।"

''रात में फोन किया तो भाभी ने बताया कि आप राउरकेला के लिए निकल गए, वरना मैं उसी रास्ते गाँव जाने के लिए आपको कहता।'' लिटू ने कहा।

''उनके पास कुछ रुपए-पैसे थे?'' मैंने पूछा।

''पता नहीं! आपने जो रुपया मनीऑर्डर किया था, वह सारा तो उन्होंने मुझे दे दिया था। शायद थोड़ा-बहुत कुछ होगा, पर...''

पहले भी एक बार भुवनेश्वर में रहने के दौरान इसी तरह बिना किसी से कुछ कहे पिताजी गाँव चले गए थे। उसके बाद भी एक बार इसी राउरकेला में दोपहर के समय बिना किसी को बताए तारिणी मन्दिर पहुँच वहाँ बैठे थे। इस बार शायद गाँव ही चले गए होंगे।

लिटू बोला, ''पिताजी ने कुछ कर तो नहीं लिया होगा?''

मैंने उसकी पीठ पर हाथ रखा, ''ऐसी अशुभ बातें मन में मत लाओ। दिन में तो गाड़ी-घोड़ा है नहीं। तू जा, एक टैक्सी लेकर आ। हम साथ ही निकल पड़ेंगे।''

लिटू टैक्सी लाने चला गया। उसकी पत्नी मेरे लिए चाय बनाने जा रही थी। मैंने मना कर दिया। उससे पूछा, ''पिताजी कुछ कह रहे थे क्या?''

उसने बताया, ''अपने-आप मन से इधर-उधर की बोल रहे थे। मैं नींद की दवा देने गई तो मुझ पर चिढ़ गए। उसके बाद मैंने कुछ सुना नहीं।''

मेरे दिमाग में आँधी के बवंडर उठ रहे थे। अस्सी साल का बूढ़ा आदमी। कमर झुक गई है। बीमार होने के दिन से सही ढंग से कुछ खाते-पीते भी नहीं। इस हालत में कैसे इतनी दूर गए होंगे?

रास्ते भर लिटू और हम चुपचाप बैठे रहे। मेरी आँखों में नींद का नाम न था और न ही पेट में भूख। लिटू की आँखों से आँखें मिलते ही मैं कमजोर हो जाता था। बीच-बीच में लिटू बच्चे की तरह पूछता, ''पिताजी क्या गाँव ही गए होंगे?''

घंटेश्वर पहुँचने पर साँझ उतर आई थी। रास्ते में गाँव की ओर जाते, हाट-बाजार कर लौटते लोग मिल रहे थे, पर वे लोग भी कुछ बता नहीं पा रहे थे। उलटे हमसे ही पूछ रहे थे, 'मानगोविन्द बाबू गाँव क्यों आएँगे? अरे, उनका इस गाँव से सम्बन्ध ही क्या है अब?'

हम दोनों को जैसे हर कोई नंगा कर इमली की छड़ी से चोट पर चोट कर रहा था। अपने खोल में घुस गए कछुए की तरह हम भी शर्म से अपना सिर गाड़ी के भीतर कर बैठे रहे।

गाँव पहुँचे तो रात के आठ बज चुके थे। शुक्ल पक्ष के चन्द्रमा के आलोक में टूटा-फूटा घर प्रागैतिहासिक जानवर की तरह दिखाई दे रहा था। घर के अन्दर से चाची बाहर आ रही थीं। हम दोनों ने उनको जुहार कर एक साथ ही पूछा, ''पिताजी?''

चाची बोलीं, ''अभी तो तुम्हारे पिताजी यहीं घूम रहे थे। चाय बनाऊँ क्या?'' उन्होंने पूछा तो मैंने मना कर दिया!

अब जाकर हमारे प्राण लौटे, पर पिताजी जैसे बीमार व्यक्ति इतना लम्बा रास्ता तय कर आए कैसे? अचानक क्यों गाँव चले आए?

लिटू पहले ही हमारे डीह तक चला गया था। वहीं से उसने आवाज लगाई, ''पिताजी तो कहीं दिखाई नहीं दे रहे!''

एम्बेसेडर कार को घेरकर गाँव के बच्चे जमा हो गए थे। ड्राइवर बेचारा अपनी थकान और भूख-प्यास भूलकर उनको दूर हटा रहा था। उसका डर बेमानी भी नहीं था। किसी दुष्ट लड़के ने यदि कुछ तोड़-ताड़ दिया तो उसकी कमाई से ही भरपाई होगी।

मैं चलता हुआ डीह तक गया।

चाचा के अपना हिस्सा तोड़ देने के बाद हमारा घर अपने आप गिर पड़ा था। कभी यहीं हमारा अपना घर था। यहाँ रसोई थी। इसी रसोई में माँ मछली भूँजा करती थी, रोटी पकाया करती थी। पिताजी यहीं, बरामदे में बैठकर, किताबें पढ़ा करते थे। हम लोग यहीं, बैठक में पड़ी खाट पर उछल-कूद किया करते।

अधटूटी दीवार के सहारे कोई चादर ओढ़े अधलेटा-सा बैठा था, ''कौन?'' मैंने लिटू से कहा, ''जरा टॉर्च ले आना।''

पर टॉर्च लाने की जरूरत नहीं पड़ी। चादर ओढ़े दीवार के सहारे अधलेटे से बैठे पिताजी को पहचानने में कोई मुश्किल नहीं हुई, पर पिताजी की देह बर्फ-सी ठंडी क्यों है? हम दोनों चीख पड़े, ''पिताजी! पिताजी!!''

लेकिन बहुत देर हो चुकी थी। उन्होंने उस आधी दीवार से सटे-सटे ही आँखें बन्द कर ली थीं। वहीं...उसी जगह...जहाँ हमारा घर था कभी और पिताजी खा-पीकर प्राय: वहीं बैठा करते थे।

पिताजी की बंडी की पॉकेट से बाहर झाँक रहे बंडल से गिरे कुछ कागज नीचे पड़े थे। मैं उन कागजों को एक-एक कर जमा कर रहा था, पर किसी भी कागज पर कुछ भी लिखा हुआ नहीं था। सारे के सारे कागजों पर बस टेढ़े-मेढ़े नक्शे उभरे थे—गाँव के घर का प्रस्तावित नक्शा!

टेढ़े-मेढ़े अक्षरों में पिताजी ने लिखा था—'बूढ़ा घर, लिटू घर, मँझली बहू का घर, ठाकुरजी का घर...'

बस, यही एक बात—घर!

ईंट

कुछ ही दिन हुए हैं, अनुपम जिधर भी देखता है, सबसे पहले ईंट ही उसकी नजर में आती है : ढेरों-ढेर ईंट, थाक पर थाक ईंट। कई रंगों में सजे मकान, कोठियाँ, दीवारें, बाड़ और लोगबाग भी उसे ईंट की दीवार सरीखे नजर आते हैं। उससे भी अधिक आश्चर्य की बात यह है कि उसे ये दृश्य विरक्त नहीं करते, बल्कि एक तरह की विह्वलता पैदा करते हैं। अनुपम ने समझा है, ईंट आधुनिकता की पहली पहचान है। कीचड़-भरी गाँव की गन्दगी से छुटकारा पाने का मूल आधार है। जिस देश की ईंट जितनी पुरानी, उस देश की बुनियाद उतनी ही मजबूत और उस देश की सभ्यता उतनी ही अभिजात मानी जाती है। वह महसूस कर रहा है कि वह ऊपर और ऊपर उठ रहा है। दुर्ग-सा अभेद्य और अट्टालिका-सा ऊँचा हो गया है उसका व्यक्तित्व।

अपने दफ्तर की खिड़की के शीशे से अनुपम ने बाहर की ओर झाँका। सचिवालय का लॉन, बगीचा, नारियल, देवदार और आम के ऊपर से तैरती उसकी दृष्टि कभी जनपथ तो कभी इन्दिरा पार्क की ओर घूम रही है। वहाँ से उसकी आँखें जहाँ तक उसे पहुँचा पा रही थीं, ऊँचाई को निहार पुनः साफ-सुथरे, सुन्दर और ठंडे कमरे में वापस आ जाती हैं। अपने कमरे से निहारने पर बाहर का सारा दृश्य वातानुकूलित म्यूजियम में झूलते चित्रों जैसे उसे शीतल और सुन्दर प्रतीत होते। रिक्शावाले का पसीना से भरा चेहरा, व्यस्त क्लर्क की उखड़ी-उखड़ी-सी मुद्रा, थुलथुल-से नेता की घिसटती-सी चाल, ताकतवर अफसरों का रोबीला अन्दाज और गार्डों की कपटभरी गम्भीर सतर्कता—सब कुछ नए ढंग के नजर आते। बाहर की बयालीस डिग्री गर्मी, बैसाख का करुणारहित दुर्व्यवहार और लू के तेज थपेड़ों का यहाँ भीतर कुछ भी पता नहीं चलता।

अनुपम शिक्षा विभाग में डिप्टी सेक्रेटरी है। एक प्रभावशाली अधिकारी के रूप में उसकी प्रतिष्ठा इस राज्य में सुपरिचित है। उसके सहपाठी मानगोविन्द दास के उच्च शिक्षा राज्यमंत्री बनने के दिन से अनुपम की निष्ठा विभागीय

शासन सचिव से भी अधिक महत्त्वपूर्ण हो गई है। विभागीय शासन सचिव द्वारा उससे ईर्ष्या रखने की खबर भी यदा-कदा अनुपम के पास पहुँचती रहती है। हालाँकि ऐसी खबरों से उसे दु:ख नहीं होता, उलटे वह उल्लास का अनुभव करता है। ऊँची चीज की ही छाया पड़ती है, पाँव तले रेंगते सरीसृपों की नहीं। इसीलिए प्रभावशील व्यक्तियों से दूसरे लोग डाह रखते हैं, जो स्वाभाविक है।

अनुपम की इच्छा थी कि बीते वर्ष के आरम्भ में वह केंऊझर या अनुगुल का जिलाधीश होकर जाता, पर अन्ततः ऐसा हो न सका। मुख्यमंत्री के सचिवालय ने मामला उलट दिया। बलाँगीर का जिलाधीश बनने की उसकी कोई इच्छा थी भी नहीं। वहाँ टिटलागढ़ की जल-समस्या सुलझाते-सुलझाते उसकी भूख-प्यास गुम हो जाती। कुछ दिन जरूर मन में सन्ताप रहा। असल में ज़िलाधीश पद का जो पावर और ग्लैमर है, वह उपसचिव पद में कहाँ? सेक्रेटरी और एडिशनल सेक्रेटरी तो उसका इस्तेमाल यहाँ एक क्लर्क की तरह कर रहे थे। अब जरूर हालात कुछ सुधरे हैं।

जिन्दगी को आनन्द से जीना अनुपम को अच्छा लगता है। उसके होने का एहसास यदि दूसरों को न हो तो उसके बने रहने का लाभ क्या? इसीलिए सचिवालय, क्लब, एसोसिएशन—हर जगह वह अपने प्रभाव का फैलाव चाहता और इस मामले में उसके सम्बन्ध खूब कारगर सिद्ध हो रहे थे। कहना तो यह ठीक होगा कि वह अपने मतलब से सम्बन्ध बना लेता है। इस मामले में उसकी ससुराल की ओर से भी उसे काफी सहयोग मिला। उसके रिश्तेदार ओडिशा के न्याय-विभाग, व्यापार-धंधे, प्रशासन और राजनीति—प्राय: सभी क्षेत्रों में फैले हुए हैं। इसमें अपनी ओर से भी उसने कुछ न कुछ जोड़ा ही है। इसीलिए अनुपम का चाहा काम सहजता से हो जाता। आज की समाज-व्यवस्था के अलग-अलग क्षेत्रों में उसकी रिश्तेदारियाँ उसे प्रतिष्ठा की सीढ़ियाँ चढ़ने में मदद करती हैं।

अनुपम को एक ही दु:ख है कि उसके पिता उसकी जीवन-शैली को पसन्द नहीं करते। इसके पीछे कई कारण हैं। काफी पहले अनुपम ने अपनी इच्छा से पत्नी चुन ली थी। पुराने संस्कारों को मानने वाले उसके पिता ने इसे पसन्द नहीं किया। एक कारण तो यही था। इससे पूर्व जहाँ अनुपम का विवाह होना था, उसे भी अनुपम ने ही तय किया था। इसका पता उसके माता-पिता को विवाह तय कर लिए जाने के बाद चला था, किन्तु प्राय: साढ़े चार साल तक उस परिवार के साथ रिश्तेदारों-सा सम्बन्ध जोड़े रखने के बाद हठात् एक दिन अनुपम ने इस सम्बन्ध को तोड़ मिताली से विवाह करने की घोषणा कर दी । इसका विरोध किया था पिता ने, पर मेधावी छात्र अनुपम ने तब उत्तर दिया था, 'जिस रिश्ते में व्यक्ति के ऊपर उठने की बजाय नीचे खिसक आने की आशंका हो, उसे तोड़

देना ही अच्छा होता है।' बेटे की बात सुनकर उस दिन बाप को आश्चर्य हुआ था। उन्हें अनुपम की यह बात पसन्द नहीं आई थी।

इस घटना के कुछ दिन बाद ही अनुपम को इसका एहसास हो गया था कि उसके और उसके पिता के बीच सम्बन्ध ठंडे होने लगे हैं। दोनों के बीच दूरियाँ पसरने लगीं। छोटी-छोटी बातों में मतभेद होने लगे। पहले की तरह उसके पिता अब उसकी गलतियाँ बताकर आलोचना न करते, बल्कि चुप रहने लगे थे। अनुपम भी अब अपनी ओर से गलतियाँ स्वीकारने को जरूरी नहीं समझता था। उसके पिता न तो भुवनेश्वर आते, न ही वह गाँव जाता। बहुत जरूरी होने पर फोन ही उनका सम्पर्क-सूत्र था।

जो हो, पर अनुपम सुखी था।

वह समझ चुका था कि अपनी सोच, अपने नजरिए और प्रयासों से बने रहना ही आज बड़ी बात है। यही कारण है कि वह किसी के समक्ष झुकता नहीं—चाहे फिर उसके पिता ही क्यों न हों, उसकी पत्नी मिताली हो या कोई और। उसका निर्णय ही अन्तिम हो, इसका वह बराबर ध्यान रखता था। लक्ष्य के साथ त्वरित कार्य-योजना भी वास्तविक होनी चाहिए, इसमें उसका कतई विश्वास न था। वह मानता था कि ऐसी सोच कमजोरों की होती है। उसकी दृष्टि में यह एक प्रकार की भीरुता होती है।

दरवाजा खोलकर चपरासी अन्दर आया। उसके हाथ में एक पर्ची थी। कोई उससे मिलने आया है, यह अनुमान लगते ही उसे चिढ़-सी हो आई। आज वह आर्किटेक्ट को बुलाकर नए मकान के प्लान पर फैसला करना चाहता था। जरा गरम आवाज में उसने पूछा, ''सुबह-सुबह कौन आ गया?''

अभी वह कुछ और कहने ही जा रहा था कि उसकी नजर दीवार घड़ी पर पड़ी। घड़ी का काँटा साढ़े बारह बजने की घोषणा कर रहा था। उसने चपरासी से कहा, ''ठीक है, बुलाओ।''

हर रोज अनुपम ऑफिस का फर्स्ट-ऑवर अपने व्यक्तिगत कामों के लिए रखता है। यदि मंत्री या सेक्रेटरी ने नहीं बुलाया तो घर से लिखकर लाई चिट को देख अपना काम पहले निबटाता। घर के फोन, पानी और बिजली की समस्या से लेकर अपने बिल, बैंक, टूर और रिजर्वेशन जैसे काम करता। घर पर रहते हुए ऐसे काम करने का मन नहीं होता उसका। फिर इस सरकार ने खर्चा कम करने के नाम पर घर का फोन और कार के इस्तेमाल पर पाबन्दी लगा रखी है। इसलिए ऑफिस के फोन, कार और समय तक का इस्तेमाल वह अपने कामों के लिए कर लेता है।

चपरासी की दी गई पर्ची पर लिखा था : 'अरविन्द महान्ति मार्फत पुष्पांजलि।' अनुपम हँस पड़ा। कौन है यह भाग्यवती पुष्पांजलि, जिसके नाम पर अरविन्द

महान्ति अपनी पहचान बता रहा है? पर 'पुष्पांजलि' के नीचे लिखे शब्दों पर अटक गया, बल्कि यह कहना ठीक होगा कि पल-भर के लिए वह गूँगा हो गया, क्योंकि वह शब्द था, पुष्पांजलि के गाँव का नाम—तलबंध।

तलबंध! पुष्पांजलि! इतने साल बाद अचानक ऐसा क्या काम आ पड़ा पुष्पांजलि का उसके पास? उसने कॉलिंग बेल दबाई। चपरासी के आने पर कहा, "उस सज्जन को बुलाओ।"

पुष्पांजलि से हुई आखिरी मुलाकात की बातें अनुपम को याद हो आईं।

"अन्दर आ सकता हूँ?" पूछते हुए छह फीट लम्बा, साँवला और पतले चेहरे का अरविन्द महान्ति तब तक उसके कमरे में आ गया। उसके चेहरे पर दरिद्रता के चिन्ह थे, फिर भी नहीं झुकने की एक तान स्पष्ट थी। अरविन्द ने आकर नमस्कार किया और टेबल के किनारे खड़ा हो गया।

"बैठिए!" अनुपम ने कुर्सी की ओर संकेत किया। वह समझ चुका था, यह व्यक्ति पुष्पांजलि का पति है।

अरविन्द बैठ गया।

"पुष्पांजलि?" अनुपम निश्चित होना चाह रहा था।

"सर, तलबंध की पुष्पांजलि दास अब महान्ति है। वह कह रही थी कि आपको पहचानती है।"

अनुपम को खुशी हुई। अरविन्द ने कहा कि पुष्पांजलि अनुपम को पहचानती है। मतलब, अनुपम चाहे तो पुष्पांजलि को पहचानता है या फिर उसे नहीं जानता। हालाँकि उसके मन में पुष्पांजलि के बारे में सब कुछ जानने का आग्रह कुलबुला रहा था। बीते दिनों की स्मृतियाँ कार्तिक शेष की हल्की ठंड की तरह उसे हुलसा रही थी, लेकिन अपनी आकुलता पर नियन्त्रण करने की भी वह भरसक चेष्टा कर रहा था। कोई उसके भीतर से चेता रहा था, 'इतना अधिक भावुक होना ठीक नहीं है।'

"क्या काम है?" अनुपम ने पूछा।

"सर...सर!" कहते हुए अरविन्द ने अपने बैग से कागजों का पुलिन्दा निकाला। उन कागजों पर कई दफ्तरों, कई अफसरों, कई स्टाम्प और दस्तखत थे—ठीक अरविन्द के चेहरे पर मौजूद उम्र और अभाव के चिन्ह की तरह।

अनुपम को खुशी छू रही थी। वह महसूस कर रहा था, दूसरों को दुखी या दयनीय देखकर जैसा सुख मिलता है, खुद के खुश होने पर वैसा सुख नहीं मिलता। कुछ समय तक एक परेशान हाल, सहारे की उम्मीद बाँधे व्यक्ति की मुद्रा में अरविन्द को देखने के बाद वह दयावान की भूमिका में उतरना चाहता था। कारण, अरविन्द की पत्नी पुष्पांजलि कभी उसकी वाग्दत्ता रही थी।

उसने पूछा, "समस्या क्या है?"

अरविन्द उलझन में था कि अपनी समस्या की कहानी किस बिन्दु से आरम्भ करे। अनुपम की सीधी–सपाट बातों से यह आभास तो हो चुका था कि वह उसे अधिक समय देने की इच्छा नहीं रखता। अरविन्द ने वैसी उम्मीद की भी नहीं थी। उसका काम चाहे हो, न हो, पर डिप्टी सेक्रेटरी से उसकी भेंट हो गई, इसके लिए वह स्वयं को भाग्यशाली मान रहा था।

बीते दिनों में कई बार वह पुष्पांजलि पर उसकी युवावस्था के प्रेम को लेकर नाराज हुआ था। कड़वी–कसैली बातें भी कही थीं, 'बड़े अफसर को छोड़, मुझ जैसे एक हाईस्कूल के हेडमास्टर से विवाह क्यों किया?' जैसे अपमानजनक सवाल भी पूछे थे, पर आज की इस घटना के लिए वह अपनी पत्नी के प्रति कृतज्ञ हो रहा था। कितने हेडमास्टर हैं, जो यों सचिवालय में आकर डिप्टी सेक्रेटरी से मिलने का सौभाग्य पाते हैं?

अरविन्द के लिए कॉफी, काजू और बिस्कुट आ चुके थे, डिप्टी सेक्रेटरी के लिए केवल कॉफी। यह अनुपम के दफ्तर का नियम था। किसके लिए केवल एक गिलास पानी आएगा, किसके लिए चाय या कॉफी और किसके लिए कॉफी, काजू और बिस्किट, यह उसका पी.ए. अच्छी तरह जानता था। कहना नहीं पड़ता था। अपने–आप वही आ जाता।

कृतज्ञ होते हुए अरविन्द ने कहा कि उसकी नौकरी के वेतनमान में हुई त्रुटियों को दस साल हो गए, समाधान नहीं होने के कारण वह अन्य हेडमास्टरों से कम वेतन पा रहा है। इस मामले में वह हाईकोर्ट भी गया और केस जीता भी, इसके बावजूद सरकार उसका दुःख नहीं सुनती। आनन्द घड़ेई से जयराम जेना और मानगोविन्द दास तक—तीन–तीन शिक्षा मंत्रियों के अभियोग–प्रकोष्ठ में पिछले दस सालों में पचास चक्कर लगा चुका, पन्द्रह–बीस हजार खर्च कर चुका, पर कोई उसका दुःख नहीं सुनता। नया वेतनमान लागू हो जाने से बकाया वेतन के रूप में उसे एक लाख बीस हजार रुपए मिलते। घर पर पिता बिस्तर पकड़े हुए हैं। वह भी आधा दिन अस्वस्थ ही रहता है। दयावान डिप्टी सेक्रेटरी अगर इतना विचार कर लें तो वह और उसका परिवार आभारी होंगे। पुष्पांजलि की सलाह पर वह उनके पास आया है।

इतना कह अरविन्द चुप हो गया।

अनुपम उसकी ओर देखते हुए भी अन्यमनस्क होने के चलते उसका अन्तिम वाक्य नहीं सुन पाया। अस्ल में वह पुष्पांजलि के बारे में ही सोच रहा था। अरविन्द की पत्नी पुष्पांजलि नहीं, उसके बीते दिनों की प्रणयिनी पुष्पांजलि की बातें। वही गम्भीर और आदर्शवादी पुष्पांजलि, जिसने अनुपम के भीतर ऊपर उठाने वाली बारूद भर दी थी। ऊपर उठने के बाद जिस प्रकार रॉकेट अपने लौंचपैड को भूल जाता है, अनुपम भी उसी प्रकार उसे भूल गया।

पुष्पांजलि की स्मृति उसके भीतर क्यों एक विचित्र-सा विषाद पैदा कर रही है, अनुपम समझ नहीं पा रहा था। शायद उसकी सोच थी, पुष्पांजलि को छोड़ आने के बाद भी पत्थर की अहल्या की तरह वह उसकी अपेक्षा में पड़ी रहती! या फिर वह सोच रहा था कि मिताली से विवाह कर सुखी संसार गढ़ने पर भी तलबंध की पुष्पांजलि अरविन्द से विवाह न कर उसी तरह अविवाहिता रह गई होती! जो हो, उसके लिए सन्तोष की एक बात तो थी कि पुष्पांजलि उसकी या मिताली की तरह सुखी नहीं थी। अरविन्द भी अनुपम-सा प्रभावशाली नहीं था। यह उपलब्धि अनुपम को आनन्दित कर रही थी।

अरविन्द अपनी समस्या बता चुपचाप बैठा था। अनुपम को अरविन्द का चेहरा एक लाचार, असहाय बैल के चेहरे-सा दिखाई दे रहा था। ऐसा व्यक्ति किसी पर हाथ नहीं उठाता, किसी के विरोध में चीखता नहीं। भाग्य पर भरोसा कर दरख्वास्त लिखता है, कचहरी दौड़ता है और दोनों ओर से निराश होने पर नारियल-केला का भोग चढ़ाने मन्दिर की ओर दौड़ पड़ता है।

अनुपम ने कहा, "मुझे इन सबकी जेराक्स कॉपी दे जाइए। देखता हूँ कि क्या कर पाता हूँ। आप अगले हफ्ते आइएगा।"

अरविन्द ने उठते हुए कहा, "आपके बारे में बहुत कुछ सुना है सर! आप तो उस इलाके के सबसे ब्रिलिएंट छात्र थे। सबसे योग्य खिलाड़ी भी रहे। पुष्पांजलि ने आपके बारे में कई बार बताया, पर आज मैं खुद महसूस कर रहा हूँ कि आप कितने दयावान हैं। आपको मेरी बात सही लगी, मैं आता हूँ सर!"

कमर खमदार बना, गर्दन झुका, देह के ऊपरी भाग को फर्श के साथ एक समान्तर रेखा पर रखते हुए अरविन्द ने नमस्कार किया और कमरे से बाहर निकल गया।

अनुपम मन-ही-मन बहुत खुश हुआ। उसके विषय में ऐसी बातें पुष्पांजलि बराबर अपने पति से कहती रहती है, यह बात उसे आनन्दित कर रही थी। कुछ पल के लिए उसने पुष्पांजलि के स्थान पर अपनी पत्नी मिताली को रखकर सोचा। मिताली यदि उसके घर में होते हुए बीते दिनों में किसी परिचित पुरुष के साथ रहे सम्पर्कों को लेकर यदि यों प्रशंसा करती तो क्या वह सहन कर पाता? नहीं, कदापि नहीं! पर अरविन्द सहता है। बेचारा स्कूल मास्टर!

पुष्पांजलि से सम्बन्धों की इतिश्री कर विदा वाले दिन अनुपम को उससे अधिक कुछ कहने की जरूरत नहीं पड़ी थी। एक मुग्ध और अंध-प्रशंसक की तरह पुष्पांजलि उसके रास्ते से हट गई थी, ताकि अनुपम ऊपर उठ सके, उसी में पुष्पांजलि का आनन्द निहित था। खुद ही अपने हाथों से उसने अनुपम की लिखी सारी चिट्ठियाँ, फोटो और उपहार नदी में फेंक दिये थे।

कितनी निर्बोध लड़की है पुष्पांजलि! —अनुपम मन-ही-मन उसकी निर्बोधता का मजाक उड़ाता। हर बार की तरह तब भी अनुपम कपट-भरे अनुराग, छल-

भरी भंगिमाओं और अधकहे शब्दों की आड़ में अपना असली चेहरा छिपाए रखने में सफल रहा। असल में उसके असली चेहरे को पुष्पांजलि कभी देख ही न सकी।

अनुपम अपने घर लौट रहा था। रोज जिस रास्ते से वह जाया करता था, उसी रास्ते पर था। दोनों ओर बड़े-बड़े मकान, नवनिर्मित 'कलिंग विहार'। मीलों तक फैली ईंट की दीवारें और ईंट से बनी बाड़। थाक पर थाक रखी ईंटें, ढेरों-ढेर ईंटें। पहले कटक से भुवनेश्वर आते हुए खपुरिआ चौक से रसूलगढ़ तक दोनों ओर दिखाई पड़ते थे हरे-भरे सुन्दर धान के खेत। नदी किनारे कांश के झुंड, पोखरी में लाल कमल, केनाल तट के किनारे स्नान में व्यस्त गाँव की किशोरियाँ—ये सारे दृश्य तलबंध गाँव की तरह दिखाई देते थे। अब तो दोनों ओर ईंट की दीवारें, पत्थरों की चारदीवारियाँ और 'यह जगह हमारी है' जैसी घोषणा करते अनेक पत्थर, बस! नदी किनारे-किनारे बने ईंट-भट्ठे। इन्हीं में बनती हैं ईंटें—लाल, गैरिक ईंटें, मजबूत, अंगार ईंटें।

भट्ठे में पकाए जाने से पहले तक ईंट का आकार बदला जा सकता है। सूखी मिट्टी में अँजुरी भर पानी मिलाते ही वह फिर से गीली, नरम हो जाती है। गीली मिट्टी को कोई तय जगह नहीं चाहिए। जहाँ कहीं रख दो, घिचपिच हो खप जाती है—दयनीय और असहाय लोगों की तरह, पर ईंट घिचपिच ढंग से नहीं बैठती। उसे तो तय आकार की जगह ही चाहिए।

याद आ रहे थे भद्रक-चाँदबाली सड़क किनारे के गाँव, तलबंध की बातें। खेरंग के पास से घटपुर होकर एक अनमनी-सी सड़क उस गाँव की ओर हर रोज दौड़ती-सी है। नई नदी की आड़ में केतकी की झाड़ और उनकी गोद-भरे खुशबूदार फूल। काँस के अंकुर नुआनई नदी के बीच उभर आए जमीनी उभार पर नृत्य रास की माया रचते हैं। पूर्णिमा की रात तलबंध श्यामल तराई-सा प्रतीत होता है। ऊपर मेघमुक्त आकाश, जमीन पर विस्तृत धान-खेत, बीच में काँस अंकुर और केतकी जैसे किआ फूलों की सुगन्ध। अनुपम के रोम-छिद्र अतीत की स्मृतियों में रोमांच की सिहरन से उत्तेजित हो रहे थे।

बार-बार सड़क किनारे के गाँव, तलबंध की बातें मन चंचल किए थीं और बार-बार पुष्पांजलि आँखों में तैर जाती थी। लम्बी, साँवली पुष्पांजलि, जो कुछ भी हाथ लगा, पढ़ जाती थी। पढ़ना, विचारना और पढ़ना पुष्पांजलि के मुख्य काम थे। इसीलिए जब भी अनुपम उससे रूबरू बातचीत करता तो सचेतन रहता। आम औरतों की तरह विलास व्यसन के प्रति पुष्पांजलि का कोई आग्रह न था। विरल स्वभाव की सरल और सहज, छलरहित लड़की थी वह। गहनों, प्रसाधनों और महँगे उपहारों से घृणा करती थी पुष्पांजलि। कहती, 'ये सब प्रेम नहीं हैं। प्रेम कभी भी इनके भीतर नहीं रहा। प्रेम तो बस चेतना में रहता है, भाव में होता है...वस्तु

में नहीं।' वह कहती, 'भाव-भावुकता से कविता लिखी जाती है, चित्र आँके जाते हैं, पर जीवन जिया नहीं जा सकता। जीवन जीने के लिए अंगीकार चाहिए।'

वैसे क्या नहीं होता? जीवन की प्राथमिकता क्या भिन्न अवस्था में बदल नहीं जाती? इसमें नई बात क्या है? अनुपम अपने-आपको उत्तर दे रहा था। असल में वह ग्लानि भाव से मुक्त होना चाह रहा था।

सारे सम्बन्धों में समन्वय जरूरी होता है, अलगाव नहीं। आदमी की नजर हमेशा ऊपर की ओर होनी चाहिए। जिसके साथ सम्बन्ध जोड़ने पर ऊपर चढ़ा जा सकता है, सम्बन्ध उसी से जोड़ा जाना चाहिए, वरना दूसरे तुम्हें पीछे छोड़कर आगे बढ़ जाएँगे और तुम बीच रास्ते में खड़े होगे। नितान्त अकेले!

पुष्पांजलि से प्रेम करना, उनकी मिली-जुली योजना और तलबंध की स्मृतियाँ—इन सबको भूल जाने के लिए अनुपम एक तरह से बाध्य हुआ था। तितली बन जाने के बाद कीट की स्मृति को लेकर जीने का कोई अर्थ नहीं, पर पुष्पांजलि की बातें क्यों उसे इतना अनमना किए जा रही हैं, वह समझ नहीं पा रहा। न जाने क्या-क्या सोचे जा रहा है और खुद को कमजोर महसूस कर रहा है! एक अलग तरह का ग्लानिबोध उसे पौष के कुहासे की तरह घेरे जा रहा है। तभी उसे लगा कि जिस चतुराई से वह पुष्पांजलि से अपने सम्बन्धों को स्लेट पर खींची गई लकीर को मिटा देने की तरह खत्म कर भाग आया था, उस कौशल को मानो कोई हठात् जान गया है।

उसने अपने दोनों ओर ताका। कहीं भी कोई उसे नहीं देख रहा था। वह स्वयं ही अपनी कार चला रहा था। उसने मन-ही-मन कहा, 'ऐसा ही होता है। जीवन गढ़ने के साथ-साथ व्यक्ति की पहल भी बदलती जाती है। बचपन की तितली के साथ वयस्क व्यक्ति जीवन नहीं जीता! जीवन के लिए तितली एक सच है तो गुलाबी कागज और नीली कलम भी। आयुर्वेद सच है तो जन्म-पत्रिका की गणना और मन्दिर दर्शन भी। यौवन की जरूरतें, उसकी भरपाई और आवेग के खालीपन को भरने के लिए तब पुष्पांजलि का प्रेम जरूरी था, पर मिताली के परिवार ने जिस तरह उसे रास्ते से उठाकर कुछ ही दिनों में वैभव और प्रतिष्ठा की अट्टालिका पर बिठा दिया, पुष्पांजलि का परिवार वैसा कदापि नहीं कर पाता।

अनुपम ने कार को मोड़ा। यहाँ से दाएँ मुड़ते ही उसका घर है। उसने सोचा, उसके जैसे व्यक्ति की प्रेमिका होने का परिचय क्या पुष्पांजलि के बचे रहने के लिए काफी नहीं है? एक स्कूल मास्टर की पत्नी होने के वर्तमान से तो एक प्रभावशाली अफसर की प्रेमिका होने का अतीत कहीं ज्यादा अच्छा है। भीतर-ही-भीतर मानो अनुपम बाइस-तेइस साल के तरुण में बदल गया। उसके रक्त-प्रवाह में तेजी आ गई। घुप्प अँधेरे में एक तरुणी के कोमल हिस्सों को छूने के एहसास की उत्तेजना उसके भीतर फिर पैदा होने लगी।

पुष्पांजलि को छूने की उत्तेजना का वह संवेदन, उसे मिताली के पास कभी नहीं मिला। मिताली तो बस एक शीतल नरम बिस्तर भर है। आवेग, भावुकता, प्रेम—ये सब उसके लिए बेमानी हैं। उसके लिए तो बड़ा बँगला, महँगी कार, हीरे-जवाहरात, वार्डरोब में भरी साड़ियाँ और पोशाकें, उँगली के इशारे पर ही हाजिर हो जाने वाले दो-तीन नौकर अधिक महत्त्वपूर्ण हैं। उसके पापा ऐसे ही थे, मिताली भी ऐसी ही है।

अनुपम उस रात और उसके बाद भी पाँच दिनों तक पुष्पांजलिमनस्क रहा। मन-ही-मन में कल्पना करता रहा कि पुष्पांजलि ने उसके बारे में अपने पति को क्या सब कुछ बताया होगा। हालाँकि इतना तो वह समझता था कि पागलपन की हद तक उसे चाहने वाली बात पुष्पांजलि ने पति को कदापि नहीं बताई होगी। कोई लड़की इतनी साहसी और स्पष्टवादी नहीं हो सकती। तब क्या बताया होगा? यही कि अनुपम के घर से उसके लिए विवाह प्रस्ताव आया था? अनुपम भी उससे विवाह करना चाहता था, पर बाद में उसने ही नकार दिया? इसे याद कर अनुपम हँसा। अपना बड़प्पन जताने के लिए कई लड़कियाँ ऐसा कहती हैं। मिताली तो कहती है कि मन को पसन्द न आने वाली चप्पलों की तरह उसने आठ-आठ युवकों के प्रस्ताव नकार दिये थे, पर क्या पुष्पांजलि ने अरविन्द से यों कहा होगा?

पुष्पांजलि की आँखें अनुपम के आगे नाच उठीं। पुष्पांजलि की नीली झील-सी गहरी आँखें। ना, उसने ऐसा कुछ नहीं कहा होगा। ऐसा उसका स्वभाव ही नहीं है। आखिर क्या-क्या कहा होगा अनुपम को लेकर? पुष्पांजलि और अरविन्द के बीच की निजी बातें जानने की इच्छा हो रही है अनुपम की।

अगली बार अरविन्द फिर आया, जिसे उसने बीते बुधवार को देखा था। आज भी बुधवार है। अनुपम जानबूझकर सूट पहनकर ऑफिस आया था। उस पर एक नीली टाई भी फब रही थी। अरविन्द के सम्मुख अनुपम का व्यक्तित्व किसी झोंपड़ी के पास खड़ी अट्टालिका जैसा लग रहा था। पिछली बार की तरह अरविन्द मिट्टी के गोले की तरह घिचपिच हो बैठा था और अनुपम बैठा था सीधा तनकर— किसी ईंट की तरह।

"ईंट और मिट्टी में क्या फर्क है, अरविन्द बाबू, बताइए तो?" सवाल सोचते-सोचते ही अनुपम पूछ बैठा था।

अरविन्द जवाब देने के लिए मुँह खोल रहा था। अनुपम अपेक्षा कर रहा था कि अरविन्द बोलेगा, मिट्टी का कोई व्यक्तित्व नहीं। घिचपिच, लथपथ, जहाँ जैसी जरूरत है, वैसा ही आकार ले लेती है, लेकिन ईंट सीधी, सुन्दर और मजबूत होती है। ईंट की दृढ़ता मिट्टी के पास भला कैसे आएगी, पर अरविन्द ने कहा, "मिट्टी किसी दिन ईंट में बदल सकती है, पर जितनी भी कोशिश कर लो, ईंट

दोबारा वही मिट्‌टी फिर से नहीं बन सकती। कोयला, आग और अंगारों से मिट्‌टी की सारी नरमाई जलकर कठोर हो जाती है।''

''ओह! ठीक, यह भी एक व्याख्या है। आप क्या साहित्य पढ़ाते हैं?'' अनुपम ने कोमलता से पूछा।

''नहीं, मैं गणित पढ़ाता हूँ सर!'' हर बार की तरह उत्तर देते हुए इस बार भी अरविन्द कुर्सी से उठ पड़ा।

अनुपम ने अपनी टेबल के ड्राअर से अरविन्द का 'ऑर्डर' निकाल उसकी ओर बढ़ा दिया, ''लीजिए, ये रहा आपका 'ऑर्डर'। ट्रेजरी को भी कॉपी भेजी गई है। सोचता हूँ कि अब और कोई समस्या नहीं होगी। यदि हो तो मुझसे फिर मिलिएगा।''

अब अरविन्द कृतज्ञ हो पिघल जाएगा। आग की आँच से मोम के पिघलने जैसा बह जाएगा। अनुपम ऊपर से तो बेपरवाह था, पर भीतर भावों का आलोड़न लिये उसे देख रहा था। सच, जैसे कह रहा हो, 'पुष्पांजलि को जाकर कहिएगा, अनुपम चाहे तो हफ्ते भर में वही काम कर सकता है, जो अरविन्द दस साल में भी नहीं करा सका।'

अरविन्द उठ रहा था, परेशान-सा कि क्या कहे।

अनुपम भी चाहता था कि अरविन्द कहे, पुष्पांजलि उसके बारे में क्या कहती है, वह कहे। पत्नी से सुन-सुनकर कैसे विरल व्यक्तित्व के अफसर के रूप में अरविन्द अनुपम को जानता था, वह भी कहे। अब उसका असली व्यक्तित्व, उसकी कल्पना की मूर्ति को बौना कर गया कि नहीं, अरविन्द को यह भी कहना चाहिए।

उस कमरे में अरविन्द और अनुपम के अलावा और कोई नहीं था। बस, एयरकंडीशनर और पंखे की आवाज सुनाई दे रही थी। बस कंडक्टर जैसे बैग रखते हैं, वैसे ही अपने बैग से अरविन्द ने एक लिफाफा निकाल डरते-डरते आदरसहित अनुपम की ओर बढ़ा दिया।

चिट्ठी! पुष्पांजलि ने लिखी होगी। अनुपम लिफाफा खोलकर उसके भीतर के कागज को बाहर निकालने के लिए अधीर हो उठा।

''यह क्या है?'' चीख पड़ा अनुपम। उसके एक हाथ में हजार के पाँच नोट और दूसरे में खाली लिफाफा था।

अरविन्द भयभीत हो उठा। पुष्पांजलि ने ठीक ही कहा था, उसे दस हजार लाना चाहिए था, पर असामर्थ्य के चलते वह उतना जुगाड़ नहीं कर पाया था। डूबते को तिनके का सहारा जैसी स्थिति में उसने कहा, ''पुष्पांजलि ने कहा था सर। अगले हफ्ते मैं बाकी पाँच हजार दे जाऊँगा। अभी मेरे पास और कुछ नहीं है सर!''

''स्टॉप इट्! आप क्या समझ रहे हैं मुझे?'' चीख उठा अनुपम।

''नहीं सर। आप बचपन में जैसे थे, पुष्पांजलि कहती है कि अभी भी वैसे ही हैं। मेरा विश्वास कीजिए, मैं अगले हफ्ते बाकी दे जाऊँगा। मैं आपको ठगूँगा नहीं सर!''

क्या कहे और क्या न कहे, अनुपम उलझन में सोच नहीं पा रहा था। उसकी हर चीख अरविन्द के मन में पुष्पांजलि द्वारा उसके बारे में बनाई गई धारणा को और पक्का करेगी, यह डर उसे निरुत्तर कर रहा था।

ऑफिस ऑर्डर को जेब में रख, पिछली बार की तरह नमस्कार कर अनुपम के कमरे से अरविन्द बाहर निकल गया।

अनुपम न तो कुछ कह पाया, न ही कुछ कर सका। उसके महँगे कारपेट बिछे कमरे में फेंक दी गई ईंट बेकार ईंटों की ढेरी-सी पसर गई।

वसुदेव

उस सुबह ममता सोने वाले कमरे में ही थी। बेटे प्रथम को गोद में भींचे खटिया पर पड़ी थी। सरोज कई बार उसे उठाने का प्रयास कर चुका है, पर ममता उसकी अनसुना किए पड़ी है। बीच में एक बार उठकर उसने प्रथम को पावरोटी और दूध दिया। उसे बाथरूम भी ले गई। उसके बावजूद माँ-बेटा चादर ओढ़े पलंग पर ही हैं। प्रथम तो ममता की गोद में सोया हुआ है, पर ममता कब-क्या अनहोनी घटित हो जाए, इस आशंका से ग्रस्त संत्रस्त भाव से खिड़की और दरवाजे की ओर बार-बार निहार रही है। उसके सिर के बाल तो फुरफुरा रहे थे, पर मुखड़ा म्लान था। नाश्ता करना तो दूर, सवेरे का उसने मंजन तक नहीं किया।

सरोज का माथा रह-रहकर दुःख रहा है। क्या करे, क्या न करे, वह कुछ भी तय नहीं कर पा रहा था। कभी-कभी तो इच्छा होने लगती कि छत से कूदकर आत्महत्या कर ले। ऐसा कोई मानसिक आघात शायद ममता को मौजूदा आघात से छुटकारा दिला दे! या फिर ममता की गोद से प्रथम को खींचकर डस्टबिन के कचरे की तरह कहीं दूर फेंक आए! नहीं तो ममता को ही सीधे-सीधे कह दे कि वह उसके जीवन से चली जाए, जहाँ भी उसकी इच्छा हो। ऐसा चुप्पी-भरा समय, वह भी छह-आठ महीने में हर बार की तरह एक बार फिर आ गया। सरोज बर्दाश्त नहीं कर पा रहा था, पर इनमें से वह कुछ भी नहीं कर पा रहा था। आत्महत्या के बारे में सोचने मात्र से उसका पिछला चालीस साल का जीवन उसे बहुत ही मूल्यवान लगा। ममता की गोद से प्रथम को छुड़ा लेना न केवल कष्टकर है, बल्कि असम्भव भी। ऐसा करते समय उसकी मर्दानगी पर ममता कैसी चोट करेगी, वह जानता है। अपनी जीवन परिधि से ममता को निकाल फेंकना सबसे कठिन है। दोनों खुद से अधिक दूसरे को प्यार करते हैं, यह सच्चाई भी दोनों को पता है।

तो फिर उसे क्या करना चाहिए?—सरोज चिन्ता में डूबा है। उसके दिमाग में आया कि किसी तरह यदि वह वासु को इस शहर से निकाल पाए, तब शायद ममता

कुछ राहत पाए, पर वासु नाम का वह व्यक्ति फिर किसी नए वेश में यहाँ वापस नहीं लौट आएगा, कौन कह सकता है? उससे हर बार की भेंट ममता को पहले से अधिक भयभीत कर देती। सरोज के मन में आता कि किसी दिन वासु को देखते ही भय के मारे ममता का हृदय काम करना बंद कर दे और वह मर जाए तो... ?

क्या वासु को किसी भी तरह रास्ते से नहीं हटाया जा सकता? सोचते-सोचते सरोज ने इधर-उधर देखा, मानो किसी को उसके षड्यंत्र का सुराग मिल गया हो! घर के आँगन में दोपहर की धूप भरी थी। एक कौआ पड़ोस के घर में पपीते के पेड़ पर बैठा काँव-काँव कर रहा था। मुरझाया गेंदा पौधे की डाली पर श्रान्त-सा दिखा। हर जगह पौष का धूसर रंग बिखरा-बिखरा-सा था।

वासु नामक उस व्यक्ति के साथ उसकी पहली मुलाकात आकस्मिक थी। उस दिन वह कटक रेलवे स्टेशन पर हावड़ा एक्सप्रेस की प्रतीक्षा कर रहा था। जबड़े के उभरे हाड़ वाला मुँह, बगुले जैसे लम्बे पैर, चँदला सिर और बीड़ी पीने से मटमैले पड़ गए होंठ वाला व्यक्ति उसके पास आया था। उसने स्वयं अपना परिचय देते हुए कहा था कि उसका सही नाम वसुदेव है, लेकिन उसे यहाँ 'वासु' और गाँव में सभी 'काना वासुआ' के नाम से बुलाते हैं। उसकी बेटी बहुत बीमार है, इसलिए वह तीस रुपए माँग रहा है।

'लोगों को ठगने का बहुत सरल उपाय खोजा है तुमने!' सरोज ने आगे कहा, 'रुपया-दो रुपया न माँगकर एक ही मर्तबे तीस रुपये? फिर तुम्हारी तो दोनों आँखें ठीक हैं तो खुद को काना वासुआ क्यों कहते हो?'

तब वासु ने लम्बी कहानी सुना दी थी। उससे पहले जन्मे उसके तीन भाई-बहन मर गए थे। वे स्वस्थ और सबल थे, इसलिए ईश्वर उन्हें ले गए, यह सोचकर माँ पहले से ही उसे काना वासुआ बुलाने लगी थी। बाद में गाँववाले भी उसे इसी नाम से बुलाने लगे।

सरोज तब हँस पड़ा था। बोला, 'अरे कोई तो आदमी को ठगता है, तुम तो भगवान को भी ठग रहे हो! भगवान क्या इतने मूर्ख हैं? क्या वे इतना भी नहीं जान पाए कि तुम सचमुच काने हो या दोनों आँख वाले हो? और... उसने तुम्हें छोड़ दिया!'

वासु वह सब तो सुनना नहीं चाहता था, उसे तो बस चाहिए थे तीस रुपये। सरोज ने आखिर उसे दस रुपए देकर अपना पिंड छुड़ाया था। वह जानता था कि वे दस रुपए वासु की दारू या गाँजा के खर्च की भरपाई हो गए होंगे।

फिर कुछ दिन बाद 'विश्वास क्लीनिक' के पास एक बार फिर वासु सरोज को मिल गया था। कुर्ता-पाजामा पर एक पुरानी-सी फतुही पहने वह लस्त-पस्त-सा था। चेहरा दाढ़ी के रूढ़ बालों से भरा। पिचके-से गाल। पहने हुए कपड़े इतने गन्दे और मैले कि आग भी छूने से हिचकिचाएगी। सरोज उसे अनदेखा कर आगे

बढ़ा, पर वासु ने लम्बा नमस्कार मारते हुए कहा, 'आपने उस दिन बड़ा उपकार किया। मैं यहीं पास में रहता हूँ। मुझसे कोई काम पड़े तो बताइएगा।'

'काम! वो भी तुमसे? अच्छा!' कहते हुए सरोज ने उसे टाला और डॉ. मिश्र के रूम में घुस गया।

उस दिन पहली बार ममता ने वासु को देखा था। यह भी पूछ बैठी थी कि इतने अजीब और बेढंगे आदमी को सरोज कैसे जानता है? चूँकि उस दिन पति-पत्नी दोनों ही डॉ. मिश्र की रिपोर्ट जानने को आतुर थे, सो वासु जैसे व्यक्ति के बारे में बात करने का न मन था, न फुर्सत।

डॉ. मिश्र ने बिना कोई भूमिका बाँधे बताया था कि ममता में कोई 'प्रॉब्लम' नहीं है, समस्या सरोज की है। वह बाप बनने में अक्षम है। फिर भी आजकल अब यह कोई समस्या नहीं है। बाह्य वीर्य के द्वारा ममता के गर्भाशय में भ्रूण-स्थापन किया जा सकता है। विभिन्न देशों में और भारत में भी ऐसी व्यवस्था सफल हो रही है।

डॉ. मिश्र जितने स्वाभाविक ढंग से बातें कर रहे थे, सरोज उतना ही अकबकाते हुए परेशानी महसूस कर रहा था। क्षणमात्र में उसकी अच्छी-खासी नौकरी, आलीशान बँगला, महँगी कार, जान-पहचान और प्रतिष्ठा—सब कुछ जैसे बेमानी लगने लगे। वह सिर थामकर बैठ गया था।

डॉ. मिश्र स्पर्म डोनर, कृत्रिम प्रजनन, हिस्टरलाप्रास्कॉपी और न जाने क्या-क्या बता रहे थे। ममता सिर नवाए ध्यान से सुन रही थी, पर सरोज डॉ. मिश्र को सीधे निहारते हुए भी उनका कोई शब्द सुन नहीं पा रहा था।

नपुंसक को क्या कोई हक है धरती पर जीने का? यह प्रश्न बार-बार उसके मन को कुरेद रहा था। उस समय तो उसकी इच्छा हो रही थी—काश, वह किसी अँधेरी गुफा में जाकर छिप जाए! ममता की ओर देखने की भी उसकी हिम्मत नहीं हो रही थी। पता नहीं, वह उसके बारे में क्या-क्या न सोच रही होगी! सोचकर वह अपमान की आग में जलकर अंगार हो रहा था।

उन कुछेक महीनों की परेशान हाल जिन्दगी की बातें भी खुद सरोज सोच नहीं पा रहा था। ममता ने भी अपनी ओर से कृत्रिम प्रजनन की बात नकार दी थी। उसकी आशंका थी कि इस तरह से हासिल उसका मातृत्व समाज के आगे उसे सम्मान देने पर भी सरोज से उसे दूर कर देगा। शायद इसके बाद पैदा होने वाला बच्चा, केवल माँ की सन्तान होकर तो बचेगा, पर बाप के स्नेह और विश्वास से सदा-सदा के लिए वंचित होकर रहेगा। इस एक समस्या का समाधान करने के चक्कर में किसी और परेशानी को वह न्योता देना नहीं चाहती थी। अपने पन्द्रह वर्षों के वैवाहिक जीवन से उसने इतना तो अनुभव हासिल कर ही लिया था कि अभी सरोज चाहे कुछ भी कहे, पर एक दिन जरूर इस मामले को लेकर उसकी प्रतिक्रिया सामने आएगी।

एक छत के नीचे दो अपरिचित व्यक्तियों की तरह जीते-जीते कुछ माह निकल गए। आखिर ममता ने ही अपनी जुबान खोली, ''यदि डॉ. मिश्र ने तुम्हें न कहकर मुझे ही बाँझ बता दिया होता तो, अब जैसा व्यवहार तुम कर रहे हो, क्या वैसा ही करने का मेरा भी अधिकार होता? बिलकुल नहीं! बल्कि तुम तो मुझे धक्का मारकर अपने जीवन से निकाल चुके होते। अभी कम-से-कम हम दोनों तो अपने घर पर शान्ति से हैं। और किसी तीसरे का होना इतना जरूरी है क्या? दुनिया में हजारों-हजार लड़के-लड़कियों का विवाह नहीं होता। बहुत-सी औरतें तो माँ ही नहीं बनना चाहतीं—कोई गर्भधारण पर होने वाले कष्ट के डर से, तो कोई प्रसव-बाद के जंजाल की आशंका से। फिर कई तो ऐसी भी हैं, जिनके मन में अपनी आजादी के खो जाने का भय होता है। हमारे जीवन में तो बहुत कुछ है। जो है, उसका उपभोग करने की बजाय जो नहीं है, क्यों उसकी चिन्ता कर परेशान हों?''

सरोज ने ममता की ओर देखा। समाज-विज्ञान की छात्रा रही है ममता। सही ढंग से समझा सकी है वह सब कुछ। इसके बावजूद वह स्वयं को क्षमा नहीं कर पाया था। ममता के एक सवाल ने राहत पहुँचाने के बदले उसे और अस्थिर कर दिया । यदि उसे पता चलता कि ममता स्वयं बाँझ है तो... ? ममता ने जितनी सरलता से उसे स्वीकार कर लिया, क्या वह भी ममता को वैसे ही ग्रहण कर पाता? ममता का क्षमाशील, उदार और स्नेह-भरा आचरण उसके लिए कठोर दंड से अधिक उत्पीड़क हो रहा है। इसके अलावा उसके मन में एक और भी डर है। ममता चाहे जो कुछ भी कहे, पर उसके भीतर का नारीत्व जरूर उसे धिक्कार रहा होगा। ऐसी दृढ़ धारणा सरोज की है।

उसी दौरान वासु की उससे तीसरी भेंट हुई। सरोज को पता चलता था कि शहर के कई नर्सिंग होम में विवाहिता और कुँवारी माँ गर्भपात कराने आती हैं। बिनब्याही लड़कियों के पास गर्भपात कराने के सिवा कोई और उपाय नहीं होता, इसलिए वे आती हैं। कई बार अल्ट्रासाउंड टेस्ट में बेटी होने का पता चलने पर माँएँ आती हैं गर्भपात के लिए। कन्या के जन्म-पूर्व ही मर जाने पर माँ या बाप, किसी के मन में कोई दु:ख नहीं होता, तभी तो भ्रूण की हत्या कर दी जाती है।

सरोज ने पहले सोचा था कि किसी अनाथाश्रम से बच्चे को गोद ले लेगा, पर ममता नहीं चाहती थी वैसा। वे दोनों सन्तान पैदा करने के लिए अक्षम हैं, यह बात समाज के आगे खोल देने के प्रति उनके मन में संकोच था। गर्भ धारण करने का आनन्द नहीं मिला तो न सही, पर धारण की अक्षमता का कलंक तो न लगे। इसीलिए वे वासु पर निर्भर हो गए थे।

वासु ने बताया था कि कभी-कभी छह-सात माह गुजर जाने के बाद भी गर्भपात कराने आती हैं कुँवारी माँएँ । ऐसे मामलों में नर्सिंगहोम वालों को दोहरा लाभ मिलता था। पहला लाभ, कलंक से मुक्ति पाने की इच्छा रखने वाली लड़की

से और दूसरा लाभ, गोद लेने के लिए बने कानूनों के पचड़े में न फँसते हुए माँ बनने की चाहत रखने वाले बाँझ और नपुंसक पति-पत्नी की ओर से मिलता है, पर इसके लिए प्रतीक्षा करनी होगी।

इसके बाद कुछ दिनों तक वासु से भेंट नहीं हो सकी। वासु की झोंपड़ी का पता लगाकर एक बार गया था सरोज उसके घर। लकड़ी पुल के पार नदी तट के नीचे एक ईंट-बालू की गोदाम की दीवार के दूसरी ओर था वासु का घर। नदी तट के किनारे-किनारे लम्बे, नुकीले तृणों और काँस का जंगल था। जलनिकास से बनी पतली नालीनुमा धारा पर गुत्थमगुत्था हो चुके कई काँस के पौधे झुके पड़े थे। दूसरी ओर पक चुके धान के खेत थे। वासु की झोंपड़ी के आगे शहर समाप्त हो जाता है। बालू गोदाम के किनारे सड़े पत्तों और घास-फूस से भरी एक पोखरी है, उसमें भैंसों का दल है। वासु के घर में आँगन के बीच एक पुष्पहीन कदम्ब खड़ा है। उस किनारे पर जलहीन काठजोड़ी का रेतीला फैलाव है। काठजोड़ी की रेत, उस दिन सरोज को स्वयं के व्यक्तित्व की तरह लगी थी। हर ओर धूसर-धूल भरी विवर्णता और साँय-साँय।

उस दिन सुबह-सुबह सरोज को देख वासु को आश्चर्य हुआ था। बोला, 'आपके जैसा बड़ा आदमी यहाँ? खबर भिजवा दी होती, खुद आ जाता।'

सरोज चोरों की तरह इधर-उधर देख रहा था। उसके सामने टीन के दरवाजे वाली वासु की झोंपड़ी थी। फटे-पुराने, तेल-चिकटे कपड़े, एल्युमिनियम के बासन-कुसन और दीवार पर श्रीकृष्ण का कैलेंडर। लग रहा था कि घर में वासु अकेला ही रहता है। घर के भीतर एक अजीब-सी जी-उबकाऊ गन्ध थी, जिसके साथ मिली-जुली मैले मैदान की दुर्गन्ध। उफ्फ!

सरोज ने पूछा था, 'क्या पता लगा? थोड़ी जल्दी व्यवस्था करो न!'

किसी नाटक के निर्देशक की तरह वासु ने सारी बातें बताई थीं, 'कल से माँ को कहिए कि वो अपना काम शुरू करें। मैं कसम खाता हूँ, नौवाँ माह आते-आते मैं कोई न कोई इन्तजाम कर लूँगा!'

पहले-पहल तो ममता बहुत डरी। बाद में समझाने-बुझाने के बाद नाटक शुरू कर दिया कि वह माँ बनने वाली है।

इस खबर से मित्र-संबंधियों में खुशी की लहर दौड़ गई थी। सरोज और ममता के परिवार, पास-पड़ोस के लोग इसे ईश्वर का चमत्कार मान रहे थे। विवाह के पन्द्रह बरस बाद बच्चा होना भले ही असम्भव न हो, पर थी तो विरल घटना। बीच-बीच में सरोज कहता रहता था, 'यहाँ के डॉक्टरों के 'फेल' हो जाने के बाद उन्होंने दिल्ली जाकर दिखाया। उसके बाद ही किस्मत जागी।'

किन्तु जब भी पति-पत्नी अकेले में बैठते तो कई तरह की चिन्ताएँ दोनों को दबोच लेतीं। क्या होगा, क्या न होगा की चिन्ता से दोनों ही विचलित होते रहते।

फिर कुछ देर बाद दोनों एक-दूसरे को सांत्वना देने लगते। पड़ोस की औरतें आकर जो-तो पूछतीं। जवाब में झूठ पर झूठ बोलते-बोलते ममता परेशान हो चुकी थी। अपनी असलियत को छिपाए रखने के मामले में भी दोनों इतने सजग थे कि सेनेटरी नैपकिन की खरीद के लिए जाते समय भी पकड़े जाने के डर से आशंकित रहते।

बीच में दोनों एक माह के लिए बाहर कहीं निकल गए थे और छुट्टी से लौटते ही घर बदल लिया था। पुराने घर के आसपास के पड़ोसियों का कष्टदायी कौतूहल ममता के लिए असह्य हो चुका था। वास्तविक हालात में, यही कष्टदायी कौतूहल की बातें कर वह आनन्द महसूसती, पर बदले हालात में उस बारे में मामूली चर्चा भी उसे विचलन पैदा करने वाली लगती थी। हालाँकि वहाँ रहने पर भी सरोज ने वासु पर कड़ी नजर रखी थी। कभी-कभी तो उसे लगता कि यह आदमी छँटा हुआ ठग है। क्यों वह इस तरह की एक योजना में शामिल हुआ, सोचकर सरोज को दुःख होता, पर अब अपनी भूल सुधारने का समय बीता जा रहा था और वासु पर निर्भर रहने के सिवा कोई चारा भी तो न था।

इसी दौरान उसने वासु के बारे में कई अन्य जानकारियाँ भी बटोर ली थीं। उसका जीवन बड़ा विचित्र था। दिन-रात वह फक्कड़ों की तरह विभिन्न नर्सिंग होम और क्लीनिक के आसपास मँडराता रहता। कोई कहता कि वह मसानचंडी की पूजा करता है। कोई दूसरा बताता कि वह लावारिश लाशों को लेकर बेच देता है। इसकी नशाखोरी की आदत बहुत तगड़ी है। कहीं से कुछ नहीं मिलने पर झूठ-सच बताकर लोगों से भीख माँगता है। उसे पेट का रोग भी है, पर उसका इलाज करवाने की बजाय नशाखोरी में पैसे उड़ा देता है।

वासु की बात मानकर 'प्रसव' का नाटक करने के लिए ममता नर्सिंग होम में भर्ती हो गई थी। 'नॉर्मल डिलीवरी' के प्रमाणपत्र के साथ नवजात 'प्रथम' को लाकर वासु ने वहीं ममता की गोद में रख दिया था। दो रात नर्सिंग होम में रहकर ममता घर लौट आई थी। वासु की बंडी की जेब में उस दिन सरोज ने जबरन एक हजार का नोट डाल दिया था। दस हजार रुपये नर्सिंग होम के मैनेजर के पास वह पहले ही जमा करा चुका था।

बच्चे को गोद में लेने के बाद से आज तक ममता और सरोज ने अपना बेटा ही माना है प्रथम को। स्वयं सरोज भी चकित था—ममता का स्नेह और ममत्व देखकर। किसी ने सच ही कहा था कि हर कन्या जन्म से ही एक माँ होती है। ममता ने इस कथन को साकार कर दिखाया। प्रथम ने उनके जीवन के खालीपन को भर दिया है।

पास-पड़ोस, घर और परिवार के सभी कहते—प्रथम अपनी माँ का चेहरा लेकर आया है। माँ के जैसा बेटा और बाप की जैसी बेटी होने पर सौभाग्यशाली समझा जाता है। प्रथम भी भाग्यवान होगा। वह अपनी माँ जैसा है।

सरोज जहाँ बैठा था, वहाँ से उठकर एक बार फिर घर के अन्दर गया। प्रथम सोया है। ममता बड़े गौर से उसे निहार रही है। सरोज को देख क्षणभर में उसने अपने आँचल से प्रथम को अच्छी तरह ढाँप लिया। ऐसे पागलपन का क्या उपचार किया जाए, सरोज सोच नहीं पा रहा था।

यही कुछ दिन पहले दोलमुंडाई चौक पर वासु मिला था ममता को। ममता के साथ प्रथम भी था। पीले और लाल रंग की गरम पोशाक में सजा प्रथम सबकी दृष्टि का आकर्षण बन रहा था। सिर के लम्बे बालों के चलते कई तो उसे लड़की समझ रहे थे। तभी मानो शून्य से टपका वासु वहाँ आ पहुँचा था। आते ही उसने पूछा, 'यह वही बच्चा है न?'

बस, इतनी भर बात हुई थी। फिर तो आधी-अधूरी खरीददारी कर ममता घर लौटने की जिद करने लगी। सरोज के काफी कुछ कहने पर भी उसने नहीं माना था। घर लौटने के बाद बस एक जिद, 'यहाँ से कहीं और चलो। वह आदमी जरूर दूसरों को सारी बातें बता देगा और प्रथम को उसकी माँ मुझसे वापस ले लेगी!'

सरोज इस बारे में उसे कई मर्तबे समझा चुका, 'हमारे पास डॉक्टर का प्रमाण-पत्र है। उसमें ममता के गर्भ से 9 अगस्त, 1999 के दिन नॉर्मल डिलीवरी में प्रथम का जन्म होना लिखा है। इस बारे में दोनों के परिवार, पड़ोसी और सम्बन्धी सभी जानते हैं। वे लोग वासु की क्यों सुनेंगे? वासु है कौन? एक ठग, नहीं तो एक दलाल! फिर वासु भी यह बात किसी को बताकर क्यों अपने जेल जाने की तैयारी करेगा? कोई लड़की चार साल बाद आकर क्या यह दावा करेगी कि प्रथम उसका बेटा है? वह तो स्वयं गर्भपात करवा प्रथम को मार देने का इन्तजाम कर गई थी। आज यदि वह ऐसा कहेगी तो पहले वह स्वयं समाज में निन्दित होगी, ऐसी आशंका कोरा भ्रम है। फिर मैंने खुद उसको रुपया दिया है। वासु एक व्यक्तित्वहीन और मतलबी व्यक्ति है। जरूरी हुआ तो उस पर दया दिखाते हुए कुछ और रुपये दिये जा सकते हैं। इसलिए उसे लेकर यह शहर छोड़कर भाग जाना तर्कसंगत नहीं है। कहाँ जाएँगे हम? यहाँ मेरी नौकरी है, हम दोनों का खानदान है। यों क्या कोई सब कुछ छोड़ कहीं जा सकता है?''

पर ममता की तो बस एक ही जिद! यह शहर छोड़कर कहीं और चलो, 'उस आदमी की बातचीत के ढंग से मैं जान गई हूँ, वह तो एक नम्बर का बदमाश है! रुपये के लिए वह सब कुछ कर सकता है। यदि किसी ने ज्यादा रुपये दिये तो शायद वह सब कुछ बता देगा। तुम्हारे भी तो दुश्मन कम नहीं हैं! इतने थोड़े दिनों में जनरल मैनेजर बन गए। यह नौकरी छोड़ो, हम कहीं और चले चलेंगे।'

बालों को झटक सरोज ने पूछा था, 'आखिर कहाँ जाएँगे, बोलो?'

पर ममता के पास इसका कोई उत्तर न था। हालाँकि इस शहर को छोड़ देने का संकल्प उसने अवश्य कर लिया था। फिर भी यह शहर छोड़कर अन्यत्र कहाँ जाएँगे, यह उसे ज्ञात न था। उसके बाद आज की यह घटना।

सुबह-सुबह वासु से मुलाकात हो गई, अपार्टमेंट के आगे। दोनों प्रथम को लेकर सामने वाले पार्क नें घूमने जा रहे थे। फाटक के सामने मंकी-कैप और बंडी पहना व्यक्ति पॉकेट नोटबुक निकाल उनके अपार्टमेंट का नंबर लिख रहा था। पहले तो सरोज पहचान नहीं सका उसे, पर वासु उसकी ओर आया, प्रथम को देखा और उसे उठाकर गोद में में ले लिया।

ममता चीख उठी। उसके चीखने से सरोज के साथ-साथ वासु भी चौंक गया। पड़ोस के मल्होत्रा बाबू घूमने निकले थे, उन्होंने भी चौंकते हुए उधर देखा। सरोज ने पूछा कि 'क्या हुआ?' पर ममता कुछ नहीं बोली, बल्कि प्रथम को झपट्टा मार छुड़ाया और घर वापस आ गई। उसकी पक्की राय थी कि प्रथम को उससे छीनने ही आया था वासु।

उग्रसेन महान्ति सरोज के मित्र हैं। फिलहाल वे मधुपाटना थाने के इंस्पेक्टर हैं। सरोज ने सोचा कि उनकी सहायता ली जाए। वासु के बचे रहने तक ममता और वह, दोनों ही चैन से नहीं रह पाएँगे। उनकी जिन्दगी लगातार असहज हो रही है। फिर प्रथम की निजी स्वतन्त्रता भी संकुचित हो रही थी। इतना सब कुछ उन्होंने सुख और शान्ति से जीने के लिए ही तो किया है, लेकिन उनके परिवार में अब न तो सुख है, न ही शान्ति। ममता से बिना कुछ कहे वह थाने जाने के लिए निकल गया।

उग्रसेन ने कहा, "अरे, यह तो मेरे बायें हाथ का खेल है। हाथ-पैर तोड़ देने पर बेटा खुद ही इस शहर को छोड़कर भाग जाएगा। दोबारा यहाँ आने का नाम भी नहीं लेगा। ड्रग्स कारोबार अत्यन्त जघन्य अपराध है।"

सरोज ने जानबूझकर वासु के नाम के साथ ड्रग्स कारोबार करने की शिकायत जोड़ दी थी। उग्रसेन से वह अपनी असली समस्या कहना नहीं चाहता था। हालाँकि उग्रसेन की सहायता से सफल होने को लेकर भी उसे सन्देह था। किसी भी तरह से यदि उस आदमी को रास्ते से पूरी तरह हटा पाता तो सब कुछ ठीक हो जाता। उसने सुन रखा था कि कुछेक दागी अपराधियों को पुलिस झूठ-मूठ दौड़ाने के बाद गोली मार देती है। वासु एक दागी अपराधी है। वह हर प्रकार के अनैतिक कामों में लिप्त है, उसे भी मर जाना चाहिए।

सरोज ने पूछा, "तुम बता रहे थे, तुम्हारे बेटे के लिए कम्प्यूटर चाहिए, खरीद लिया क्या?"

''लकड़ी देखकर चन्दन की बात करते हो!'' उग्रसेन महान्ति ने कहा।

''कोई बात नहीं, मैं पेंटियम फोर ब्रांडेड पी.सी. भेज दूँगा। तेरा बेटा है कि मेरा बेटा...'' सरोज ने उठते हुए कहा।

उग्रसेन महान्ति खिल उठा। बोला, ''कल सुबह-सुबह ही साले को मजा चखाता हूँ। ड्रग्स हो या किडनी मामला, किसी एक में फँसाकर उसे जेल भेजने का बन्दोबस्त करता हूँ।''

''इस मामले में यार, मैं जरा निश्चिन्त होना चाहता हूँ।''

''ठीक है, काम खत्म होते ही तुम्हें फोन कर दूँगा।''

सरोज ने महसूस किया, मानो उसके सिर से भारी बोझ उतर गया।

लगभग दो हफ्ते बीत गए, उग्रसेन का फोन नहीं आया। सरोज ने उसके बेटे के लिए कम्प्यूटर भिजवा दिया था। एक दिन उसने फोन करके पूछा, ''वासु का क्या हुआ?''

उग्रसेन ने बताया, ''मेरा सिपाही तीन मर्तबे जाकर लौट आया। वह घर पर नहीं मिला। शायद किसी बड़े चक्कर में कहीं बाहर गया होगा। उसके लौटते ही फोन करूँगा तुम्हें।''

साँझ हो चुकी थी। ममता नर्सरी राइम सिखा रही थी प्रथम को। ऑफिस से लौटकर सरोज ड्रेस बदल रहा था। डाइनिंग टेबल पर दोपहर के जूठे बर्तन वैसे ही पड़े थे। ममता ने कहा, ''कामवाली बुढ़िया आज आई नहीं, बीमार है। इसी गली के मोड़ पर है उसका घर, जाकर पचास रुपए दे आना।''

सरोज ने नाराज होते हुए कहा, ''वो काम पर तो आई नहीं, मैं क्यों जाऊँ उसके पास? एक तो कहती हो, बीमार है, फिर पैसा भी दो! बूढ़ी है, इस ठंड में जिन्दा है कि मर गई, कौन जाने? तुम दूसरी कामवाली देखो।''

''बुढ़िया बहुत चाहती है प्रथम को। भली औरत है।'' ममता बोली।

''धरती पर और भी भले लोग हैं।'' सरोज ने जवाब दिया।

ममता अभी कुछ और कहने जा रही थी कि सरोज का मोबाइल फोन बजा। उग्रसेन बुला रहा था। सरोज ने अभी-अभी उतारे पैंट-शर्ट फिर पहने और ममता से कहा, ''मैं आता हूँ जरा।''

ममता ने पूछा, ''कहाँ...?''

''वापस आकर बताऊँगा।''

शाम का समय। रास्ते में भीड़ बहुत थी। खुद कार चलाते हुए सरोज काठजोड़ी तट पर पहुँचा। तट पर कार खड़ी कर वह पैदल ही आगे बढ़ा। कुछ दूरी पर एक जीप खड़ी थी।

वासु की झोंपड़ी का टीनवाला कबाट मुँह मारे नीचे पड़ा था, वासु भी। एक नीली चादर से वह अपने दाँतों से लगातार बह रहे खून को पोंछ रहा था। एक

सिपाही उसके सिर के बालों को मुट्ठी में कसकर पकड़े था और पुलिसिया डंडे से लगातार उसकी 'पूजा' किए जा रहा था। कमजोर, बीमार, बूढ़ा आदमी, मिट्टी चाटते हुए केंचुआ-सा इधर-उधर लिपटा घिसट रहा था। झोंपड़ी से बाहर खड़ा उग्रसेन सिपाही को उकसाए जा रहा था, "जरा जमकर 'पूजा' कर साले की!"

सरोज उग्रसेन के पास पहुँचा। कुछ देर खड़े रहकर पूछा, "कुछ मिला?"

उग्रसेन ने अति उत्साह से सरोज से हाथ मिलाते हुए कहा, "हमारी पुलिसिया आँखों से कोई स्साला बचकर निकल सकता है? रँगे हाथ पकड़ा है! एक नवजात को उठा लाया है, बलि चढ़ाने के लिए। जाएगा कहाँ?"

बलि? ये आदमी ठग है, झूठा और नशेड़ी भी, यह तो सरोज को पता था, तान्त्रिक जैसी चर्चा भी सुनी थी, पर वह विश्वास नहीं कर सका था।

तभी उस अँधेरे में डूबी झोंपड़ी से एक साथ दो कराहटें सुनाई दीं। एक माँग रही थी—पानी...पानी। दूसरी कराहट नवजात शिशु की रुलाई थी। अर्थ भले न समझ में आए, पर सरोज समझ रहा था कि बच्चे को दूध चाहिए।

वासु अपनी जख्मी और खून से लथपथ हालत में ही घिसटते-घिसटते एक टीन की पेटी के पास पहुँच उसमें से दूध की बोतल बाहर निकाली। अनुमति माँगने के लिए उसने सिर उठाकर सिपाही को निहारा, तभी उसकी दृष्टि सरोज पर पड़ी और विकलता सहित आवाज दी, "बाबू!"

सरोज ने घृणा से उपेक्षा करते हुए कहा, "क्यों? ये धंधा भी करते हो?"

वासु अचकचाया, "बाबू, आप भी...?"

उसकी आवाज की थरथराहट इस बात का एहसास करा रही थी कि बहुत आशा-भरा एक सहारा उसकी हथेली से सरक गया। वह रोते-कलपते हाथ जोड़ रहा था। कातर हो मिन्नतें कर रहा था। कह रहा था, उसने अनचाहे शिशु को मौत के मुँह से बचाकर उसे पालने वाली माँ को सौंपा है। कभी किसी को मारा नहीं। नर्सिंग होम से अनचाहे लावारिश नवजातों को नाले में न फेंक जिनके बच्चे-वच्चे नहीं हैं, उन घरों में दिये हैं। वह तान्त्रिक नहीं है, ठग नहीं है, झूठा भी नहीं है।

तभी उग्रसेन बोला, "चुप बे! भाषण पेल रहा है? तू तो कह रहा था, सरोज महापात्र तुझे पहचानते हैं? बाबू का नाम लिखी पर्ची दिखाई थी। क्यों, अब बाबू के मुँह से सुन लिया तो?"

वासु का मुँह सूख गया। बोला, "सर, सर! बाबू के बेटे के जन्म के समय मैं नर्सिंगहोम में काम करता था। माँ को भी पहचानता हूँ। साक्षात् लक्ष्मी-नारायण हैं!" इसके बाद सरोज से गिड़गिड़ाते हुए बोला, "बाबू, मुझे पहचान नहीं रहे हैं? मैं...वासु...काना वासुआ!"

"हुँः! झूठ बोलने में उस्ताद हो।" कहते हुए सरोज वहाँ से वापस जाने के लिए मुड़ा।

उग्रसेन ने अपने दिये वचन का पालन किया था, इसलिए सरोज खुश था। अब वह बहुत हल्का महसूस कर रहा था। सबसे अधिक खुशी इसलिए भी थी, क्योंकि वासु ने स्वयं उग्रसेन से कहा था कि ममता ने बेटा जना है।

सरोज अपनी कार के पास लौट रहा था। वासु की चीख सुनकर पलटा। वासु नवजात को गोद में लिये है और उग्रसेन ने उसका रास्ता रोक रखा है।

वासु कह रहा था, ''इस बच्चे को एक माँ के जिम्मे दे आने दीजिए बाबू, फिर मुझे जो चाहे दंड दे देना। नवजात बच्चा है। दो दिन हो गए, कुछ नहीं खाया है इसने। मर गया तो आप बाबू, बालहत्या पाप के भागी होंगे।''

सरोज रुक गया। वासु लँगड़ाते-लँगड़ाते उनके समीप आया। सरोज की आँखों में आँखें डालकर बोला, ''अच्छे-बुरे में सहारे का भरोसा रहेगा, इसीलिए आपका ठिकाना लिख रख लिया था बाबू। पराया बच्चा जान उपेक्षा न हो रही उसकी, बीच-बीच में उसे देख आता था। आपको देवता मानकर सिर पर बिठाया था, पर एक आह-भरा शब्द भी आपके कंठ में नहीं है। आपके जैसे आदमी को संतान न देकर विधाता ने ठीक ही किया था, नपुसंक कहीं के!''

''चुप्प बे बदमाश!'' कहते हुए उग्रसेन वासु को आगे से धक्का मारने झपटा।

सरोज जान रहा था, और दो-एक पुलिसिया मार पड़ते ही वासु मर जाएगा, क्योंकि वह खून से लथपथ कंकाल की तरह दिख रहा था। फिर भी, इतनी पुलिसिया मार की यंत्रणा के बाद भी उस नवजात बच्चे को गोद में सँभाले वह शहर की ओर पैर घसीटने लगा।

बच्चे की विकल चीखें उस निर्जन सूने इलाके की निष्ठुर छाती को भी कँपा रही थीं। ओह! कितना द्रवित कर देने वाला था उस बच्चे का क्रंदन!

सरोज ने उग्रसेन का हाथ थाम लिया। उसकी छाती से वासु का अंतिम शब्द बार-बार टकरा रहा था। उसके पैरों तले से जमीन खिसकती जा रही थी। उसने धीमे से कहा, ''उसे छोड़ दो!''

सच-रूपी शेषनाग सरोज की आँखों के सामने सहस्र फन फैलाए जीभ लपलपा रहा था। शहरतल के दूषित अँधेरे के भीतर उग्रसेन महान्ति अवाक् खड़ा था। लँगड़ाते, घिसटते, बेहद कष्ट से एक-एक कदम आगे की ओर सरकाते किसी अनचाहे बच्चे को आश्रय दिलाने की भावना से जाता हुआ ठग, झूठा काना वासुआ मथुरा की राह पर वसुदेव की तरह दिखाई दे रहा था।

सरोज चिल्लाया, ''रुको वासु, मैं तुम्हें कार में ले चलता हूँ।''

वासु कुछ पल के लिए थमा। एक बार पीछे मुड़कर देखा और फिर मुँह फेरकर लँगड़ाते-घिसटते रात के अँधेरे में खो गया।

विसर्जन

नवगठित पाटपुर पूजा समिति के कार्यकर्ताओं के सारे युक्ति-तर्कों को सुन लेने के बाद सभापति गन्धर्व राउत बोले, ''सारी बातें ठीक तो हैं, पर धन कहाँ से आएगा?''

उनके मुँह की बात अभी खत्म भी नहीं हुई थी कि पाँच मिनट पहले पूजा समिति के सचिव पद पर बैठा रघुनाथ अपनी जगह से उठकर वहाँ से चला गया। गन्धर्व राउत ने सोचा कि शायद उसे उनकी बात पसन्द नहीं आई, तभी उठकर चला गया। उन्होंने सह-सचिव टुकुना महान्ति से कहा, ''देखना, कहाँ गया रघुआ उठकर, जरा बुला तो लाना!''

टुकुना महान्ति को रघुनाथ को खोज लाने की जरूरत नहीं पड़ी। रघुनाथ लकड़ी की एक बेंच सिर पर उठाए हाजिर हो गया।

''क्या रे, यह क्या है? इस बेंच का क्या होगा?''

''यह बेंच नहीं है,गन्धर्व! यही फंड है।''

''फंड?''

''हाँ, तुम लोग समझ नहीं पाओगे।'' रघुनाथ ने कहा और गन्धर्व राउत के पास जाकर उनके कान के पास अपना मुँह बगुले की गर्दन-सा बढ़ा दिया।

पूजा समिति के सदस्यों ने सोचा—रघुआ कोई महत्त्वपूर्ण बात गन्धर्व राउत को बता रहा है।

रघुनाथ के मुँह से आ रही विदेशी शराब की गन्ध से परेशान गन्धर्व राउत ने धीमी आवाज में कहा, ''कितनी बार बोला, साँझ ढले वो सब मत पीना!'' फिर बात बदलते हुए कहा, ''हाँ, कुछ कह रहा था?''

रघुनाथ ने फुसफुसाते हुए अपनी बात उनके कान में डाल दी। गन्धर्व राउत का चेहरा खिल उठा। उन्होंने रघुनाथ को अपनी जगह पर जाकर बैठने को कहा। फिर सभा को सम्बोधित करने जैसे ढंग से अपनी राय रखी, ''सच, रघुनाथ की बुद्धि के समान और किसी की बुद्धि नहीं। असल में वह है गणेश! अच्छा, रघुनाथ, अब अपनी बात बताओ।''

रघुनाथ बोला, ''यही बेंच हमारा फंड है। हमारी हथेली में फंड होने तक हम क्यों चरखी की तरह इधर-उधर चक्कर काटें? गणेश जैसे शिव-पार्वती के चारों ओर चक्कर काट सारी पृथ्वी घूम आए, हम भी उसी तरह बेंच के पास बैठकर फंड जमा करेंगे।''

''बेंच क्या पैसा देगी?'' रघुनाथ की बात का मतलब न समझ पूजा समिति के कोषाध्यक्ष टुकुना ने पूछा।

उसकी बात पर सब हँस पड़े। कोषाध्यक्ष पद पर बैठते ही टुकुना रुपये-पैसे की बात पर चिन्तित हो उठा। हालाँकि टुकुना का सवाल और साथियों का हँसकर मजाक उड़ाना रघुनाथ को अच्छा न लगा।

''चो-ओप्!'' रघुनाथ चिल्लाया और फिर बोला, ''तूने तो छेना, गुड़ और केला बेचना ही सीखा। अरे, यही बेंच कल सड़क पर होगी। बाजार के रास्ते से जाने वाली हर गाड़ी-मोटर वहाँ रुकेगी और गणेश पूजा का चन्दा देगी।''

''पर चन्दा-वन्दा वसूली पर...पुलिस... ?''

''हर बात में सिर खपाने के लिए तुझे कौन कहता है?'' कहते-कहते टुकुना की ओर तेजी से बढ़ा रघुनाथ।

तुरन्त हस्तक्षेप करते हुए गन्धर्व राउत ने कहा, ''हँ-हँ, आपस में झगड़ा मत करो!''

रघुनाथ तब जहाँ खड़ा था, वहीं बैठ गया।

''पुलिस का मामला गँधिआई, समझ लेंगे। वे क्या खाली हमारे प्रेसीडेंट ही हैं? हमारा तो बस काम है कि सुबह से रात तक रास्ते पर बैठें। चार दिन में फंड जमा हो जाएगा गणेश पूजा का। फिर कोई समस्या न रहेगी।''

तब गन्धर्व राउत ने कहा, ''सब तय हो गया, अब उठें?''

पर रघुनाथ बिना चाय-पान के सभापति को विदा नहीं करना चाहता था। उसने अपने पास बैठे लड़के से कहा, ''जा, कुसुनिआ से कहना—सबके लिए चाय भेजे।''

लड़का अभी उठकर दरवाजे तक पहुँचा ही था कि उधर से कुसुनिआ चायवाला तमतमाता हुआ सभा के बीच में आ पहुँचा। रघुनाथ की ओर देखते हुए बोला, ''पूछना-ताछना नहीं, मेरी बेंच को उठा लाए। वहाँ ग्राहक खड़े रहते हैं।'' फिर वह बेंच को उठाकर ले जाने के लिए आगे बढ़ा।

कुसुनिआ का यह ढंग रघुनाथ के बर्दाश्त से बाहर था। वह अपनी जगह पर बैठे-बैठे ही चिल्लाया, ''खबरदार कुसुनि! अगर बेंच को हाथ भी लगाया। अब वह पूजा समिति की है।''

कुसुनिआ ऐसी प्रतिक्रिया के लिए तैयार न था। अपनी ही बेंच को वही नहीं छू सकता, यह बात उसे पच नहीं रही थी। हालाँकि रघुनाथ के रंग-ढंग के बारे में

भी वह अच्छी तरह जानता था। सो, मन के गुस्से को मन में ही दबाते हुए नरमी से बोला, ''रघुआइ, चूल्हे पर सस्पेन चढ़ाकर आया हूँ। मैं बेंच ले जा रहा हूँ, बाद में मुझे जो चाहे कहो।''

कुसुनिआ एक बार फिर बेंच उठाने के लिए आगे बढ़ा। बगुला की तरह रघुनाथ अपनी जगह से उठा और धक्का दे दिया कुसुनिआ को। वह धक्के से दो हाथ दूर जा गिरा।

गन्धर्व राउत 'हँ...हँ' कह उठे, किन्तु रघुनाथ ने अनसुना करते हुए कुसुनिआ से कहा, ''साले रिफ्यूजी...गए-गुजरे आदमी...यहाँ बहुत दादागीरी दिखा रहा है? सीधा जाना है तो जा यहाँ से, वरना तेरी बेंच तोड़कर उसी से पीटूँगा तुझे...देखता हूँ, कौन आकर बचाता है तुझे!''

कुसुनिआ फर्श से उठ खड़ा हुआ। पहले रघुनाथ को, फिर चारों ओर देखा उसने। जो हुआ, उसे लेकर रघुनाथ के खिलाफ किसी के भी मुँह से कोई विरोध प्रकट नहीं हुआ। हालाँकि इनके बीच के सभी को जानता है। कभी न कभी ये लोग उसकी दुकान से चाय पी चुके हैं, पर कोई कह कुछ नहीं रहा। अपने गमछे से उसने हाथ-पैर झाड़े। कोई हारा हुआ कमजोर जानवर ज्यों दुम दबा भागता है, वह भी वहाँ से निकल गया।

कुसुनिआ के यों निकलने के ढंग से रघुनाथ की छाती उत्साह से चौड़ी हो गई। अपना गुस्सा भूल अब वह हँसने लगा था। बोल उठा, ''स्साला रिफ्यूजी लौंडा, मेरे आगे दादागीरी दिखा रहा है! किस्मत अच्छी थी स्साले की...एक ही धक्के से समझ गया, वरना आज उसे माँ की बिना शादी वाली औलाद बनाकर दिखाता।''

उठ पड़े गन्धर्व राउत और रघुनाथ के पास आकर उसकी पीठ पर हाथ फिराते हुए बोले, ''अरे, यों बात-बात पर खून गरम करने से चलेगा क्या? ठंडे दिमाग से काम लेना होगा। चाय-पान छोड़ो, मैं जा रहा हूँ। रास्ते में पुलिस चौकी के सब-इंस्पेक्टर को कहता हुआ चला जाऊँगा।''

रघुनाथ ने दोनों हाथ जोड़े और नेताई अन्दाज में कहा, ''मुचुकुन्द महान्ति इस बार तो जीत गया, पर गँधिआई! अगली बार तुम्हें प्रचार के लिए भी नहीं निकलना पड़ेगा। हम सब फिट कर देंगे।''

रघुनाथ से यह सुनकर गन्धर्व राउत को बहुत अच्छा लगा। उस क्षण, एक स्वतंत्र उम्मीदवार के रूप में खड़े होकर दो-दो बार विधान सभा चुनाव में जमानत जब्त कराने की ग्लानि भी उन्हें याद नहीं आ रही थी। उन्हें महसूस हो रहा था, मानो वे मतगणना केन्द्र के सामने खड़े होकर परिणाम आने की प्रतीक्षा कर रहे हैं। हठात् घोषणा होती है, स्वतन्त्र उम्मीदवार गन्धर्व राउत अपने निकटतम प्रतिद्वन्द्वी मुचुकुन्द महान्ति से दस हजार वोट अधिक पाकर जीत गए हैं। इसके बाद किसी ने लाकर माला उनके गले में डाल दी है और उनके कार्यकर्ताओं ने उन्हें कंधे पर उठा लिया है।

गन्धर्व राउत चेतन हुए। युवक संघ के कार्यकर्ताओं को अभी से हाथ में रखने से अगली बार यह सपना सच हो, कोई आश्चर्य नहीं। उन्होंने रघुनाथ को गुरुमंत्र देने के अन्दाज में कहा, ''मैं उस एस.आई. को कह तो दूँगा, पर उसका हिस्सा उसे देना होगा।''

रघुनाथ बोला, ''वह सब कुछ मुझ पर छोड़ो गँधिआई, मैं सबको खुश कर दूँगा।''

इसके बाद सभा खत्म हो गई।

कुसुनिआ का सही नाम कृष्णचन्द्र है। कृष्णचन्द्र नाम कब और कैसे अपभ्रंश होकर 'कुसुनिआ' हो गया, यह तो वह खुद भी नहीं जानता। बड़ा होने के बाद से ही वह कुसुनिआ नाम से ही परिचित है।

रघुनाथ का धक्का खाने के बाद लौटकर आया तो इस घटना के बारे में अपने ग्राहकों को बताया। ग्राहकों ने पाटपुर बाजार के दूसरे लोगों को बताया। उन लोगों से बात पहुँची राह चलते लोगों तक और रात आठ बजे तक मुचुकुन्द महान्ति के एरिया इंचार्ज रमेश विश्वाल तक इस घटना की जानकारी पहुँच गई। रमेश विश्वाल का गुण था कि वह हर बात की अच्छाई पहले देखता और बुराई बाद में। उसने अपने साथियों से कहा, ''कविवर राधानाथ रथ ने 'चिलिका' में जिस केंकड़े की बात कही है, मुझे तुम लोग वही कह सकते हो। इस गणेश पूजा की बात में रघुआ पार्टी हमसे आगे निकल जाएगी? नहीं, ऐसा नहीं हो सकता।''

रमेश का दायाँ हाथ समझे जाने वाले युवक ने सुधारा, ''रथ नहीं रमेश भाई, राय। उसके अलावा कविवर ने केंकड़ा वाली बात नहीं कही होगी।''

''नहीं कही तो नहीं कही होगी, लेकिन तुम लोग कहोगे। अब जो भी हो जाए, हमें भी गणेश पूजा करनी ही होगी, वह भी इसी बाजार में। अगर ऐसा नहीं हुआ तो हमारी इज्जत क्या रह जाएगी!''

दायें हाथ ने कुछ नहीं कहा।

रमेश बोला, ''जिस कुसुनिआ चायवाले की बेंच लेकर वे चन्दा करने निकले हैं, हम उसी कुसुनिआ को अपनी पूजा कमेटी का मेम्बर बनाएँगे। उसी की दुकान में दूसरी बेंच होगी, हमारा चन्दा वसूली का काउंटर।''

ऐसे प्रस्ताव की नापसन्दगी की कोई बात तो नहीं उठी, तब भी एक ने कहा, ''मुचुकुन्द बाबू से बिना पूछे आगे बढ़ना ठीक नहीं होगा।''

उसी रात रमेश ने राजधानी भुवनेश्वर खबर भिजवा दी, ताकि एमएलए फैसले पर 'हाँ' कर दे।

अगली सुबह पाटपुर आना-जाना करने वाली गाड़ी-मोटरों के ड्राइवरों को बाजार के इस सिरे पर एक, तो दूसरे सिरे पर भी एक—इस तरह दो बेंचों का

सामना करना पड़ा। दोनों ही बेंचों पर एक-एक एल्युमीनियम की थाली, थाली में कुछ खुदरे पैसे, सिन्दूर और मन्दार फूल। सड़क किनारे चार-पाँच युवक। सिर पर था एक छोटा तिरपाल। सड़क किनारे के बिजली तार से हुकिंग कर लाइन आ गई। एक लोहे की चौकी पर टेप रिकॉर्डर बजता हुआ, 'एक, दो, तीन, चार, पाँच...' तो दूसरी ओर अभी-अभी शुरू हुआ 'कहो न प्यार है' फिल्मी गाना। यह गीत आजकल इतनी जगहों पर बजता है कि युवक-युवतियाँ इसे राष्ट्रीय गीत की मान्यता देने की बात सोचने लगे हैं।

बस ड्राइवर और पैसेंजरों को ताज्जुब हुआ—एक ही बाजार में दो गणेश-पूजा! क्या एक ही जगह पूजा नहीं हो सकती थी? जिन्होंने यह सवाल उठाया, उन्हें जवाब मिला, "तुम लोगों ने क्यों अलग-अलग शादी की—सभी पांडव क्यों नहीं बन गए?"

सवाल करने वाला चुप।

कुछेक ने कहा, "पहले तो कभी गणेश पूजा यहाँ हुई नहीं, फिर इस साल क्यों?"

उन्हें उत्तर मिला, "पहले तो तुमने गाड़ी चलाना नहीं सीखा था, अब सीखकर कैसे चलाते हो? हर चीज का समय होता है, हमारा समय आया तो हम कर रहे हैं।"

फिर भी पहले दिन के बाद दूसरी बेंच सड़क पर से हट गई। मुचुकुन्द बाबू ने खबर भिजवाई, 'अभी राज्य में अकाल की हालत है। वे विधान सभा कमेटी मेम्बर के रूप में पश्चिम ओडिशा के दौरे पर हैं, एरिया में नहीं आ सकते।' हालाँकि उनके नहीं आने पर भी रमेश पाटपुर में गणेश पूजा कर सकता था, किन्तु मुचुकुन्द महान्ति ने उसमें एक पेंच डाल दिया था। उन्होंने कहा था कि उम्मीदवार रहने तक नेता एक दल का होता है, पर चुनाव जीतकर विधायक बन जाने पर वह सबका होता है, किसी दल विशेष का नहीं। 'गन्धर्व राउत गणेश पूजा करने निकले हैं,' बोलकर हम भी निकलें तो यह नकल करने जैसा होगा। वे गणेश पूजा जैसी करते हैं, करें, हम लेकिन कार्तिक पूजा खूब धूमधाम से करेंगे।'

रमेश को जब यह खबर मिली तो उसने दाँतों तले होंठ दबा लिये। 'हारी हुई पार्टी गणेश पूजा करेगी, हम पार्टी-इन-पॉवर होकर भी पीछे रहेंगे?' ऐसा कहकर उसने अपना गुस्सा कार्यकर्ताओं पर उतारा, पर मुचुकुन्द बाबू की बात टालने का साहस न कर सका। वह जानता था, मुचुकुन्द बाबू के आशीर्वाद के बिना वह एरिया में नहीं रह सकता।

दायाँ और बायाँ हाथ बोले, "हम पूजा का आयोजन न कर सकेंगे, किन्तु..."

रमेश ने उनकी आँखों में झाँका और इशारे का मतलब समझ खुश हो गया। बोला, "रघुआ कमेटी के मूर्ति विसर्जन तक हमारा यह कैम्प यहीं रहेगा। टेपरिकॉर्डर बजेगा और ताश चलेगी। देखते हैं, कौन-सा हाथ किधर जाता है!"

रमेश की बेंच रास्ते से हट गई है, यह खबर सुनते-सुनते रघुनाथ ने एक बोतल रम गले से पेट में उतार ली। चुनाव के बाद से ही उसने ऐसी खास खबर नहीं सुनी थी। कोषाध्यक्ष टुकुना को बुलाकर उसने हुक्म दिया, "लाओ, आज कितना कलेक्शन हुआ है। आज मैं सबको रम पिलाऊँगा।"

टुकुना बोला, "रम बहुत कड़ी होती है रघुआई, पीते ही लगता है कि जैसे कलेजा फुँक गया। उससे तो अच्छा है कि बड़ावाला ठंडा ले आएँ।"

रघुआ चिल्ला उठा, "बड़ावाला ठंडा माने बियर क्या? वो सब तो कटक, भुवनेश्वर की छोरियाँ पीती हैं बे! तू मर्द है कि हिजड़ा, हाँ?"

टुकुना को यह बात अच्छी नहीं लगी। उसने नोटों का बंडल लाकर रघुनाथ के सामने पटका और बोला, "ये लो, आज का कलेक्शन...चौबीस सौ चालीस रुपये...कल का चन्दा तुमको दे ही दिया था।"

रम के नशे के कारण रघुनाथ की आँखें चढ़ रही थीं। झट से आकर उसने टुकुना का कॉलर पकड़ते हुए कहा, "मैंने तुझसे कल की बात पूछी है, हाँ? जा, सबके लिए रम मँगा।"

टुकुना ने सिर पर हाथ फिराया और कान खुजलाता चला गया।

गन्धर्व राउत ने चेताया था, 'चन्दा माँगते समय किसी को धमक-चमक नहीं करोगे। मुचुकुन्द महान्ति पक्का बिहारी है। हमारे ऊपर उसके लड़के नजर रखे हुए हैं।' रघुनाथ को यह याद आते ही वह बोला, "अरे शिव, जा, बाजार के ऊपरी दुकानदारों से कहना—गणेश के कलश, भोग, फूल, नारियल वे सब स्पांसर करेंगे। हम लोग भोग-डलिया पर लिख देंगे—'स्पांसर बाइ घुन लेंका।' फूल-माला पर एक कागज की चिट लगाकर लिख देंगे— 'स्पांसर बाइ विपिन महान्ति।' तेरी मुंडी में आइडिया घुस रहा है तो? ये टीवी आइडिया है रे!"

रघुनाथ का यह आइडिया शिव क्यों, समिति के सभी लोगों के मन को भा गया। शिव ने प्रशंसा की, "सचमुच में कम्प्यूटर है तेरा दिमाग! नहीं तो क्या गन्धर्व राउत इतना मानते तुझे?"

चन्दा वसूली जोर-जोर से चल रही थी। पूजा में बस दो दिन रह गए थे। पूजा समिति के घर में हरदम माइक बजता रहता—एक के बाद एक फिल्मी गाना। बनमाली कारीगर कान में रुई ठूँस रंग कर रहा है। बीच-बीच में जाकर रघुनाथ उसके कान से रुई निकाल फरमाइश करता, "मूर्ति जैसी बनानी है, बना, पर झाँकी विराट होनी चाहिए, जिससे मुचुकुन्द महान्ति के लौंडों की आँखें चुँधिया जाएँ।"

सड़क किनारे झाड़-झंखाड़ से पटी पड़ी एक पोखरी की आड़ में मूर्ति तैयार हो रही थी। रघुनाथ दिनभर बैठा-बैठा विदेशी शराब से अपना गला तर करता रहता और चन्दे का हिसाब रखता। साँझ के बाद थाने के एसआई आते और

घूमकर चले जाते। रघुनाथ भी उन्हें उनका हिसाब चुकता कर देता। शायद कभी कोई बवाल हो जाए, सो लड़के लोहा की रॉड, साइकिल चेन और लाठी-डंडा लिये पहरा देते रहते। हालाँकि अभी तक कुछ घटा नहीं था।

पोखरी की आड़ में कुसुनिआ की झोंपड़ी है, जिसमें वह और उसकी बूढ़ी माँ रहते हैं। चाय दुकान से बेंच तो गई, साथ ही सबके सामने रघुनाथ द्वारा गला पकड़कर उसको धक्का देने के चलते भी कुसुनिआ का मन भारी था। इसीलिए वह रमेश विश्वाल के पास गया था। रमेश विश्वाल की पूजा बंद हो जाने से वह अपनी दुकान का काम सलटा सीधा घर आ जाता। रघुनाथ के गणेश की ओर वह कतई न निहारता।

सात साल पहले कुसुनिआ अपनी माँ के साथ यहाँ आया था। आँधी-तूफान में उनके गाँव का घर पूरी तरह नष्ट हो गया और देखते-देखते उनका कोई ठौर-ठिकाना न रहा। गाँव में जब था तो बाजार-चौक में चाय की दुकान की थी। उसी का सामान लेकर वह पाटपुर आ गया था। बूढ़ी माँ हमेशा कहती थी, दो पैसा पास में हो जाए तो वे अपने गाँव लौट चलें। अपनी आँखें वह वहीं बन्द करेगी। शरणार्थी की तरह वह और किसी गाँव में सदा के लिए नहीं रहेगी, पर कुसुनिआ की कभी दो पैसे की अधिक बचत हो ही नहीं पाती। कमाई से अधिक खर्च, उस पर दूसरे गाँव का चायवाला होने के कारण सबकी आँखें उस पर लाल। उधारी न दो तो मुसीबत, दो तो भी मुसीबत।

गणेश चतुर्थी अगले दिन है। दुकान बढ़ा कुसुनिआ घर जाने को है। तभी टुकुना और शिव आ पहुँचे दुकान पर। शिव बोला, ''तेरे ऊपर भोग की जिम्मेदारी है। तू पाँच सौ रुपये देगा।''

''पाँच...सौ!'' उसकी आँखों से जुग जुगाता जुगनू बाहर आ गया। उसने कहा, ''इतना रुपया मैं लाऊँगा कहाँ से?''

''क्यों, सात साल हो गए तुझे यहाँ लाल चाय और चीनी-पानी बेचते...क्या कम कमाया है? भगवान का काम है, सभी दे रहे हैं तो तू क्यों नहीं देगा?''

''पर...पाँच सौ रुपये!''

''लोगों ने तो हजार तक दिये हैं, तेरे लिए कनसेशन कर दिया है। रुपये निकाल, बहुत काम है, हमें जाना है।''

कुसुनिआ हाथ जोड़ गिड़गिड़ाया, ''शिव भाई...टुकुना भाई...तुम्हें तो मेरे बारे में पता है। इतना रुपया मैं लाऊँगा कहाँ से? दिन तमाम आँच के पास बैठता हूँ तो रात दस बजे तक पच्चीस-तीस रुपये आते हैं। तुम जाओ, मैं आकर रघुआ को सब बताता हूँ, फिर जैसा वो फैसला करे...।''

''ठीक!'' फिर शिव और टुकुना बिना साइलेंसर वाली मोटर साइकिल में बैठ घड़घड़ करते लौट गए।

कुसुनिआ माथा पकड़कर बैठ गया। महीने भर की कमाई है पाँच सौ रुपया...वह कहाँ से लाएगा?

उसने अपनी दुकान के दरवाजे के ताले को खींचकर एक मर्तबे और जाँचा कि ठीक से बन्द हुआ कि नहीं। कसाई के हाथों मरने जा रहे बकरे की तरह पैरों को घिसटते-घिसटते रघुनाथ से मिलने के लिए वह चल पड़ा।

बारिश थम चुकी थी। मौसम में ठंडक महसूस हो रही थी। अपने दोस्तों के संग कमेटी के अस्थायी अड्डे पर बैठा रघुनाथ पैग पर पैग चढ़ा रहा था। कुसुनिआ मुँह लटकाए जाकर खड़ा हो गया। रघुनाथ की आँखें जैसे ही उस पर पड़ीं, तत्काल उसे धक्का खाने की घटना याद हो आई। वह मन-ही-मन गणेश को पुकारने लगा, 'इनसे मेरी रक्षा करो प्रभो!'

रघुनाथ ने पुकारा, "क्यों रे लीडर, वहाँ क्यों खड़ा है? यहाँ आ। ले, एक गिलास ले। रोज कसैली चाय पीते-पीते तेरा टेस्ट खराब हो गया होगा!"

कुसुनिआ बोला, "रघुआई, मैं गरीब आदमी हूँ। मुझे बचाओ, वरना मैं बह जाऊँगा।"

"जा-जा, बह जा! क्यों बे, इतना भयंकर तूफान आया, उसमें दस हजार लोग बह गए तो कहीं कुछ फर्क पड़ा क्या? तू भी बह जाएगा तो कुल संख्या हो जाएगी दस हजार एक, तो क्या पाटपुर बाजार बन्द हो जाएगा, हैं?"

कुसुनिआ चुप रहा।

"उस दिन तो जाकर उलझे बालों में जड़े तेल की तरह रमेश विश्वाल से मिल गया था। जा-जा, अब उससे लाकर चन्दा दे देना। कौन कितना चन्दा देगा, यह सबने मिलकर फैसला किया। मैं अकेला कुछ नहीं कर सकता। चन्दे के रुपये लाकर दे दे, नहीं तो बाद में मुझे दोष मत देना।"

टुकुना ने उसके मुँह से मानो बात छीनते हुए कहा, "लाकर क्या देगा भाई, कल सुबह ही तो पूजा है, अभी देकर जाए।"

कुसुनिआ के पैर जैसे जाम होकर रह गए। पेट अलग भूख से जल रहा था। उधर माँ भी घर में उसकी राह निहारती बैठी होगी। मरता क्या न करता। 'फतेई' की जेब से सारे रुपये निकाल उसने रघुनाथ की ओर बढ़ाते हुए कहा, "इतने ही हैं, लो। बाकी बाद में लाकर चुका दूँगा।"

रघुनाथ ने रुपये उठाकर कुसुनिआ के मुँह पर दे मारे। उठकर कुसुनिआ की गर्दन पकड़ ली और बोला, "मेरे संग जीजा-साले का मजाक कर रहा है बे? भाग, पूरा रुपया लेकर आना। नहीं तो इस गाँव से उठ जाएगा!"

कुसुनिआ ने रुपये समेटे, फतेई की जेब में डाले और बड़ी-बड़ी डेग मारते अपने घर की ओर चल पड़ा। अपने पीछे उठ रहे रघुनाथ, टुकुना, शिव और दूसरों के कहकहे वह अच्छी तरह सुन पा रहा था।

कुसुनिआ के जाने वाले रास्ते पर नजर दौड़ाता रघुनाथ बोला, ''इसके चलते सारा नशा फट गया। ला बे टुकुना, और एक बोतल लेकर आ!''

टुकुना ने गणेश मूर्ति के पीछे से बोतल लाकर रघुनाथ की ओर बढ़ा दी।

शिव ने कहा, ''मुस्ताफिज मियाँ ने मटन में ठग दिया लगता है, नहीं तो पकने में क्या इतनी देर लगती?''

''तू तो वहाँ जाकर मटन का स्वाद चखता होगा, तब चन्दा वसूली कब करता है?''

टुकुना ने शिव की वकालत की, ''नहीं-नहीं, बाजार से लौटते समय क्लब में हम मुँह मार आए हैं। अब तक तो पक गया होगा। चलो, कल तो तुम संकल्प में बैठोगे।''

''मैं क्यों?''

''कर्ता तुम हो तो और कौन बैठेगा?''

रघुनाथ ने कहा, ''उस लेक्चरर लड़की को बुलाकर संकल्प में बैठाने से नहीं चलता?''

शिव ने विरोध किया, ''वाह, क्या कहना तेरी बात का! वो क्यों बैठेगी हमारी पूजा में आकर? बैठना है तो गन्धर्व राउत बैठेंगे, नहीं तो तुम।''

''गन्धर्व राउत क्यों बैठेगा?'' रघुनाथ ने पूछा।

''वह हमारा प्रेसीडेंट है।'' शिव ने उत्तर दिया।

''प्रे...सी...डें...ट! अरे, कौन प्रेसीडेंट? इलेक्शन का समय आने पर हमारी खोज करता है वो। पूरे साल तो हमें कहीं नहीं खोजता? हम क्या उसके नौकर हैं? उसकी किस्मत अच्छी है कि हम उसके साथ हैं। मुचुकुन्द महान्ति के पास जाते तो वह हमें मालामाल कर देता। इसने हमारा क्या कर दिया? खाली हँसी के सिवा कुछ और दिया है क्या?''

टुकुना ने बदलाव के नजरिए से कहा, ''पर अचानक तुम्हें वो लेक्चरर लड़की की याद क्योंकर आ गई?''

''अचानक नहीं बे! मैंने उसे भुलाया ही कब, जो तू याद करने की बात कर रहा है? जान लो तुम लोग, किसी दिन मैं उसे फुर्र से उड़ा लूँगा, फिर जो होना होगा, हो जाएगा।''

शिव बोल पड़ा, ''रहने दो, ठाकुरजी के आगे बैठकर ऐसी बातें करना ठीक नहीं। उधर सब ठंडा हो रहा होगा। चलो, खा-पी आते हैं।''

रघुनाथ ने कहा, ''लेकिन चाहे कुछ भी कहो, पूजा का आइडिया है बहुत बढ़िया। मान लो, गणेश पूजा हो गई। इसके बाद आएगी दुर्गा पूजा, गजलक्ष्मी, काली, कार्तिक...मतलब साल भर पूजा चलेगी। सो, नौकरी के पीछे भागने से क्या फायदा? सात दिन के भीतर अड़तालीस हजार रुपये! और थोड़ा लगे होते तो पचास भी हो जाते। क्यों, क्या कहते हो टुकुना?''

टुकुना और शिव हँस पड़े।

शिव ने कहा, ''रुपया वसूली के मामले में जो होना है, हो, बैठे-बैठे बोर होने से तो छुट्टी मिली। घर में खाली बैठो तो सब भागवत् सुनाते हैं। हम तो ऐसे पंडित हैं कि हमें गाँव छोड़ता नहीं और शहर खोजता नहीं! हम क्या करें?''

''छोड़ बे, हमेशा सीरियस बातें करता है। शहर जाकर क्या उखाड़ लेगा? यहाँ रहकर तेरा क्या बिगड़ रहा है, बोल?''

बातें अभी और आगे बढ़तीं, पर बनमाली ने कहा, ''बाबू, आप लोग उठिए। मैं अब गणेश की आँखें बनाने के बाद उनके चेहरे को ढाँप दूँगा। पूजा के समय पंडितजी आकर चक्षुदान करेंगे।''

रघुनाथ उठा। तीनों मोटर साइकिल पर बैठ गए। औरों ने अपनी-अपनी साइकिलों पर बैठ क्लब की ओर पैडल मारना शुरू कर दिया।

पूजा आरम्भ होने का समय था सुबह दस बजे, परन्तु रघुनाथ की जब नींद टूटी तो ग्यारह बज रहे थे। कल रात पीने के दौरान कुछ ज्यादा ही चढ़ा गया। हालत बाद में ऐसी हो गई कि टुकुना, टुकुना और शिव—दोनों ने उसे उठाकर खाट पर सुलाया। सभी लगभग बेहोशी की हालत में थे। कोई किसी को चेत कराने के लायक भी न था। पूजा मंडप के पास बाजा बज रहा है। माइक पर गाना। रघुनाथ जैसे ही जामा-जोड़ी पहनकर पहुँचा, पंडित से बोला, 'मंत्र पढ़!'

और पंडित ने मंत्र पढ़ना आरम्भ किया।

पूजा आधे घंटे में सलट गई तो गन्धर्व राउत बोले, ''परसों विसर्जन है। रास्ते से बेंच अब उठा लाओ।''

रघुनाथ ने मना करते हुए कहा, ''पूजा से कहीं ज्यादा जमेगा विसर्जन। नन्दपुर से नाच-पार्टी आएगी। बेंच अगर उठ गई तो काम कैसे चलेगा?''

गणेश मूर्ति झकास चमक रही थी। फूल-मालाओं से उसकी आधी सूँड छिप गई थी। शिव बोला, ''मुचुकुन्द महान्ति कल इलाके में आएँगे। विसर्जन के समय उन्हें बुला लाने से रमेश विश्वाल का सिर चकरा जाएगा।''

''अबे, उस कुसुनिआ ने चन्दा दिया कि नहीं?'' रघुनाथ ने पूछा, लेकिन टुकुना ने जवाब नहीं दिया तो रघुनाथ ने अपना सवाल फिर दोहराया।

शिव ने कहा, ''वह तो जाकर उनके साथ बैठा है। चन्दा क्या देगा?''

रघुनाथ ने गले से माला निकालकर फेंक दी और बोला, ''क्लब चलो!''

सब उसके साथ चल पड़े।

उस रात दस बजे पाटपुर के लोगों ने हड़बड़ाते हुए रास्ते के ऊपर आकर देखा—पोखरी की आड़ में कुसुनिआ की झोंपड़ी धू-धू कर जल रही है। उसकी

बूढ़ी माँ छाती पीट-पीटकर रो रही है और कुसुनिआ पोखरी से बाल्टी भर-भरकर पानी छप्पर की आग पर फेंक रहा है।

देखते-देखते झोंपड़ी जली जा रही थी और लोग रोती-बिलखती बुढ़िया को समझा रहे थे, पर वह समझ कहाँ रही थी? बाँस की गाँठें ठाँय-ठाँय कर फूटती हुईं चारों ओर चिंगारियाँ छितरा रही थीं।

क्लब में रघुनाथ पैर फैलाए रोज की तरह दारू पी रहा था। रात बारह पार कर गई थी। टुकुना दौड़ता-दौड़ता आया और बोला, "रघुआई, रमेश विश्वाल के लड़के हमारे गणेशजी का सिर काट ले गए हैं। आओ, चलो देखें।"

गणेश की मूर्ति बच्चों की सामाजिक किताब में कनिष्क के चित्र की तरह दिखाई दे रही थी। पूजा मंडप बुरी तरह टूटा-फूटा नजर आ रहा था। यह दृश्य देख रघुनाथ की आँखें बाघ की आँखों की तरह सुलग उठीं। मूर्ति के पीछे से एक भुजाली निकालकर उसने आदेश किया, "चलो!"

उसके पीछे-पीछे पूजा कमेटी के लड़के साइकिल चेन, लोहे की रॉड और लाठी ले निकल पड़े।

सड़क किनारे का छोटा बाजार पाटपुर का दृश्य सुबह अजीब-सा था। कुसुनिआ का घर जलकर राख हो चुका था। पूजा मंडप तो रणक्षेत्र-सा दिखाई दे रहा था। रमेश विश्वाल का अस्थायी ऑफिस भी जला पड़ा था। थाने का एसआई और दो हवलदारों के संग आठ सिपाही पूजा मंडप के सामने पैंतरा भाँज रहे थे।

आज गणेश का विसर्जन हुआ होता। नन्दपुर की नाच-पार्टी आई होती। चावल-व्यवसायी रसानन्द भूयाँ के ट्रक पर ठाकुरजी जाते नुआनई नदी पर।

पाटपुर बाजार में ताड़ के कपाट नीचे गिर चुके थे। दुकान-बाजार सब बन्द। बाजार के रास्ते पर पुलिस चक्कर काट रही थी, परन्तु कब क्या घट जाने की आशंका से सब कुछ सुनसान था। माइक का शोर तो कब का दम तोड़ चुका था। पोखरी की आड़ से कुसुनिआ की माँ की कातर चीखें लगातार सुनाई पड़ रही थीं। छाती के अन्दर का सारा क्रोध और असन्तोष वह गणेशजी पर उतार रही थी। कुसुनिआ हर चन्द कोशिश के बाद भी अपनी माँ को चुप नहीं करवा पा रहा। बुढ़िया कातर हो बड़बड़ा रही थी, "अरे निर्दयी ठाकुर! निरासी बुढ़िया पर कुदृष्टि डालकर क्या सुख पाया रे! आग लग जाए तेरी उस ठाकुर पूजा को! जल जाए तेरा मुँह...!"

उस दिन सारा आकाश बादलों से ढँका था। बीच-बीच में वर्षा बूँदों की छिड़काई कर थम जाती। बेसहारा कुसुनिआ अपनी चाय दुकान के छप्पर के नीचे माँ के संग सिर छिपाए बैठा था। साथ में डेकची, कड़ाही और जलती आग से किसी तरह बचाकर लाए कुछेक सामान पोटली में बँधे रखे थे।

दिन शेष होने के समय थाना बाबू की जीप आई। पीछे-पीछे थी मुचुकुन्द महान्ति की गाड़ी। गन्धर्व राउत भी पूजा मंडप के पास आ पहुँचे। उनकी बातचीत

से ही पता चला कि रमेश विश्वाल और रघुनाथ के पट्ठों के बीच कल रात भिड़न्त हुई है। सिर फड़वाकर सात आदमी नन्दपुर अस्पताल में पड़े हैं।

मुचुकुन्द महान्ति ने कुसुनिआ को बुलवा भेजा, पर उसकी माँ ने उसे छोड़ा नहीं, मानो कुसुनिआ छह माह का शिशु हो! बुढ़िया उसे साथ में लेकर आई। उसके सामने थी सिर कटी गणेश की मूर्ति। वह पुलिस और लोगों की भीड़ को चीरते हुए मूर्ति के पास गई और अपनी पोटली से, जलती आग से बचा सकी एक रंगीन साड़ी निकालकर, किसी बीमार बच्चे को ओढ़ाने की तरह गणेश के खंडित गले पर ओढ़ा दिया। उस पूरी साड़ी पर जलने के दाग थे। बुढ़िया मूर्ति को पीठ पीछे छोड़कर जाने लगी। विधायक मुचुकुन्द महान्ति ने कुछ कहने के लिए उसे बुलाया। बुढ़िया पास आ गई उनके। आँखों से कीच और आँसू पोंछा। फिर न जाने उसने क्या सोचा कि खँखारकर मुँह का सारा बलगम उनकी ओर थूककर चिल्लाई, ''रे निर्वंश, वंशनासी मर्दो, शर्म नहीं आई एक लाचार, बिना बाप के कमजोर लड़के पर अपना मर्दपना दिखाने में? अदीठ साधते हो! धिक्कार है तुम्हें और तुम्हारी पूजा को! तुम लोग मानुष नहीं, जानवर हो!''

सारे लोग तटस्थ हो देख रहे थे। ऐसे किसी दृश्य की तो उन्हें कल्पना तक न थी। बड़े-बूढ़े जानते थे कि बुढ़िया पागल हो गई है। फिर भी वे कुछ बोल नहीं रहे थे।

बुढ़िया ने कुसुनिआ का हाथ थामा और दूसरे हाथ से पोटली को काँख में दबाते हुए कहा, ''चल! आँख जिधर जाएगी, उधर ही जाएँगे। ये भगवान-सगवान सब झूठ है। जो ठाकुर अपनी खुद की रक्षा नहीं कर सकता, वो हमारे जैसे गरीब-सरीब की बातें क्या समझेगा?''

बुढ़िया चली जा रही थी। पुलिस इंस्पेक्टर उसे रोकने को आगे बढ़े, पर विधायक ने मना कर दिया। एसआई ने मुचुकुन्द महान्ति से कहा, ''केस खत्म नहीं होने तक ठाकुर मूर्ति यहीं रहेगी। आप चलें, दोनों पक्षों को बुलाकर जो करना है, करें।''

एक-एक कर सब लोग मूर्ति के पास से खिसक रहे हैं, पर खंडित सिर के गणेश जी अधजली रंगीन साड़ी ओढ़े, असहाय मुद्रा में विसर्जन के इन्तजार में पड़े हैं।

बेटा

दो दिन हो गए, लेकिन सोमू नहीं आया तो जयन्ती बेचैन हो उठी। किसी काम में उसका मन नहीं लग रहा। रसोईघर सजाना है, पौधों को पानी देना है। यहाँ तक कि छत पर सूख रहे कपड़ों को उतारकर लाने का भी उसका मन नहीं हो रहा। बार-बार दरवाजे को देखती और कभी किवाड़ खोलकर राह निहारने लगती, पर सोमू आता नहीं दिख रहा। बेचैनी से किवाड़ भेड़ मानो घर में घुसना चाह रही हवा और रोशनी को भी परे ठेल रही हो और दोपहर है कि खिसकने का नाम ही नहीं ले रही!

कहीं कोई महोक रुक-रुककर रोता-सा बोल उठता है। इकतारे की एक ही तान-सा उदास लगता है उसका स्वर। स्टेशन के प्लेटफार्म से कोई ट्रेन छूट रही है। इंजन की आवाज से सन्नाटा टूट रहा है। कोई योगी कॉलोनी में घर-घर घूम भीख माँग रहा है। उसकी लहरी स्वर में 'टीका गोविन्द्र चन्द्र' के करुण पद और अधिक दयार्द्र हो सुनाई दे रहे हैं।

जयन्ती ने परदा उठाकर सोमू के घर की ओर देखा। अभी क्या कर रहा होगा सोमू? सो गया होगा या खा रहा होगा? खा रहा होगा कि बैठा होगा? बैठा होगा या खेलता होगा? खेल रहा होगा, नहीं तो उसके पास आने के लिए चिरौरी कर रहा होगा। नहीं-नहीं, सोमू चिरौरी नहीं कर रहा होगा। ऐसा करता होता तो जयन्ती को उसकी आवाज सुनाई देती। तो क्या, सोमू सो गया?

सोमू! सोमू!! सोमू!!! जयन्ती की छाती भीतर से हिल गई। कुहराती सुलगन से तप उठे मन और आत्मा। उसका पूरा का पूरा अस्तित्व मानो अर्थहीन होता जा रहा है, कमजोर नाल पर टिके मुरझाते फूल की पँखुरी की तरह, नदी तट की सूखी रेत की जैसे, रास्ते की धूल-सा। डबडबा आई आँखों की कोरों को साड़ी के कोने से पोंछते हुए उसने फिर किवाड़ खोलकर राह को निहारा।

अपनी राह जा रही हवा दरवाजे से जयन्ती को छूते हुए निकल गई। रास्ते के किनारे के पेड़ भी मानो सब कुछ समझ जयन्ती का अकेलापन देख नीरव हो उठे।

टेलीफोन के तार पर बैठी चिड़िया भी मानो जयन्ती का उपहास-सी करती चीं-चीं करते हुए उड़ गई। जयन्ती क्षोभ और अवसाद से भर उठी तो बिस्तर पर आ मुँह ढाँप सो गई।

उसके दिन कितने सुखी थे! तितली के कम्पित पंखों में, बछिया की चंचल भागदौड़ में, चिड़िया की अथक उड़ान में, नहीं तो परीकथा के पक्षीराज अश्व के पंखों में उसका समय बीत जाया करता था। सवेरा हुआ नहीं कि सोमू उसकी बाँहों में होता था।

उसके बाद तो सोमू को बाँहों में भर, गोद में ले, कभी कंधे पर बैठाकर तो कभी उसकी उँगली थामे जयन्ती घर के सारे काम करती रहती। वह सोमू के साथ खेल-खेल में सब्जी काटना, मछली काटना, मूँग की फलियों की रगड़ाई करना, भाजी को सिझाना, कपड़े धोना और घर की सफाई तक सारे काम सलटा लेती, मानो वह नहीं, बल्कि छू-मन्तर जानने वाला जादूगर सोमू उसके साथ वात्सल्य क्रीड़ा का आनन्द लेने के लिए अपनी जादू की छड़ी छुआकर सारे काम कर जाता!

उसके बाद बस जयन्ती और सोमू। जयन्ती छिप जाती और सोमू उसे ढूँढ़ता, फिर सोमू छिप जाता तो जयन्ती उसे खोजा करती। ठुमकते पैरों से चार साल का सोमू लुका-छिपी खेलते-खेलते जब ठोकर खा जाता तो खेल का नियम भूलकर चीख उठता। जयन्ती का कलेजा मुँह को आ जाता। वह अलमारी के पीछे से बाहर निकल सोमू के चोटिल अँगूठे पर फूँक मारती, जीभ से उसके धूल भरे पैर को चाट लेती, झूठ-मूठ का मंत्र पढ़कर कहती, 'ले, अब ठीक हो जाएगा।' और तब सोमू रोना भूलकर जयन्ती से लिपटते हुए बोल पड़ता, 'पकड़ लिया...पकड़ लिया! माँ, तू पकड़ी गई!'

सोमू के गले से निकले शब्दों को जयन्ती आँख बन्द कर घर के चारों कोनों में कहीं गुम हो जाने तक कान लगाकर सुनती। झरने की कलकल की तरह, वंशी के आलाप-सा, वर्षा की रिमझिम जैसा सोमू के मुँह से निकला 'माँ' शब्द उसे मोह लेता। वह सोमू को बाँहों में भर रबर के गुड्डे की तरह दाब लेती। उसके होंठों, नाक, कान, सिर के बाल, जाँघ, पैर, घुटना, नाखून और कमर—हर जगह अपनी नाक से रगड़ गुदगुदी करने लगती। सोमू की गर्दन को बार-बार चूमते हुए कहती, 'मेरा सोमू तो खट्टे दही-सा बास मार रहा है।' सोमू कुछ समझ नहीं पाता। वह उठकर ड्रेसिंग टेबल तक जाता और पाउडर या कंघी, जो भी हाथ लगता, नीचे फेंक देता। कॉपी-किताब के पन्ने फाड़ देता। किसी खिलौने की चाबी फेंक देता। कलम को मुँह में ले चुभलाने लगता तो जयन्ती उसे रोकती, 'ऐसा मत कर सोमू, रुक, मैं तेरे लिए चॉकलेट लाती हूँ। कलम मत घुसा मुँह में।'

पूरी दोपहर सोमू और जयन्ती का खेल चलता रहता। खेल भी एक नहीं, हर प्रकार के खेल, जैसे—चोर-पुलिस, कृष्ण-यशोदा, लुका-छिपी, बूढ़ा-बूढ़ी तो

कभी छुआ-छुई। बात-बात में हँसने वाला सोमू जब हँसता तो उसकी नाक के दोनों छेद ऊपर उठ जाते, बड़ी-बड़ी आँखें मुँद जातीं और फिर मानो वह अस्थिर हो हाथ-पैर हिलाने लगता। सोमू को हँसते देख, जयन्ती चुप न रह पाती और चिल्ला उठती, 'हँसो, पर इतने जोर से नहीं! उल्टी आ जाएगी।'

ऐसा सम्बन्ध सोमू के साथ कैसे बना, जयन्ती को पता है, पर यह सम्बन्ध कब और कैसे देह से मन तक जा पहुँचा और मन से निकल कब आत्मा में प्रवेश कर गया, जयन्ती को पता ही नहीं चला। इसीलिए वह कभी-कभी महाप्रभु जगन्नाथ की फोटो के सामने सिर नवाकर बोल उठती, 'सम्बन्ध तो जन्म-जन्मान्तर का है प्रभो! पिछले जन्म में यदि हमारा सम्बन्ध नहीं होता तो क्या वह मुझे इस जन्म में मिलता?'

परिड़ा बाबू नए-नए तबादले पर इस कॉलोनी में आए थे। उनका सारा सामान अभी पहुँचा नहीं था। उसी दिन सुबह-सुबह सोमू की माँ उसे लेकर जयन्ती के घर पर चली आई।

बातचीत कर वह लौट गई, पर सोमू को पहली नजर में ही स्नेह के वशीभूत कर गई। जयन्ती ने जो चॉकलेट उसे दिया था, उसे चाटते-चाटते उसके मुँह-हाथ लटपटा गए। जयन्ती ने उसे बाँहों में भर अपनी साड़ी के कोने से उसके मुँह को पोंछ दिया था। सोमू की माँ तब बोल उठी थी, 'अरे वाह! यह तो देखते-देखते ही आपके वश में हो गया। चलिए, मैं बाद में आकर इसे ले जाऊँगी।'

तभी बूढ़े भिखारी ने जयन्ती से भीख माँगी। पहले तो वह भिखारियों को देखते ही चिढ़कर कहती थी, 'इस शहर में कोई और कॉलोनी नहीं है क्या? स्टेशन के पास है, इसलिए जो कहीं से भी आता है, मुँह उठाए पहले सीधा यहीं चला आता है!' पर उस दिन जयन्ती चिढ़ी नहीं, सोमू को गोद में लिये अन्दर गई और एक रुपया लाकर भिखारी के हाथ पर रख दिया।

कृतज्ञ हो भिखारी ने आशीर्वाद देते हुए सोमू को निहारकर पूछा, ''तेरा बेटा है न, करोड़ों साल जिये!''

दुविधा में थी जयन्ती—'हाँ' कहे या 'ना'। इसी सोच में उसने गर्दन हिला दी, 'हाँ!' और उसी क्षण से उसने सोमू को अपना बेटा मान लिया। क्षणमात्र में उसका आठ वर्षों का अर्थहीन गृहस्थ जीवन सोमू की अव्यक्त तोतली बोली से अर्थपूर्ण हो उठा। देखते ही देखते उसने अपने असामर्थ्य, असहायता और हीनता को घर के कचरे की तरह उठाकर खिड़की से बाहर फेंक दिया।

उस दिन ऑफिस से लौटकर नीलाम्बर ने सोमू को देखकर पूछा था, 'परिड़ा बाबू का बेटा है न?'

जयन्ती ने नीलाम्बर की इस भूल को मानो सही समय पर तत्काल सुधारने की गरज से कहा, 'नहीं, यह मेरा बेटा है।'

हालाँकि वह जयन्ती के कहे से सहमत न था, लेकिन सोमू के बालों को सहलाते हुए उसने कह दिया था, 'हाँ, तुम्हारा ही बेटा है।'

अगले दिन से सोमू की माँ सोमू को लाकर खुद ही जयन्ती के घर छोड़ जाने लगी थी। सोमू को लेकर शिकायतों की लम्बी फेहरिस्त होती थी उसके पास, 'जो भी सामान हाथ लगा, उसे इधर-उधर फेंका-फाँकी करता रहता है...कोई काम नहीं करने देता। जब तक ये आपके पास रहता है, समझ लीजिए, तभी तक मैं शान्ति से रह पाती हूँ।'

फिर वह जयन्ती की परेशानी कम करने की इच्छा से पूछती, 'आपको यह ज्यादा परेशान तो नहीं करता?'

सोमू को उठाकर गोद में लेते-लेते जयन्ती कहती, 'नहीं-नहीं, उल्टे मैं ही इसे परेशान करती हूँ। इसकी आजादी छीन लेती हूँ इससे, है न सोमू?'

मधुमालती की लता पर भिनभिनाते पतंगे की पूँछ को देखते हुए सोमू मानो सब समझ गया हो, कहता, 'हाँ-हाँ!'

दोनों हँस पड़ते। सोमू की माँ कहती, 'इसे आप ही रखिए। आप ही का बेटा है। आपकी बात मानता है।'

जयन्ती के दिल में कहीं कोई आशा-भरी गड़ही सपनों की वर्षा से छलक उठती। चारों ओर से शीतल और महकती हवा के झोंके आने लगते। अपनी छाती पर जोर से चिपकाते हुए जयन्ती कह उठती, 'हाँ-हाँ, ये मेरा बेटा है।'

तब सचमुच सोमू उसका बेटा बन जाता।

सोमू के कपड़े-लत्ते, खेल-खिलौने, चॉकलेट और मिठाइयों की फरमाइशें जयन्ती ही पूरी करती। पहले-पहल तो नीलाम्बर टोका-टाकी करता था। खर्चे के डर से नहीं, बल्कि इस तरह खर्च करने के पीछे की हकीकत और जयन्ती के यों हक जताने के भय से। हालाँकि बाद में उसने भी जयन्ती की खुशी, सोमू की हँसी और दोनों के शोर-गुल के सामने समर्पण कर दिया था। कभी-कभी वह भी समय मिलने पर सोमू के पास आ बैठता था।

नीलाम्बर को तो वह अंकल कहता, पर जयन्ती को बुलाता, 'माँ।' नीलाम्बर मुस्काता। आठ साल के बाद भी बाप न बन पाने की हीनता का भाव तनिक दूर जा लुप्त हो जाता। सोमू को अपनी बाँहों में सँभाले खाट पर सोई पड़ी जयन्ती के निन्दियाए मुखड़े को निहार एक लम्बा निःश्वास उसकी छाती को कँपाता हुआ बाहर आ जाता। वह घर की छत की ओर देखते हुए स्वयं से पूछता, 'हम क्या इतने अयोग्य हैं?'

वह कब से वहाँ यों बैठा है, जयन्ती को इसका पता न होता। हठात् नींद टूटने पर वह उठकर लाइट जलाकर पूछती, 'कब से आए हुए हो? मुझे आवाज क्यों नहीं दी?'

नीलाम्बर झूठ का सहारा लेता, 'अरे, अभी-अभी तो आया हूँ।'

'तुम कपड़े बदलो, मैं सोमू को छोड़ आती हूँ।'

नीलाम्बर कपड़े बदलने की बजाय घर के आगे जा खड़ा होता। जयन्ती भी लौटकर उसके पास आकर खड़ी हो जाती। धीरे से वह उसका कंधा छूकर पूछती, 'क्या देख रहे हो?'

दूर आकाश में लाखों तारे इंसान के मन की अपूर्ण इच्छा की तरह टिमटिमाते हैं। नीलाम्बर आकाश से नजर हटाकर कहता, 'कुछ नहीं, चल।'

टेप-रिकॉर्डर के कैसेट को पीछे की ओर लौटाकर जैसे सारी पिछली बातें सुन रही हो, जयन्ती सोचती।

दरवाजे की ओर निहारने पर उसे लगता था, सोमू आकर खड़ा है। वह चौंककर दौड़ पड़ती। सोमू को गोद में उठा उसके गालों पर चुम्मों की झड़ी लगाते हुए पूछना चाहती, 'कहाँ गया था रे तू? दो दिन हो गए, आया क्यों नहीं बेटे?'

किन्तु सोमू वहाँ था कहाँ?

परिड़ा बाबू के झरोखे के पास आकर जयंती खड़ी हो गई। गाँव से आई सोमू की दादी के बोलने की आवाजें आ रही थीं। उसने झरोखे के एक कोने पर अपने कान लगा दिये कि सोमू की दादी अपनी बहू से क्या कह रही है। सोमू की माँ मना करते हुए उसे समझा रही है, ''धीरे बोलो माँ, धीरे...वे सुनेंगे तो क्या सोचेंगे?''

कभी-कभी विरोध दोषारोपण के आग्रह को बढ़ा देता है। सोमू की दादी मानो और उत्साहित हो कहती है, ''मैं क्या झूठ बोल रही हूँ? न अन्याय की बात कह रही हूँ, जो चोरों की तरह फुसफुसाते हुए बोलूँ। माँ से भी ज्यादा जो किसी बच्चे को प्यार करे, उसे क्या कहते हैं, जानती हैं—डायन! कोख सूनी बाँझ के पास तू कैसे बच्चे को यों छोड़े रहती है? तू माँ है कि विमाता?''

जयन्ती ने झरोखे के पल्लों को जोर से बन्द कर दिया। काश, इस क्षण वह चींटी बन जाती! गोबरैला या दीमक हो जाती तो किसी कोने में मुँह गड़ाकर छिप जाती। सोमू की दादी की कही कोई बात तब उसके कानों में न पड़ती।

जयन्ती की छाती आशंका और क्षोभ से उठ-गिर रही थी। उसे महसूस हुआ, मानो कहीं आसपास भूकम्प आया हो! उसी भूकम्प के झटकों से उसका घर-बार, खानदान, उसकी आशा, गर्व और सपने—सब कुछ रेत के घरौंदे की तरह टूटकर चूर-चूर हो रहे थे, मानो उसके प्राण निकल जाएँगे! पर्दे को कसकर थाम लिया था उसने और बोले जा रही थी, ''सोमू...मेरे बेटे, मेरे पास आ...मुझे सँभाल, वरना तेरी माँ घर की दीवार के नीचे दबकर मर जाएगी!''

पर उस दिन सोमू नहीं आया। अगले दिन भी नहीं और फिर अगले दिन भी नहीं।

नीलाम्बर ने पूछा, ''तेरा बेटा नहीं आया आज?''

मानो चोरी पकड़ी गई हो। प्रश्न के उत्तर में बहाना बना टालने की गरज से जयन्ती बोली, ''पढ़ाई कर रहा होगा। परिड़ा बाबू बता रहे थे, पहली तारीख को उसका नाम नर्सरी में लिखाया जाएगा।''

नीलाम्बर चला गया, पर जयन्ती न जा सकी। उसके कानों में सोमू की दादी के शब्द हथौड़े की चोट करते रहे। उसे लग रहा था कि सचमुच वह डायन में बदल गई है, जिसकी नजर पड़ जाने से सोमू बड़ा नहीं हो सकेगा। उसका खिलखिलाता चेहरा सूखकर लकड़ी-सा हो जाएगा।

और कुछ सोच न सकी जयन्ती। न आए सोमू, जहाँ भी रहे, खुश रहे। हँसता रहे, खेलता रहे, नाचता रहे, नाचते-नाचते लोट-पोट होता रहे, बस! उसकी दोनों आँखें घर भर में घूम रही थीं। हर जगह सोमू के खिलौने और कपड़े छितरे पड़े थे। ऐसी कोई जगह न थी, जहाँ सोमू के हाथों का स्पर्श न हुआ हो। जहाँ, जिधर भी देखती, सोमू ही नजर आता। सच, सोमू के बिना उसका जीवन अर्थहीन-सा हो गया है।

देखते-देखते उसका सपना यों टूट जाएगा, फूल का पौधा देखते-देखते मुरझा जाएगा, उसने ऐसी कल्पना तक न की थी। एक दर्द-भरी चीत्कार उसकी छाती के भीतर से बाहर आ धरती को सहमा देने के लिए छटपटा रही थी। वह अपनी दोनों आँखों की पलकों को बन्द कर खुद को सांत्वना दे रही थी, 'धीरज धर जयन्ती, धीरज धर! इस तरह कोई व्याकुल होता है?' पर उसका मन समझने को तैयार ही नहीं था। आँखों के आगे सोमू का हँसमुख चेहरा, बड़ी-बड़ी आँखें, कान के पास सब कुछ जानने जैसी बातें, नाक के आगे खट्टे दही जैसी उसकी देह-गन्ध—सभी मिलकर जयन्ती को अस्थिर किए हुए थे। वह उठकर खिड़की से उचकती निहार रही थी, शायद सोमू उसकी खिड़की के नीचे खड़ा हो या आसपास कहीं खेल रहा हो, पर जितनी बार भी वह देखती, वह उसे कहीं नजर न आता। उसकी नजरें सोमू के घर की दीवार, खिड़की, परदा और उसके पापा के स्कूटर तक से टकराकर वापस लौट आती।

जयन्ती अब चाबीवाले खिलौने की तरह अपना काम किए जा रही थी। ऐसा भी नहीं कि नीलाम्बर उसकी उदासी का कारण न समझ रहा हो, पर सब कुछ जानते-समझते भी वह चुप्पी साधे था। खुद को ही समझाने की चेष्टा कर रहा था कि सबका आरम्भ है तो अन्त भी। यह भी आरम्भ होकर खत्म हो जाने वाली एक घटना भर है। उसके बारे में चिन्ता-भरी सोच लेकर बैठे रहने का कोई मतलब नहीं।

इतना समझाने के बावजूद जयन्ती समझने को तैयार कहाँ थी! वह नीलाम्बर से बराबर कहे जा रही थी, "वह नहीं आया तो क्या तुम जाकर देख नहीं आ सकते? इतने दिन हो गए, लड़का आया नहीं। वह ठीक-ठाक है या नहीं, उसकी थोड़ी खबर नहीं ले सकते? कितने कठोर इंसान हो तुम!"

उसे समझाने-बुझाने की गरज से इधर-उधर की कुछ बातें बना नीलाम्बर टाल जाता। हालाँकि वह जानबूझकर यह बताना नहीं चाहता था कि उसके भीतर भी एक बेचैन और व्याकुल-सा पितृत्व है, जो सोमू को देखने के लिए आकुल और अधीर हो उठा है। वह यह भी नहीं बताना चाहता कि अभी परिड़ा बाबू के घर जाना ठीक नहीं। हो सकता है कि सोमू की माँ उसे दूसरे के घर भेजना ही न चाहती हो! उसे कहीं घर में ही छिपाए हो!

किसी की चीख सुनकर जयन्ती चौंक पड़ी—यह तो सोमू की आवाज है! वह क्या उनके घर आया है? वह हड़बड़ाती-सी तेज कदमों से बाहर तक चली आई, लेकिन सोमू की आवाज तो परिड़ा बाबू के घर से आ रही है।

वह नीलाम्बर को बुलाकर बोली, "सोमू ऐसे क्यों चिल्ला रहा है?"

नीलाम्बर ने जयन्ती की ओर देखा। जयन्ती ने कई दिनों से बालों में कंघी नहीं की। पहने हुए कपड़े सलवटों से भरे हैं और फूली हुई आँखें अजीब-सी लग रही हैं। सवाल को टालते हुए उसने अधिकार जताते हुए कहा, "अपने स्वास्थ्य पर ध्यान दो जयन्ती! यों असम्भव-सी बात को पकड़े रखकर स्वयं को कष्ट देने का कोई मतलब नहीं। खैर, तुम बैठो, मैं देखकर आता हूँ।" तभी हवा का तेज झोंका खिड़की से भीतर घुस आया। बाहर की ओर देखते हुए नीलाम्बर बोला, "अंधड़ आ रहा है, खिड़की-दरवाजे बन्द कर लो।"

नीलाम्बर की आशंका सही निकली। यह अप्रत्याशित आँधी घूँ-घूँ करती पेड़-पौधों को लहराए दे रही थी। टेलीफोन और बिजली के तार डोलते नजर आ रहे थे। कड़कड़ करते केले, सहजन और पपीता के गाछ टूटकर गिर रहे थे। मकान धूल से पटे जा रहे थे। आँधी का वेग कम होते ही मूसलाधार बारिश की आवाज सुनकर उससे भी तेज आवाज करता एक तूफान जयंती के भीतर उठने लगा। उस तूफान की मार से उसका विश्वास और वात्सल्य दुर्बल पपीता गाछ की तरह कड़-कड़ करता टूटकर गिरने लगा।

नीलाम्बर लौटा तो जयन्ती ने उससे पूछा, "सोमू का क्या हाल है?"

नीलाम्बर ने बताया, "सोमू की तबीयत ठीक नहीं, उसे बुखार है।"

चौंकते हुए जयन्ती ने जानना चाहा, "कितने दिन से... ?"

"तीन दिन हो गए।"

"कम नहीं हो रहा?"

"कम होता है, फिर चढ़ जाता है।"

“डॉक्टर के पास ले गए थे?”

“हाँ।”

“क्या कहा डॉक्टर ने?”

“दवा लिखकर दे गए हैं।”

“तुमने देखा सोमू को?”

“नहीं, वह सोया था।”

“जरा देख आते उसे!”

चिढ़ उठा नीलाम्बर। अपनी हीनता को छिपाने की चेष्टा में लगा वह बोल गया, “तू अपना काम-वाम निपटा, रात बहुत हो गई है।”

नीलाम्बर सो गया था, पर जयन्ती की आँखों से नींद कोसों दूर थी। सोमू को एक बार देख आने के लिए उसका मन छटपटा रहा था। तीन दिन हो गए, बच्चे का बुखार उतर नहीं रहा। कैसी दवा दे रहा है डॉक्टर! नीलाम्बर को जगाकर कुछ पूछने की उसकी हिम्मत नहीं हो रही थी। सुबह का इन्तजार करने के लिए वह खुद को तैयार कर रही थी। महाप्रभु जगन्नाथ को मन-ही-मन सुमिर रही थी जयन्ती। वही उसके सोमू को ठीक करेगा।

वह बिस्तर से उठकर खड़ी हो गई और अगरबत्ती जलाकर ठाकुर के आगे रखते हुए बोली, “सोमू का रोग, टोना-टोटका, झाड़-फूँक—सब मुझे दे दे प्रभु, लेकिन मेरे बच्चे को अच्छा कर दे!”

हर दिन की तरह दूधवाला सुबह आया था दूध लेकर। जयन्ती बोली, “बाबू हैं, ले लेंगे। मैं जरा आती हूँ।” कहकर वह निकल गई।

बाहरी कमरे का दरवाजा खुला था। सोमू खाट पर सोया था और माँ उसके पास बैठी थी।

जयन्ती को देखते ही सोमू की मम्मी उसे उठाकर घर के अन्दर चली गई। किसी असमर्थ चिड़िया के समान सोमू के हाथों को देखकर जयन्ती की छाती हाहाकार कर उठी। उसने उसके पापा से पूछा, “बुखार जा नहीं रहा?”

परिड़ा बाबू टूट-से गए। सिर नीचा कर चुप रह गए। कुछ कहा नहीं।

जयन्ती बोली, “मैं जरा सोमू को...”

“उसकी हालत ठीक नहीं है, देखेंगी क्या?” सोमू की मम्मी लौटकर बोली तो जयन्ती स्तब्ध रह गई।

यही सोमू की मम्मी है, जो एक दिन खुद सोमू को उसकी गोद में डाल गई थी! और आज वही सोमू को एक नजर देखने भी नहीं दे रही! अपमान और शर्म की मारी जयन्ती जैसे गई थी, वैसे ही उठकर चली आई।

नीलाम्बर अपने घर के सामने खड़ा उसे आँखें फाड़े घूर रहा था। उसे घूरते हुए ऊँची आवाज में बोल पड़ा, "अब मन मान गया? खुद तो पगला ही गई हो, सारी दुनिया को भी पागल बनाकर छोड़ोगी! जाओ!!"

हथेली से अपनी रुलाई को दबा दौड़कर घर के अन्दर जाते-जाते जयन्ती को सुनाते हुए नीलाम्बर कह रहा था, "यहाँ से ट्रांसफर के लिए आज दरखास्त दे रहा हूँ। इस महीने के अन्त तक तबादला हो जाए तो जान में जान आए, वरना बचना मुश्किल है।"

दो बार 'सोमू-सोमू' का चीत्कार कर जयन्ती एक बार फिर बेहोश हो गई। नासमझ छोटे बच्चे की तरह स्त्री की यह हालत देख नीलाम्बर पत्थर हो गया था। कल शाम से जयन्ती बार-बार बेहोश हो रही थी। सोमू के चले जाने की खबर सुनकर जयन्ती पूरी तरह से टूट जाएगी, यह तो नीलाम्बर को आभास था, पर ऐसी दुर्दशा की नीलाम्बर को कल्पना तक न थी।

सात दिन, सात रात बुखार में पड़े रहने के बाद कल शाम सोमू ने आँखें बन्द कर लीं, जबकि अन्त तक डॉक्टर कहता रहा,'बच्चा ठीक हो जाएगा।'

नीलाम्बर ने जयन्ती के मुँह, आँख और सिर पर पानी छिड़का। इतनी सुबह किसे बुलाए, वह सोच नहीं पा रहा था। हठात् उसे याद आया, कॉलोनी के अन्तिम छोर पर महापात्र बाबू रहते हैं। नये-नये बदली होकर ईएसआई अस्पताल में आए हैं। नीलाम्बर ने कपाट उढ़काकर स्कूटर स्टार्ट किया।

परिड़ा बाबू के घर को एक भयंकर सन्नाटे ने घेर रखा था। उधर देखने का भी उसका साहस नहीं हो रहा था।

नीलाम्बर के जाने के कुछ देर बाद जयन्ती ने आँखें खोलकर निहारा। उसकी आँखों के सामने तो सोमू का चेहरा ही नाच उठता था। उसकी छींटदार शर्ट, ढीली-ढाली पैंट, सफेद रबड़ के जूते और घुँघराले बाल—सभी तो उसे दिखाई दे रहे थे, साफ-साफ। वह फिर चीख पड़ी, "सोमू, मेरे बेटे!"

डॉ. महापात्र जयन्ती को देखते ही बोले, "मैडम, इतनी कमजोर क्यों हो रही हैं?"

बिना कुछ कहे नीलाम्बर एक कुर्सी उठा लाया। डॉ. महापात्र ने जयन्ती का हाथ थामते नरम स्वर में कहा, "जरा मेरी ओर देखें, आँखें खोलकर।"

जयन्ती ने देखा, उसे डॉ. महापात्र का चेहरा अचानक सोमू जैसा दिखाई पड़ा। उसने धीमी आवाज में पुकारा, "कौन, सोमू?"

"सोमू कौन है?" डॉ. महापात्र ने रूमाल से अपने हाथ पोंछते हुए कहा।

नीलाम्बर ने कहा, "वह लम्बी कहानी है। मैं आपको बाद में बताऊँगा। अभी मेहरबानी करके बताएँ कि इसे हुआ क्या है?"

डॉ. महापात्र के होठों पर हल्की-सी मुस्कान खिल रही थी। नीलाम्बर को आश्चर्य हुआ। बीमार जयन्ती को देखकर डॉक्टर के हँसने की वजह क्या हो सकती है? डॉ. महापात्र ने जयंती से एक-दो सवाल और पूछे।

इस बीच नीलाम्बर उनके लिए पानी लाने अन्दर गया। जब उन्होंने पानी पी लिया तो उसने अधीरता से उनसे पूछा, ''कोई खतरा तो नहीं है?''

''नहीं-नहीं, महान्ति बाबू। आपकी मिसेज ने कन्सीव किया है, पर ये काफी कमजोर हो गई हैं। इस हालत में खतरा है, आप जरा ध्यान रखेंगे।''

नीलाम्बर को अपने कानों पर विश्वास न हुआ। वह डॉक्टर को दरवाजे तक छोड़कर जब जयन्ती को यह खबर देने के लिए आया तो वह अपने बिस्तर पर नहीं थी।

नीलाम्बर चलकर बाहरी कमरे में आया, पर जयन्ती वहाँ भी नहीं थी। ठाकुर जी के पूजा घर में...उसका अनुमान सही था।

जयन्ती जगन्नाथ जी के फोटो के सामने आँखें बन्द किए प्रार्थना कर रही थी। वापस लौटते हुए उसने जयंती को कहते सुना, ''माँ का मान रखने के लिए तूने यह लीला क्यों की बेटे, मुझे भी अपने साथ ले जाता!''

कारागार

नवागढ़ के युवा कलेक्टर मन्मथ चौधरी रेवेन्यू अफसर बानाम्बर पात्र से चिढ़ गए, क्योंकि वह टैक्स चोर 'बड़े आदमी' के प्रति बार-बार सम्मानजनक शब्दों का प्रयोग कर रहे थे, जो कलेक्टर को रुच नहीं रहा था। उन्हें यह देखकर आश्चर्य हो रहा था कि आजादी मिलने के इतने बरस बाद भी लोगों के भीतर से दासभाव गया नहीं है। बातचीत करते हुए रेवेन्यू अफसर राजा शैलेन्द्र नारायण को सत्यवादी हरिश्चन्द्र जैसा सम्मान दे रहे थे, जो उनके लिए असह्य था। कलक्ट्रेट के रेकॉर्ड जाँच कर वे जान चुके हैं कि शैलेन्द्र नारायण पर तीन लाख से ज्यादा का टैक्स बकाया है। इसमें सबसे ज्यादा रकम आबकारी टैक्स की बनती है।

उन्होंने रेवेन्यू अफसर बानाम्बर पात्र को निर्देश दिया, ''उस भद्र व्यक्ति से कहो कि मुझसे आकर मिले। नहीं तो उन्हें अरेस्ट करके लाना होगा। तीन माह से वे हमारी नोटिस को टरका रहे हैं।''

रेवेन्यू अफसर बानाम्बर पात्र एक प्रौढ़ कर्मचारी हैं। सरकारी कागज-पत्रों की रीति-नीति देखते हुए पक गए हैं। एक बार कच्ची उम्र के इस हाकिम की ओर और फिर खिड़की के पार नहादेव गढ़ के गाछविहीन नंगे पहाड़ की ओर देखते हुए न जाने क्या सोचा। नवागढ़ के राजा शैलेन्द्र नारायण अभी भी जिले में सम्भ्रान्त व्यक्ति माने जाते हैं, उन्हें गिरफ्तार करके लाना! यह बात बानाम्बर को ठीक नहीं लग रही, पर हाकिम से ऐसा कहने का साहस वे जुटा नहीं पा रहे।

कलेक्टर ने कहा, ''खड़े क्यों हैं, जाइए, डिप्टी कलेक्टर से कहिए। मैं जैसा कहता हूँ, वैसा कीजिए। देखिएगा, वे अपने-आप रास्ते पर आ जाएँगे। यदि राजस्व नहीं बढ़ा तो हम सरकार का टारगेट पूरा नहीं कर सकेंगे। अगर सभी लोग लोकप्रिय होने की चेष्टा करेंगे तो दो-एक लोग कुछ नहीं कर पाएँगे। इसके लिए सबको जुटना होना होगा।''

बानाम्बर पात्र समझ गए। इस कथन की अन्तिम पंक्तियाँ डिप्टी कलेक्टर के लिए थीं।

बानाम्बर पात्र और कुछ बिना कहे चले गए। कलेक्टर भी ठीक ही कहते हैं, राजस्व वसूली सरकारी मशीनरी का मुख्य काम है। इतना भी नहीं कर सकते तो कलेक्टर अपने अधिकारियों के प्रति सम्मान भाव क्यों रखेंगे?

मन्मथ चौधरी ने चाय कप रखकर सुबह के अखबार पर नजर दौड़ा ली। प्रदेश का यह सीमावर्ती जिला पहले शान्त और उपद्रवहीन था। सत्तर प्रतिशत लोग आदिवासी और दरिद्र हैं। बाकी तीस प्रतिशत में पच्चीस प्रतिशत हिस्सा विभिन्न अंचलों से आकर व्यापार और कारोबार में प्रतिष्ठित लोगों का है। इन्हीं लोगों के हाथों में जिले का नियन्त्रण बना है, ऐसा कहना गलत नहीं होगा। बाकी के पाँच प्रतिशत में नवागढ़ के पुराने सम्भ्रान्त परिवार हैं। ये लोग भी पाटपुर से लेकर खइरपदा तक अलग-अलग जगहों पर बिखरे हुए हैं। देश आजाद होने के इतने दिनों तक नवागढ़ में आवागमन का कोई खास विकास नहीं हुआ। इस जिले के लोग क्या चाहते हैं, राजधानी इससे अनभिज्ञ थी या फिर राजधानी इन लोगों के लिए क्या-क्या योजनाएँ कर रही है, इसकी जानकारी जिले के लोगों को नहीं थी। जिला मात्र सरकार के राजस्व-नक्शे पर था।

नवागढ़ के महत्त्वपूर्ण होने का एक कारण और था। वह था जिले का अप्रतिम प्राकृतिक सौन्दर्य। इसलिए जब भी कोई विशिष्ट व्यक्ति देश या विदेश से आता तो राज्य सरकार का पर्यटन और संस्कृति विभाग उसे नवागढ घुमाना जरूरी समझता था। इसकी श्यामल पर्वत श्रेणियाँ, साल भर प्रवाहित चंचल नदियाँ और झरने, वन्य जीव-जन्तु और अन्त में पारम्परिक वेशभूषा में सज्जित आदिवासी युवतियों के नृत्य-गीत पर्यटकों के लिए आकर्षण के केंद्र थे।

भारतीय प्रशासनिक सेवा की तालिका का एक कार्यक्रम भारत-दर्शन है। तालीम के दौरान ही मन्मथ चौधरी इस पिछड़े जिले नवागढ़ आए थे। पहली बार ही नवागढ़ उन्हें भा गया था। कहाँ तो नवागढ़ का शान्त माहौल और कहाँ कोलकाता के उनके मोहल्ले की वह चिल्ल-पों! दोनों के बारे में सोचकर वे अस्थिर हो उठते। कोलकाता की हालत कितनी मर्मभेदी है! उन्हें लगता था कि इस महानगर ने आधुनिक बनने का निर्णय तो बहुत पहले ले लिया, पर अपना आलसी स्वभाव छोड़ने का मन नहीं बना पाया है अब तक। कोलकाता की मुख्य सड़कों पर चलती ट्रामें किसी भी हालत में मन्मथ चौधरी को बर्दाश्त नहीं होतीं। ट्रैफिक, ट्राम और ट्रेड यूनियन—इन तीनों को वे अपने शहर की मुख्य समस्या मानते हैं। इसी शहर के एक फ्लैट में उनके पच्चीस साल बीते। वहाँ बगीचा कहने से बालकनी पर रखे सात-आठ फूल के गमले और आकाश के नाम पर बालकनी की ग्रिल से झाँकते छह फीट लम्बे और चार फीट चौड़े संकुचित नीले एहसास को समझा जाता है। इसीलिए वे मन-ही-मन एक ऐसे वन्य परिवेश की तलाश में रहते थे, जिसके ऊपर हो आकाश की अनन्त नीलिमा और बिखरी चारों ओर हरियाली हो।

मन्मथ चौधरी की कल्पना के इस चित्र से नवागढ़ की पूरी समानता थी। इसके उठते-गिरते रास्ते, दोनों ओर पंक्तिबद्ध साल और सागौन के पेड़, सदर महकमे का अनुच्च कोठाबाड़ी और चित्र में देखा एक छोटा रेल स्टेशन—उनको ये सब बहुत अच्छा लगता था। केवल एक जटिल समस्या थी, वह थी सरकार के प्रति स्थानीय लोगों का उदासीन भाव। उनके रंग-ढंग से ऐसा लगता कि जैसे वे अभी भी पुराने राजाओं के शासन में ही हैं।

इस जिले के लोग सरकार को टैक्स देने के काम को गौण समझते थे। इसका कारण था आदिवासियों के नाम पर कागजात का न होना। वे लोग अपने गाँव के चारों ओर की जमीन पर खेती करते थे, सलफी पीते और अपने सीमित सपनों के साथ खुश रहते रहे। उनके आलसीपन का फायदा बाहर से आकर व्यापार करने वाले और सरकारी कर्मचारी उठाते रहे। इन्हीं लोगों का नवागढ़ पर नियन्त्रण रहता रहा। टैक्स अदायगी के मामले में ये लोग भी अनपढ़ आदिवासियों के ही रास्ते पर चलते रहे। कोई-न-कोई बहाना बनाकर राजस्व की भरपाई के उत्तरदायित्व को सालों-साल टरकाते रहे।

मन्मथ चौधरी को किसी का कहा याद हो आया कि मनुष्य अपने जीवन में दो बातों की हमेशा उपेक्षा करता है—टैक्स और मृत्यु। यहाँ कोई भी सरकारी मशीनरी से सन्तुष्ट नहीं है। उनकी आशा-अपेक्षाएँ बहुत हैं। इसीलिए उनकी शिकायतें भी बहुत हैं। किसी भी टैक्स प्रस्ताव का विरोधी दल के साथ सत्तासीन दल के विधायक भी विरोध करते हैं। कर्ज और टैक्स के साथ भारत की राजनीति वोट से जुड़ी हुई है। बहुत दिनों पहले नवागढ़ के राजा शैलेन्द्र नारायण के नाम पर एक्साइज लाइसेंस था। विलासी और शराबी व्यक्ति के रूप में उनकी पहचान पूरे नवागढ़ में थी। ये भद्र व्यक्ति कभी भी बाहर नहीं निकलते। उनका महल ही उनका संसार है। उसी में उनकी सुबह-शाम और उनके दिन और रात होते हैं। स्वभाव से गम्भीर शैलेन्द्र नारायण के बहुत अधिक मित्र भी नहीं हैं। फिर नवागढ़ जैसे पिछड़े जिले के सदर महकमे में शैलेन्द्र नारायण जैसे कुलीन और उच्च शिक्षित व्यक्ति के काँधे से काँधा मिलाने वाला मित्र भला आएगा कहाँ से? इसीलिए वे अपना ज्यादातर वक्त निजी लाइब्रेरी में बैठकर बिताते हैं।

भले ही मन्मथनाथ चौधरी को यह कहानी अच्छी लगी थी, पर वे इससे अधिक उत्साहित नहीं थे। कोलकाता के साम्यवादी चिन्तन प्रवाह के काल में उनकी किशोरावस्था बीती और वे युवा हुए। कॉलेज के दिनों में वे स्वयं भी मार्क्सवादी रहे। भारत के इन राजे-रजवाड़ों, सामन्तों और विलासी लोगों के कारोबार ने कभी भी उनका हौसला नहीं बढ़ाया, बल्कि उनकी सोच रही कि देश की दुर्दशा के लिए ये लोग ही जिम्मेदार हैं। एक समय था, जब भारत की समृद्धि दुनिया के तमाम देशों से कहीं ज्यादा थी। अमेरिका तो बहुत बाद में पैदा हुआ, उससे बहुत

पहले से भारत चिकित्सा विज्ञान, गणित और साहित्य के विभिन्न क्षेत्रों में ख्याति अर्जित कर चुका था। स्टीम इंजन के आविष्कार के बाद से ही यूरोप ने भारत से आगे बढ़ना शुरू किया। उस दौरान इस देश के राजा–रजवाड़े अपनी तिजोरियों में करोड़ों रुपये के सोना, हीरा, नीलम और माणिक भरकर आनन्द उठा रहे थे। उनमें आपसी एकता नहीं थी, वरना खुद को अजायबघर की मूर्तियों की तरह सजाने और चाटुकारों की प्रशंसा सुनकर आनन्दित होने की बजाय अपनी अपार धन–सम्पत्ति का सदुपयोग किया होता। भारत में भी कल–कारखानों का विकास हुआ होता। यहाँ से गए धन से मैनचेस्टर में कारखानों का विकास न हुआ होता और भारत की गणना दुनिया के विकसित देशों में होती।

वे चेते और एक बार फिर शैलेन्द्र नारायण पर लौट आए। इस राजा के पिता महेन्द्र नारायण तो और भी अधिक विलासी और अत्याचारी थे। उनके बारे में उन्होंने दो तरह की बातें सुनी हैं। कुछ उन्हें बहुत अच्छा बताते हैं तो कुछ बहुत खराब। खुले हाथों से धन–दौलत लुटाते थे। उपपत्नियों के साथ उनका सारा समय व्यतीत होता। जिस वक्त नवागढ़ उनके हाथों में था, उन्होंने अपनी सुन्दर रखैलों के नाम पर गाँवों के नाम रखे थे। राज्य की जनता ने तब इसका विरोध किया था। राजा की रखैलों के नाम पर उनके गाँवों का नामकरण हो, इस बात को गाँव के परम्परावादी लोग पचा नहीं पाए, लेकिन शैलेन्द्र नारायण के पिता ने इस मामले में किसी की फरियाद नहीं सुनी थी। नवागढ़ इलाके के अनेक गाँवों के नाम उन रखैलों के नाम पर हैं।

यहाँ कलेक्टर बनकर आने के बाद रेवेन्यू सेक्रेटरी ने शैलेन्द्र नारायण से एक बार भेंट कर आने की सलाह दी, लेकिन सरकारी कागजात में एक टैक्स–चोर के रूप में दर्ज व्यक्ति के घर कलेक्टर का जाना कतई उचित नहीं है। मन्मथ चौधरी ने यह बात लगे हाथ कह दी थी।

तीन लाख से ज्यादा बकाया पड़ा है शैलेन्द्र नारायण के ऊपर। पन्द्रह सालों से इस व्यक्ति ने कोई टैक्स नहीं भरा है। जितनी बार राजस्व और आबकारी विभाग के कर्मचारी नोटिस लेकर गए, राजप्रासाद के मैनेजर ने उन्हें लिया और रख दिया। उनका असर कुछ नहीं हुआ। शैलेन्द्र नारायण से सरकारी अफसर तक को मिलने का मौका नहीं दिया गया। इस तरह का सामन्तवादी अक्खड़पन और धृष्टता मन्मथ चौधरी सह नहीं पा रहे।

ये राजा–रजवाड़े खुद को क्या समझते हैं, ऐसे प्रश्न कई बार उन्हें मथने लगते हैं। इनमें कई राजा तो अब भी यही सोचते हैं कि देश स्वाधीन नहीं हुआ और वे अब भी शासक हैं! वे शासक हैं और दूसरे सभी शासित! उनके मुँह से निकला फरमान ही कानून है और उनकी मर्जी ही शासन! स्वाधीनता पाने के इतने सालों बाद भी यदि इनकी ऐसी मानसिकता बनी हुई है तो अपने राजस्वकाल में

सत्ता-सिंहासन पर बैठकर वे क्या और कैसा व्यवहार करते रहे होंगे, मन्मथ चौधरी इसका सहज ही अनुमान लगा पा रहे हैं। इसी अनुभव से पैदा हुआ क्रोध उन्हें कठोर बना रहा है। जैसे भी हो, शैलेन्द्र नारायण से तो वे राजस्व वसूल करके रहेंगे। जरूरत पड़ी तो हथकड़ी डालकर अदालत तक खींचकर लाएँगे। राजा, राजमहल, राजमुकुट और राजछत्र—ये किस काल के ढंग-ढकोसले हैं! वे इन्हें स्वीकार नहीं कर सकेंगे। कानून की नजर में सभी प्रजा हैं और सभी समान हैं। शैलेन्द्र नारायण से यदि वे टैक्स अदायगी नहीं करवा पाए तो जिला प्रशासन के ऊपर उनका नियंत्रण कमजोर हो जाएगा। कोई भी उनकी बात को अहमियत नहीं देगा।

'महाराज ऑफ नवागढ़'—बस, इतना भर लिखा था उस स्लिप पर, जिसे कलेक्टर मन्मथ चौधरी को उनके चपरासी ने लाकर थमाया था। वे ऑफिस से लौटकर आवासीय कार्यालय में बैठे थे। दिनभर फाइल-पत्रों में सिर खपाने और राजधानी के बड़े हाकिमों से युक्ति-युक्त तर्क करने में बीतने के कारण वे थके हुए थे, किन्तु कागज की इस चिट से वे अस्थिर हो उठे।

'महाराज ऑफ नवागढ़ '—ये तीन शब्द उनकी भावना के भिन्न स्तर की ओर ले जा रहे थे। अपना नाम न लिख, केवल पदवी लिखने के पीछे जो मानसिकता थी, वह उन्हें आश्चर्य में डाल रही थी। इतिहास की किताबों के पन्नों पर कई देशों के राजा-रानियों से वे मिल चुके हैं। उस काल में राजाओं को उनके नाम से सम्बोधित करना उनका अनादर समझा जाता था, यह भी वे जानते थे। महाराजा ग्वालियर, महाराजा पटना, महाराजा कालाहांडि, महाराजा मयूरभंज—इस तरह से राजाओं को सम्बोधित किया जाता था। देश स्वतन्त्र होने के पैंतालीस बरस बाद भी राजतन्त्र का वह प्रभाव, वह भी नवागढ़ जैसे एक छोटे राज्य के जमींदार जैसे राजा के पास देखने को मिलेगा, ऐसा उन्होंने नहीं सोचा था। वे चपरासी के द्वारा महाराजा को बुला लाने के लिए घंटी बजाने जा रहे थे, परन्तु कुछ सोचकर वे स्वयं उठ खड़े हुए।

तभी क्षण भर के लिए एक दृश्य उनकी कल्पना में नाच उठा। एक समय था, जब सैकड़ों दर्शनार्थी महाराजा का दर्शन पाने के लिए उनके दरबार के सामने प्रतीक्षा करते होंगे। कइयों को दर्शन का सौभाग्य मिल जाता होगा तो कइयों को झलक भी नहीं मिलती होगी। महाराजा के दो-एक वचनों पर टिका रहता होगा उन सबका भाग्य और भविष्य। उनके दरबार में मंत्री, सेनापति और दरबारी रहते होंगे। महाराजा बैठे होंगे सिंहासन पर, नीचे उतरने की जरूरत भी नहीं होती होगी। महँगी पोशाक और राजमुकुट पहनकर राजवंश के शक्ति-सम्पन्न राजा दिखाई देते होंगे। अपने आवासीय कार्यालय के दरवाजे तक वे आगे बढ़ आए। उनका अनुमान सही निकला। शैलेन्द्र नारायण प्रतीक्षारत दर्शनार्थियों के लिए रखी

कुर्सियों पर बैठे हुए नहीं थे, वरन् घर के सामने इधर-उधर चहलकदमी कर रहे थे। आम आदमियों के लिए रखी हुई कुर्सियों पर बैठने को लेकर उनका संकोच वे समझ पा रहे थे।

शैलेन्द्र नारायण लेकिन वहाँ तक आए कैसे? घर के आगे ऐसी कोई कीमती कार भी खड़ी हुई उन्हें दिखाई नहीं दी, जबकि उन्होंने तो सुन रखा था कि शैलेन्द्र नारायण कई करोड़ के मालिक हैं! उत्तराधिकारी के रूप में शैलेन्द्र नारायण को मिला है यह सब। स्वयं महाराजा अपुत्रक हैं। इसीलिए जी खोलकर ऐयाशी करने और व्यसनों में डूबकर दोनों हाथों से खर्च करते हैं। रास्ते पर नजर दौड़ा लेने के बाद उन्होंने महाराजा से कहा, "आइए, अन्दर आइए!"

शैलेन्द्र नारायण अन्दर आए। दोनों सोफे पर बैठे। उन दोनों के अलावा वहाँ और कोई न था।

मन्मथ चौधरी दो कप कॉफी लाने के लिए कह ही रहे थे कि शैलेन्द्र नारायण ने मना कर दिया। इस समय वे कॉफी नहीं पीते, फिर वे जल्दी ही जाना चाहते थे।

"तब आप थोड़ा फल-रस लीजिए।" कलेक्टर ने कहा।

"नहीं, नहीं...मैं अपना पानी साथ लेकर चलता हूँ।" शैलेन्द्र नारायण ने फिर नकार दिया।

अब शैलेन्द्र नारायण क्या कहने वाले हैं, उसे सुनने के लिए कलेक्टर तैयार हो रहे थे। उन्होंने लक्ष्य किया, शैलेन्द्र नारायण को लेकर जैसी तस्वीर उन्होंने मन में बना रखी थी, ये सज्जन वैसे नहीं हैं। स्थूलकाय प्रौढ़ सज्जन के चेहरे पर क्लान्ति के चिह्न नजर आ रहे थे। उस पर बेहताशा शराबखोरी की तो बात ही अलग है। दोनों आँखें बाहर की ओर निकल आई हों, ऐसा दिखाई दे रहा था। काँपते से दोनों लाल-लाल होंठ। लग रहा था, मानो वे सीधे अपने निजी मदिरालय से उठकर आए हों! कुछ वैसी ही गन्ध का अनुभव हो रहा था मन्मथ चौधरी को। दौड़ते हुए आने वाला कोई व्यक्ति जैसे हाँफता-सा दिखाई देता है, ठीक वैसा ही शैलेन्द्र नारायण अनुभव कर रहे थे।

राजा ने नीले रंग की लम्बी अचकन और सफेद पाजामा पहन रखा था। अचकन के सीने पर सफेद सूते से कढ़ा हुआ फूल था। काफी महँगी थी पोशाक, जिसमें वे सुन्दर भी लग रहे थे, परन्तु वह सलवटों से भरी थी मानो काफी दिनों के बाद इस पहनावे की पूछ हुई थी। शायद पोशाक पर हल्की इस्तरी की जरूरत थी। मन्मथ चौधरी ने महाराजा पर नजर दौड़ाई और कहा, "आप खुद चले आएँगे, ऐसी उम्मीद मुझे नहीं थी।"

महाराजा शैलेन्द्र नारायण थोड़ा हँसे। उस हँसी ने कुछ क्षण के लिए कलेक्टर मन्मथ चौधरी को अन्यमनस्क कर दिया। शायद राजा कहना चाहते थे कि भारतीय शासन तन्त्र के इस छल-भरे व्यवहार से वे परिचित नहीं हैं। एक ओर तो 'आवश्यक

होने पर गिरफ्तारी' जैसे शब्दों का मोहर लगा सरकारी फरमान भिजवाना और अब विनम्रता का ढोंग उन्हें रास नहीं आ रहा था।

शैलेन्द्र नारायण की चुप्पी कलेक्टर से मानो सही नहीं जा रही थी, लेकिन क्यों? शायद उनको इस सज्जन व्यक्ति का यहाँ होना भारी लग रहा था। उन्होंने लक्ष्य किया कि शैलेन्द्र नारायण की दोनों आँखों में सोच-विचार और समझ-शक्ति की तेज चमक है। उन्होंने सहज होने की कोशिश की। शैलेन्द्र नारायण बीते कल का शासक है, इतिहास। वे आज के कलेक्टर हैं, वर्तमान शासक। अतीत चाहे कितना ही शक्तिशाली रहा हो, कितना ही रंग-बिरंगा और कितना ही कुलीन, वर्तमान में वह मूल्यहीन है। यह संसार आज का है, बीते कल का नहीं।

कलेक्टर ने कहा, ''वैसा नोटिस भेजने के सिवा दूसरा कोई उपाय न था। हमें भी तो टारगेट पूरा करना पड़ता है, यह तो आप जानते ही होंगे।''

प्रौढ़ अवस्था के शैलेन्द्र नारायण गम्भीर दिखाई पड़े। थोड़ा रुककर बोले, ''मैंने सरकार के सारे टैक्स भरे हैं। याद रखिए, शैलेन्द्र नारायण कभी झूठ नहीं बोलता।''

कलेक्टर को आश्चर्य हुआ। इस तरह का उत्तर देने के पीछे शैलेन्द्र नारायण की धृष्ठता थी या उनका आत्मविश्वास, कलेक्टर समझ नहीं पा रहे थे। वे बोले, ''पर सरकारी रेकॉर्ड में तो आप टैक्स बकायादार हैं। फिर अगर आपने सचमुच टैक्स दे चुके हैं तो इतनी सारी नोटिसें भेजे जाने के बाद भी आप आज तक चुप क्यों थे? यह तो आप पत्र लिखकर भी बता दे सकते थे।''

''हाँ, कर सकता था, पर...''

''पर क्या?''

''मेरे पास ट्रेजरी चालान की काउंटर फाइलें नहीं हैं। वे सब मेरी या मेरे मैनेजर की लापरवाही के चलते कहीं खो गई हैं। इसलिए अब मेरी बात पर विश्वास करने के अलावा आपके पास दूसरा कोई चारा नहीं है।''

इस बार मन-ही-मन कलेक्टर विरक्त हो उठे। इतना अहंकार? शैलेन्द्र नारायण ने टैक्स चुकाया है, अब यह भी उन्हें ही प्रमाणित करना होगा? यह राजा की जिम्मेदारी है, न कि कलेक्टर की। अगर उनके पास वे सारे कागजात नहीं हैं तो उन्हें ही जाकर उनकी नकल प्राप्त करनी होगी। जिस अन्दाज में वे बातें कर रहे हैं, उससे तो ऐसा लगता है कि राजा के बजाय जिला प्रशासन की सिर खपाई मानो ज्यादा है।

वे कोई कड़ा वाक्य कहने ही जा रहे थे, पर रुक गए। पता नहीं क्यों, उस व्यक्ति की बातचीत, स्थिर वाणी और देखने का अन्तर्भेदी ढंग कलेक्टर को कमजोर बना रहा था। फिर शैलेन्द्र नारायण के संग जो सामन्तवाद का अदृश्य आभामंडल घूम रहा था, उसके प्रभाव को साम्यवादी मन्मथ चौधरी कोशिश करके भी दूर नहीं कर पा रहे थे।

उन्होंने कहा, ''ठीक है। अगर आप यह कह रहे हैं तो मुझे एक हफ्ते का समय दीजिए। मेरे ऑफिस की यदि कोई भूल हुई होगी तो मैं बताऊँगा। फिर भी मुझे पूरा विश्वास है, ऐसी कोई भूल नहीं हुई होगी। इसलिए आपके लिए ठीक यही रहेगा कि आप तीन लाख रुपये टैक्स के भुगतान के लिए तैयार रहें।''

''ती...न...ला...ख...!!'' सचमुच शैलेन्द्र नारायण चीख उठे थे।

''क्या आपके आदमियों ने आपको यह नहीं बताया? हम तो हर नोटिस में इसका उल्लेख करते हैं।''

कुछ पल के लिए मौन हावी हो गया था शैलेन्द्र नारायण पर। वे सोफा से उठते-उठते फिर बैठ गए मानो खड़े होने का दम भी नहीं रह गया था उनमें। साथ ही इतनी मोटी धनराशि के टैक्स भुगतान की बात भी तो उन्हें कमजोर किए दे रही थी।

कलेक्टर उन्हें फाटक तक छोड़ने गए। जाते समय शैलेन्द्र नारायण ने कहा, ''मेरे मैनेजर ने इतने रुपये टैक्स के बकाया रहने की बात मुझसे कतई नहीं कही। फिर भी, मुझे लगता है कि मैंने सारा टैक्स चुकाया है।''

''आप जाएँगे कैसे?'' कलेक्टर ने पूछा।

''है...गाड़ी है...कुछ दूर पर।'' शैलेन्द्र नारायण ने कहा और साँझ के धुँधलके में आगे बढ़ गए। कलेक्टर ने देखा, अचकन की जेब से चाँदी की चक-चक करती शराब की बोतल झाँक रही है।

कलेक्टर से विदा लेते ही शैलेन्द्र नारायण ने उसे निकाला और होंठों से लगा लिया। साँझ के धुँधलके में उन्हें वह दृश्य श्वेत-श्याम फिल्म की किसी छवि जैसा लग रहा था।

कलेक्टर यह अनुमान भी लगा चुके थे कि महाराजा के लिए वास्तव में कहीं कोई गाड़ी-वाड़ी नहीं खड़ी है।

शैलेन्द्र नारायण के साथ हुई भेंट का पाँचवाँ दिन है। उनके जाने के बाद कलेक्टर ने अपने निजी सचिव को बुलाकर यह बात बताई थी, परन्तु नवागाँव कलेक्टर कार्यालय में शैलेन्द्र नारायण द्वारा टैक्स भुगतान किए जाने का कोई प्रमाण नहीं है। इस मामले में राजा के मैनेजर पर उनको सन्देह था। हो सकता है कि टैक्स के भुगतान के लिए लाए गए रुपयों को उसने हजम कर लिया हो! राजा-रजवाड़ों के पास रहने वालों में ऐसे चरित्र के लोगों की संख्या अधिक रहती है। कलेक्टर ने एक दिन मैनेजर को बुलवाया।

राजा शैलेन्द्र नारायण से कहीं अधिक रहस्यमय व्यक्ति निकले मैनेजर साहब। वे इतने सम्भ्रान्त, रुचिसम्पन्न और परिमार्जित थे कि सरकारी दफ्तर का कोई प्रशासनिक अधिकारी भी उनका जैसा नहीं होगा। उनका जैसा व्यक्ति झूठ बोलेगा, यह धारणा कलेक्टर नहीं बना सके थे। उल्टे उन्हें बुलाकर कष्ट देने के लिए

उन्होंने खेद प्रकट किया था। राजा के मैनेजर ने एक ही वाक्य कहा था, ''मैं बूढ़ा हो गया हूँ, सारी बातें याद नहीं रख पाता, लगभग सभी टैक्स दिये गए हैं और तमाम कागजात मैंने महाराजा को दिये हैं।''

और कुछ पूछने की जरूरत न थी। मैनेजर ने कभी की राज-काज से मुक्ति पा ली थी। शायद उन्हें न कोई वेतन मिलता है, न कोई भत्ता। केवल सौजन्यतावश वे राजा की सहायता करते रहे होंगे।

इसके बाद मन्मथ चौधरी ने गहराई से जाँच करवाई तो उन्हें पता चला कि जिलों के विभाजन के पूर्व से नवागढ़ सूनापुट जिले के साथ मिला हुआ था, तब वे स्वयं सूनापुट जिले के पुराने रेकॉर्ड खँगालने गए थे। वहाँ उन्हें यह जानकारी मिली कि शैलेन्द्र नारायण ने जो बताया, वह सच था। पन्द्रह साल पहले ही वे यह टैक्स भर चुके हैं। नया जिला बनने के बाद असावधानी के चलते ये कागजात नवागढ़ नहीं आ सके। इसी कारण साल-दर-साल पुराना बकाया नए खाते में चढ़ता रहा।

इस जानकारी के बाद से मन्मथ चौधरी मन-ही-मन लज्जित थे। उस सज्जन व्यक्ति के प्रति जैसा अन्याय-भरा व्यवहार हुआ, इसके लिए उनका स्वयं जाकर दुःख प्रकट करना ही ठीक रहेगा, ऐसा उन्होंने सोचा।

शैलेन्द्र नारायण के राजप्रासाद का रास्ता सभी जानते थे। फिर कलेक्टर का ड्राइवर तो इसी इलाके का स्थानीय आदिवासी था, पर राजप्रासाद की ऐसी दुर्दशा की तो उन्होंने कतई कल्पना न की थी। वर्षों की उपेक्षा, उदासीनता और गैर-जिम्मेदारी के सारे लक्षण वे राजप्रासाद की दीवारों पर देख पा रहे थे।

चारों ओर साँय-साँय हो रही थी। लम्बे-लम्बे वृक्षों के घेरे में पुराना राजप्रासाद किसी हथसाल-सा दिखाई दे रहा था। चारों ओर सूखे पत्ते, कागज के टुकड़े, शराब की खाली बोतलें और पॉलिथिन बिखरे पड़े थे। ऐसा लग रहा था मानो लम्बे समय से यहाँ कोई नहीं आया।

वे खड़े रहकर किसी की प्रतीक्षा कर रहे थे। उनका ड्राइवर राजप्रासाद की सीढ़ी पर कुछ देर तो खड़ा रहा, फिर लौट आया। कलेक्टर समझ चुके थे, ड्राइवर भीतर जाने का साहस नहीं जुटा पा रहा है।

काफी बड़े और खुले ड्राइंगरूम के सामने एक घंटी लटक रही थी। कलेक्टर उस घंटी को दो बार बजाकर वहाँ रखे सोफे पर जा बैठे।

कुछ समय यों ही बीत गया। जिलापाल महाराज की प्रतीक्षा कर रहे थे।

''सुप्रभात कलेक्टर ना'ब, सुप्रभात!'' कभी किसी को हाथ जोड़ने की अनभ्यस्त मुद्रा में शैलेन्द्र नारायण ने अपने दायें हाथ को तनिक ऊपर उठाया। फिर धम्म से एक कुर्सी पर बैठ गए। उनके हाव-भाव से ऐसा लग रहा था कि वे इस स्थिति के लिए तैयार नहीं हो पा रहे हैं। शायद उन्हें इस प्रकार कलेक्टर से मुलाकात की उम्मीद न थी।

कलेक्टर ने कहा, ''मुझे दु:ख है। आपके प्रति हमारा इस प्रकार का व्यवहार उचित नहीं रहा। इसलिए मैं खुद चला आया।''

शैलेन्द्र नारायण हँसे। ठीक उसी साँझ की हँसी, जिसका अर्थ समझ में तो आता है कम, ज्यादा तो अनसमझा ही रह जाता है। कुछ क्षण बाद बोले, ''लेकिन एक मौका मेरे हाथ से निकल गया।''

''मौका! कैसा मौका?'' मन्मथ चौधरी अवाक् थे।

इसके बाद जो हुआ, वह देखने लायक था। शैलेन्द्र नारायण किसी बच्चे की तरह हठात् फफक पड़े। उनकी आँखों से आँसू बहते देख कलेक्टर अस्थिर हो उठे। शराबियों का इस तरह से भावुक हो जाना अस्वाभाविक नहीं है, पर शैलेन्द्र नारायण जैसे कुलीन प्रौढ़ का हठात् ऐसा व्यवहार करना उन्हें अस्वाभाविक लगा। शायद यह व्यक्ति किसी दुष्चिन्ता में डूबा हुआ था और वे आ गए।

उन्होंने कहा, ''आपके ऑफिसर ने कहा था कि सरकार मुझे गिरफ्तार कर जेल में डाल देगी। उसी नोटिस को पाकर मैं उस साँझ आपके पास गया था।''

''पर मैं इसके लिए आपसे क्षमा माँगता हूँ।'' कलेक्टर बोले।

''नहीं...नहीं। मुझे कारागार में डाल दीजिए, डाल दीजिए कलेक्टर सा'ब! आप सोचते होंगे, मैं मजाक कर रहा हूँ, पर आप मेरी जगह रहकर यहाँ एक दिन काटें, लगेगा, यह कारागार की जिन्दगी से भी ज्यादा बेरहम है...कितना अकेलापन है यहाँ!''

कुछ समझ न सके कलेक्टर। उन्हें शैलेन्द्र नारायण की बातें रहस्यमय लग रही थीं। आगे वे फिर बोले, ''मेरे पैदा होते ही मेरी माँ चली गई। पिता ने दोबारा विवाह कर लिया। जिस उम्र में होंठों पर दूध की बोतल होनी चाहिए, माँ ने सटा दी शराब की बोतल। वह मुझे जीवित नहीं देखना चाहती थी।''

एक निष्ठुरता-भरे लम्बे इतिहास का प्रत्यक्ष अनुभव कर कलेक्टर के रोयें खड़े हो गए। वे सोचने में भी असमर्थ थे कि एक दुधमुँहे बच्चे के होंठों में शराब की बोतल देने की निर्दयता भी कोई औरत कभी कर सकती है!

''जाने दीजिए मिस्टर कलेक्टर! ये सब पुरानी बातें हैं। माँ के बाद पुरुष के जीवन में दूसरी औरत होती है पत्नी, जो उसे थोड़ी शान्ति देती है। उसके पीछे खड़ी रहती है। लोग तो एक बार ही विवाह करते हैं, पर मेरा तो दो-दो बार विवाह हुआ। एक इसी नवागढ़ की है, दूसरी कश्मीर की। उन दोनों के बीच मुकदमेबाजी चल रही है। एक तो केवल सरकारी ट्रेजरी से मेरा भत्ता मिलने वाले दिन ही आती है और जो रुपया मिलता है, उसे लेकर चली जाती है। और दूसरी...खइरगढ़ प्रासाद में अपने प्रेमी के साथ रहती है। छोटी रानी द्वारा उस पर किए जाने वाले अन्याय का बखान कर मुझे घंटों कोसती है। कभी-कभी तो दोनों के बीच की कलह से मैं यहाँ पड़ा कुलबुलाता रहता हूँ, पर शराब की बोतल के सिवा मेरे पास

कोई और नहीं होता। अप खुद ही देखिए न, इस राजप्रासाद में एक भी पुराना सामान नहीं है। गाड़ी, मोटर, सोना, चाँदी—सब कुछ दोनों के बीच बँटवारे में खत्म हो गए। अब तो केवल मैं हूँ और मेरा दुःख!''

मन्मथ चौधरी सोच नहीं पा रहे थे कि वे क्या बोलें। जिस व्यक्ति को पिछले छह माह से वे ढीठ, अहंकारी और अत्याचारी मानते आ रहे थे, वह इतना असहाय और बुरे हालात का शिकार होगा, यह तो उन्होंने कल्पना में भी नहीं सोचा था। वे सोफे से उठ खड़े हुए।

शैलेन्द्र नारायण बोले, ''मुझे यहाँ से ले चलें मिस्टर कलेक्टर! आपने जो कारागार बना रखा है, मुझे वहाँ ले चलिए। कितने दिनों तक मैं शराब पीकर सोता रहूँगा दिनभर? यूँ जहर पीकर और कितनी रातों तक जागता रहूँगा... ?''

कलेक्टर के लिए यह दृश्य देखना भारी हो उठा था। उन्होंने सिर नीचा किए-किए ही कहा, ''आप परेशान मत होइए...मैं फिर आऊँगा।'' फिर तेजी से चलते हुए पोर्टिको में खड़ी अपनी कार के पास चले आए।

उधर घर के भीतर से वही वृद्ध और दुर्बल मैनेजर दौड़कर आए। जैसे कोई पिता अपने गिर पड़े बच्चे को थामता है, वे भी गिर पड़े शैलेन्द्र नारायण को अपनी बाँहों में सँभाल रहे थे। पर जैसे कोई बच्चा दूध की बोतल टटोलता है, शैलेन्द्र नारायण भी हाथ से खिसक गई शराब की बोतल को व्याकुल हो ढूँढ़ रहे थे।

ड्राइवर ने कलेक्टर मन्मथ चौधरी के बैठने के लिए कार का दरवाजा खोल दिया। कार में बैठने से पहले उन्होंने एक बार फिर शैलेन्द्र नारायण के पुराने राजप्रासाद को निहारा। चारों ओर लापरवाही और अनादर। पता नहीं, कब के सूखे पत्ते जमा होकर इधर-उधर बिखरे पड़े थे! मकड़ियों के जालों से राजप्रासाद के खिड़की-दरवाजे अँटे पड़े थे!

राजप्रासाद के पत्थरों को जमा कर बनाए गए रास्ते को पार कर उनकी कार बाहर निकल आई। जंग लगे लोहे के गेट को खोलने वाला कोई न था। ड्राइवर ने उतरकर गेट खोला और फिर लौटकर उसे बन्द भी किया।

नवागढ़ के कलेक्टर को शैलेन्द्र नारायण का राजप्रासाद सचमुच किसी कारागार-सा दिख रहा था।

रेवती

रेवती जेना ने हाथ पर बँधी घड़ी पर नजर डाली। शाम के साढ़े छह बजने को थे। बारिश के चलते वह पीर बाजार में रुकी नहीं। अब तक तो वह पाटपुर पहुँच चुकी होती, लेकिन गर्मी के इन दिनों ऐसी आँधी और बारिश की उसने कल्पना तक न की थी। कैसी तूफानी हवा और कैसी धुआँधार बारिश! यह अभी बन्द होने वाली नहीं लगती, रेवती ने सोचा।

सूरज शायद डूब चुका है। न भी डूबा हो तो काले बादलों के कारण पता नहीं चल पा रहा। वस्त्र भंडार से बाहर आकर उसने स्कूटी की सीट का पानी पोंछा, जिस पर 'चाकुंडा' के पत्ते, डंठल और तिनके जमे थे, जिसकी वजह बारिश से पहले चली तेज हवा थी। उसने स्कूटी स्टार्ट करने के लिए किक मारी, लेकिन वह स्टार्ट न हुई। कुछ देर और कोशिशें करने के बाद आखिर वह स्टार्ट हो गई।

पीर बाजार के अन्त में दुकानों की भीड़ खत्म। उसके बाद सुनसान रास्ता। रेवती की स्कूटी की हेडलाइट पीर बाजार-पाटपुर सड़क के ऊबड़-खाबड़ गड्ढों के ऊपर तैर रही है। जगह-जगह पानी भरा है। सड़क के दोनों ओर मेढकों की टर्र-टर्र सुनाई दे रही है। बेमौसम बारिश ने उन्हें भी उमंग से भर दिया है। अभी साँझ ही हुई है, लेकिन रात जैसी लग रही है। कमर को सीधा करने के लिए रेवती ने सिर तनिक ऊपर उठाकर देखा—आकाश में तारे टिमटिमा रहे हैं। दोनों ओर के धान खेतों से गीली माटी की गन्ध तिरती आ रही है। जगह-जगह जमा पानी तालाब-सा दिख रहा है।

रेवती पाटपुर से जाएगी नुआसाहि, और सात किलोमीटर का रास्ता। मन्तेई नदी किनारे के उस गाँव को छोड़े काफी दिन हो गए। बापू उसे मना कर रहे थे, 'जो होना था, हो गया। अब हम वहाँ नहीं जाएँगे। कहीं फिर कोई झगड़ा-झंझट हो, हम वो नहीं कर सकेंगे।' किन्तु रेवती राजी नहीं हुई। सुबह बस में बैठ 'बापू' वहाँ पहुँच चुके हैं, पर उसे भद्रक में देर हो गई। वहाँ से माधवी की स्कूटी लेकर आ रही है। भद्रक से पाटपुर तीस किलोमीटर है। सोचा था, डेढ़ घंटे में

नुआसाहि पहुँच जाएगी, लेकिन इन हालात में पन्द्रह किलोमीटर की स्पीड से ऊपर नहीं जा सकती स्कूटी। रास्ता गड्ढों से अँटा पड़ा है। पहुँचते-पहुँचते साढ़े आठ तो बज ही जाएँगे।

रेवती जेना पुलिस इंस्पेक्टर है। अच्छी खिलाड़ी है। कुश्ती-कसरत कर उसने देह को मजबूत कर लिया है। पुलिस विभाग की तालीम ने भी उसे साहसी बनाया है। इसीलिए उसने बापू का विरोध किया था, 'अपनी खेती-बाड़ी हम जिसे देना चाहेंगे, देंगे या बेच देंगे। चोरों की तरह भागकर परायों को क्यों खा जाने देंगे? वे कौन-से अच्छे आदमी हैं कि उन्हें छोड़ दें? यों भी तो कई साल तक वे ही खा-पी चुके, लेकिन अब और नहीं!'

उसके बापू नवधन ने उसे समझाना चाहा, 'कितनी जमीन है री! एक झोंपड़ा और पच्चीस हाथ जमीन। इससे क्या हमारा दुःख दूर हो जाएगा?'

'जमीन कितनी है, यह बड़ी बात नहीं। बड़ी बात है, हमारा सम्मान। ऐसे में हमारी वह जमीन हम गाँव के स्कूल को दे आएँगे, मगर उन लोगों के हाथों में नहीं छोड़ेंगे!' रेवती उत्तेजित होते हुए कह रही थी।

बरसाती मौसम और ठंडी हवा के बावजूद गाँव की घटना याद आते ही उसके माथे पर पसीने की बूँदें छलकने लगीं। तभी ध्यान आया कि अनजाने में एक्सीलेटर पर दबाव बढ़ता जा रहा है। उसने स्वयं को सँभाला। बापू बूढ़े हैं। किसी के साथ झगड़ा नहीं करना चाहते। रेवती खुद भी तो कोई झगड़ा-फसाद नहीं करना चाहती, लेकिन अपमान? अपमान नहीं सह सकती।

अभी और कितनी दूर है पाटपुर? —रेवती ने सोचा।

अँधेरे में मील का पत्थर भी नहीं दिख रहा। एक जो दिखा तो रंग उतर जाने से उस पर लिखी संख्या को रेवती पढ़ नहीं सकी।

वह काफी सावधानी से स्कूटी चला रही है।

रास्ता पेड़ों के पत्तों और डालियों से अँटा पड़ा है। दोनों ओर के छोटे-छोटे पेड़ आँधी की मार से गिरे पड़े हैं। तिस पर सड़क के किनारे की एक भी लाइट जल नहीं रही।

रेवती ने अचानक ब्रेक मारी, अन्यथा तनिक भी देर होने पर स्कूटी सामने खड़ी कार से टकरा गई होती।

"कैसे गैरजिम्मेदार आदमी हो तुम?" रेवती जोर से चीख पड़ी, लेकिन उसकी चीख रात के अँधेरे का धक्का खाकर उसके पास ही लौट आई।

कार के ड्राइवर ने कोई जवाब नहीं दिया। रेवती के भीतर का पुलिसिया गुस्सा उसकी नाक पर चढ़ आया। स्कूटी को वहीं खड़ी कर वह ड्राइवर की सीट के पास आई, परन्तु वहाँ जो देखा, उससे उसका गुस्सा पानी की तरह ठंडा हो गया।

कार एक पेड़ से टकरा गई थी।

ड्राइवर का सिर स्टियरिंग से भिड़ गया था। रेवती ने उसके सिर और मुँह पर हाथ फिराया। गीला हो गया उसका हाथ। वह समझ गई कि सिर से काफी खून बह गया है। वह अचेत था। रेवती ने कार की पिछली सीट की ओर देखते हुए पूछा, ''और कौन है?''

लेकिन वहाँ कोई नहीं था। शायद अकेले ही कार चलाते हुए वह लौट रहा था। रेवती ने यह भी देखा कि पेड़ से टकराकर कार रुक गई थी, वरना सीधे नीचे लुढ़क गई होती।

अब इसका क्या करना ठीक होगा?

उसने गाड़ी का नम्बर पढ़ा और याद रखा। पाटपुर में अस्पताल नहीं है, इसे अस्पताल ले जाने के लिए उसे पीछे पीर बाजार लौटना होगा। यहाँ से पाटपुर पास है, पीर बाजार दूर।

वह सड़क पर पाँच-सात मिनट खड़ी इन्तजार करती रही कि शायद कोई इस रास्ते से आ-जा रहा हो, लेकिन पन्द्रह मिनट के इन्तजार के बाद भी कोई उसे नजर नहीं आया। आँधी-बारिश के चलते सड़क खाली पड़ी थी। फिर आज पाटपुर बाजार का दिन भी न था।

रेवती ने आकाश की ओर देखा। कृष्णपक्ष की काली रात असहाय लग रही थी। उसने सोचा, अब क्या किया जाए?

इसे यहीं छोड़कर क्या वह अपने रास्ते चली जाए? फिर वह थकी हुई और अकेली भी है। वह भी उसके लिए अपरिचित है। यहाँ से अस्पताल ले जाने पर बचेगा कि मरेगा, पता नहीं! आखिर वह अकेली इसे स्कूटी पर लादकर कैसे ले जा सकेगी?

रेवती जीप चलाना जानती है, कोशिश करे तो शायद कार भी चला लेगी, पर कार की हालत चलाने लायक नहीं है। उसका आगे का बायाँ हिस्सा चपिया गया है।

रेवती ने कोई फैसला करने से पहले कार का दरवाजा खोलकर उस आदमी को बाहर निकालना शुरू कर दिया। उसे वह अचेत आदमी काफी भारी लग रहा था। उसके मुँह से ह्विस्की की गन्ध आ रही थी। रेवती ने अनुमान लगाया कि शराब पीने के चलते यह दुर्घटना हुई है। ऐसे रास्ते पर शराब पीकर कार चलाने से जो होना चाहिए, वही हुआ है।

रेवती ने बहती जलधार से अँजुरी भरकर उसके मुँह पर छिड़का, लेकिन उसे होश नहीं आया। रेवती को लगा कि उसका चेहरा खून से सनकर विकृत हो रहा है। नहीं, वह और देर नहीं करेगी। एक्सीडेंट के बाद पहले पैंतालीस मिनट काफी महत्त्वपूर्ण होते हैं। यदि इस बीच इलाज की तुरन्त व्यवस्था हो सके तो दुर्घटनाग्रस्त

व्यक्ति बच सकता है। पता नहीं, यह आदमी यहाँ कब से यों पड़ा है! अब और देर करना ठीक नहीं, लेकिन स्कूटी पर वह इसे कैसे ले जा पाएगी?

किसी तरह खींचते हुए वह उसे लाई, स्कूटी के हैंडल के बराबर कर सुलाया और पीछे बैठ गई। जैसे ही उसने गाड़ी स्टार्ट की, वह दायें सरक रास्ते पर जा गिरा। रेवती डर गई। कहीं खींचा-खाँची में वह मर तो नहीं जाएगा? इस बार रेवती ने डिकी से रात में पहनने के लिए रखी अपनी साड़ी बाहर निकाली और उसे पिछली सीट के ऊपर पेट के बल लिटाकर बाँध दिया। उस आदमी के सिर और पैर दोनों ओर झूल रहे थे। वह नहीं समझ पा रही थी, ऐसा कर वह उस आदमी का भला कर रही है या बुरा, लेकिन इसके सिवा उसके पास कोई चारा भी तो न था।

रेवती ने ईश्वर का स्मरण किया और उस आदमी की रक्षा करने की प्रार्थना की। फिर उसने पीर बाजार की ओर स्कूटी दौड़ा दी।

कुछ देर पहले तक उसे थकान लग रही थी और भूख भी, पर अब न तो थकान थी और न ही भूख। बस, एक ही लक्ष्य था—किसी तरह उसे लेकर पीर बाजार अस्पताल पहुँचे।

चारों तरफ घना अँधेरा। निर्जन रास्ता। काफी दूर आने के बाद एक टैंकर उसकी बगल से निकल गया, पर उस समय वह रुकने की मानसिकता में नहीं थी। यह घटना उसके लिए एक बड़ी चुनौती थी।

धीरे-धीरे अँधेरा रास्ता खत्म होता नजर आया। पीर बाजार के रास्ते की लाइटें दिखाई दीं। उस अपरिचित आदमी को मानो सुनाते हुए उसने कहा, ''मैंने अपनी जिम्मेदारी पूरी कर दी, आगे तुम्हारा भाग्य!''

पीर बाजार अस्पताल पहुँचकर उसने आवाज लगाई, ''कौन है, भाई! एक एक्सीडेंट केस है, जल्दी आओ।''

डॉक्टर वहाँ नहीं था। चपरासी मानो अभी नींद से उठा हो, वहाँ आया और बोला, ''यह तो पुलिस केस है।''

''मालूम है। मैं पुलिस इंस्पेक्टर हूँ। डॉक्टर कहाँ है?'' जरा तेज आवाज में रेवती ने पूछा।

'पुलिस' सुनते ही चपरासी की आँखों की नींद उड़ गई। उसने कहा, ''मैडम! अभी बुलाकर लाता हूँ।'' वह डॉक्टर को बुलाने दौड़ गया।

जिस आदमी को पच्चीस किलोमीटर तक ढोकर लाई थी, अस्पताल की रोशनी में रेवती ने उसका चेहरा पहली बार देखा और धम्म से बैठ गई।

डॉक्टर ने रोगी को कुछ देर देखा और कहा, ''बहुत ही क्रिटिकल केस है मैडम! यहाँ कुछ नहीं किया जा सकता। मैं एम्बुलेंस की व्यवस्था करता हूँ। बड़े अस्पताल ले जाना होगा। हमारे पास समय नहीं है।''

रेवती कटक के बड़े अस्पताल के बरामदे में एक पंखे के नीचे बेंच पर बैठी थी। पंखे से भी अधिक गति से सात वर्षों पहले की उस भयंकर रात की वह घटना उसके दिमाग में घूम रही थी। काफी कोशिश करने पर भी वह उस घटना को दिमाग से निकाल नहीं पा रही थी।

तभी मंगलाबारा थाने के मोहन राउत आईसीयू से तेजी से बाहर आए और आवाज दी, ''रेवती, पेंसेंट के परिचित लोगों को खबर देनी होगी। मेरे पास जो भी था, मैंने दे दिया है, पर यह बहुत सीरियस केस है।''

रेवती ने कागज पर पाटपुर चौकी का फोन नम्बर लिख दिया, ''इस पर फोन करके खबर दे दो और कहो कि नुआसाहि के घनश्याम मिश्र को इसकी सूचना पहुँचा दे। जो भी फोन उठाएगा, वह उन्हें बता देगा।''

''तुम क्या उन्हें जानती हो?'' मोहन राउत ने पूछा।

''हाँ!'' रेवती ने आँख उठाकर उसे देखा। सारे दिन की थकान, साँझ की परेशानी भरी भाग-दौड़, भद्रक से कटक आने में उसके हाथ-पैर मानो जाम हो गए हैं। व्यस्तता और उत्तेजना के बीच एक बूँद पानी भी उसने मुँह में नहीं डाला। अब तो बातें करने से भी उसे कष्ट हो रहा है।

पर इतना सब उसने किया क्यों, किसके लिए? —अब वह यही सोच रही है। उसे खुद पर दया आ रही थी। इससे तो अच्छा होता, इस आदमी को वहीं छोड़कर वह अपने रास्ते चली जाती।

सात वर्ष पूर्व की एक अमावस्या की रात। वह नुआसाहि के तालाब के माथे पर बने अपने घर में लालटेन जलाकर पढ़ रही थी। कॉलेज की छमाही परीक्षा सिर पर थी। बापू सुबह-सवेरे ही राधागोविन्दपुर चले गए थे। अभी तक वे लौटे नहीं थे। कह गए थे, पटनायक के घर की गाय मर गई है। उसका चमड़ा उतार, नमक देकर सुखाने के बाद वे लौट आएँगे।

रेवती के बापू का यही काम था—मरे जानवरों का चमड़ा उतार कर बेचना, या फिर लोगों के नारियल के पत्ते तोड़ना, नहीं तो मजदूरी करना।

बापू उसके लिए माँ-बाप दोनों थे। बचपन में ही उसने माँ को खो दिया था, लेकिन उसके बापू ने कभी उसे माँ का अभाव खलने नहीं दिया। वे बालों में कंघी कर देते, चोटी बाँध देते, आँखों में काजल लगा देते, और तो और, घरघराते गले से गीत गाकर सुला भी देते।

रेवती ने गौर किया था—तेल सने, मैले-कुचैले, लम्बे और पत्थर की मूर्ति जैसे चेहरे वाले उसके बापू उसे बहुत प्यारे लगते रहे हैं। बापू के पास बैठकर उसे गर्व होता।

उस साँझ आँधी–तूफान की तरह दनदनाते हुए किसी ने टीन के दरवाजे को ठेल दिया था। उसके बापू कभी भी इस तरह से दरवाजे को नहीं ठेलते। क्या किसी परेशानी में पड़ गए हैं बापू?

हाथ की किताब नीचे रख वह हड़बड़ाकर उठ खड़ी हुई। दरवाजे के उस ओर बापू नहीं, सरपंच घनश्याम मिश्र, उनका बेटा अनंग और दो सहयोगी खड़े थे। लालटेन की रोशनी में रेवती ने देखा, उनकी आँखें चमक रही थीं। सत्रह साल की रेवती उनकी आँखों को देखते ही समझ गई थी कि वे किसी बुरे इरादे से आए हैं।

'अरे, देख क्या रहे हो, खींच लो बेशरम लड़की को और काम खत्म करो। देखता हूँ, कौन स्साला आकर इसे बचाएगा?' घनश्याम मिश्र ने चीखते हुए कहा था।

उनके दोनों आदमियों ने उसके हाथों को पकड़कर खींचना शुरू कर दिया था। रेवती की चीख निकलने वाली थी, तभी घनश्याम मिश्र के बेटे ने तेजी से आगे बढ़ अपनी हथेली से उसका मुँह बन्द कर दिया। उसकी चीख तब केवल गूँ–गूँ में बदलकर रह गई थी।

वह समझ गई थी कि वह किन हालात का शिकार होने जा रही है। उस समय उसे कौरव सभा में द्रौपदी की याद आई थी। द्रौपदी के लिए तो कृष्ण थे, पर उसके लिए तो यहाँ कोई नहीं था। वह विकल होकर छटपटा रही थी। अपने बापू को ढूँढ़ रही थी उसकी आँखें। सीने के भीतर से कलेजा फाड़ चीख निकालने की चेष्टा कर रही थी, पर वह पूरी तरह असहाय थी। दोनों ने उसे कसकर पकड़ रखा था। उसके मुँह पर था अनंग का भरपूर दबाव।

घनश्याम मिश्र घर के भीतर घुस आए थे और घर के सारे सामान की फेंका–फेंकी कर रहे थे। उसकी किताब–कॉपियाँ, स्कूल का बैग, बापू के कपड़े, धोती, उनकी डेग ची, कड़ाही—सब कुछ उन्होंने बाहर फेंक दिया था। अन्त में उसकी साइकिल को नीचे गिराकर पागलों की तरह पहियों को नचाते हुए कह रहे थे, 'हाड़ी की बेटी, साइकिल पर चढ़कर स्कूल जाती है! स्साला, इस गाँव में धर्म के नाम पर कुछ रहेगा कि नहीं? जिस दिन से ये स्साली साइकिल चढ़ी है, तभी से इस गाँव में एक के बाद एक बुरी घटनाएँ हो रही हैं। क्या बे! मैं सच कह रहा हूँ कि नहीं कपिला?'

'सच, एकदम सच, हुजूर! नहीं तो क्या, बिजली गिरने से आपकी दुधिआली गाय मरती? कि नवधन राउत्रा के बेटे को साँप डसता? सब सच है हुजूर। देख तो रहे हैं, छह मास हो गए, क्या इस गाँव में बारिश की एक बूँद भी गिरी है? आप गाँव के मुरब्बी हैं। धर्म की देख–रेख करना आपका काम है। आपने आँखें फेर लीं तो हम कहाँ जाएँगे?' कपिला हुलसते हुए मिश्र का समर्थन कर रहा था।

'सुन स्साली! सारे गाँव के लोगों ने बैठकर फैसला किया है कि तू और तेरा बाप इस गाँव को छोड़कर जाएँगे। नहीं तो तेरा जो बाप मरे जानवरों का चमड़ा छीलता है, मैं उसकी चमड़ी छीलकर उसमें भूसा भर दूँगा। कौन सरकार आकर तेरे पीछे खड़ी होगी, देखूँगा!'

रेवती छटपटा रही थी। उसकी फ्रॉक पीठ से फट कंधे से सरक झूल रही थी। मिश्र के आदमी मजबूत हाथों से उसे कसकर पकड़े थे।

'अबे, तब से पकड़ा हुआ क्यों है? ले जाकर काम खत्म कर! स्साली की इज्जत लुट जाएगी तो किसी को मुँह दिखाने लायक नहीं रहेगी। पुलिस-कचहरी सब मैं समझूँगा। जा, स्साली को नंगा कर।'

तभी रेवती के दिमाग में एक सूझ आई। किसने दी थी वह सूझ उसे? परिस्थिति ने, उसके असहायपन या भगवान कृष्ण ने, वह नहीं जानती। उसने झटके से अपने हाथ उन दोनों से छुड़ाए और दौड़कर मिश्र के बेटे अनंग को कसकर अपनी बाँहों में जकड़ लिया और धीमे से कहा, 'जो करना है, तुम करो। मैं तुम्हें चाहती हूँ। तुम मेरे मन के ठाकुर हो।'

अनंग मिश्र के हाथ ढीले पड़ गए। ऐसा कुछ सुनने की उसे उम्मीद न थी, ऐसा रेवती ने अनुभव किया। उत्साह से भर उसने कहा, 'छोटे लोगों के घर की बाड़ी के फूल क्या देवता की पूजा में नहीं लगते? ब्याह करने को तो नहीं कहूँगी, पर तुम मुझे इन लोगों के पास से ले चलो। तुम्हें छोड़कर और किसी को मैं...' रेवती ने रोते हुए कहा था।

कपिला और उसका साथी रेवती को पकड़ने के लिए फिर आगे बढ़े थे, लेकिन अनंग मिश्र ने तेज आवाज में कहा, 'खबरदार! उसके शरीर को अँगुली भी मत लगाना। ये मेरी है।'

घनश्याम मिश्र का देसी दारू का नशा हिरन हो गया। साइकिल तोड़ने के काम को छोड़कर उन्होंने बेटे की ओर देखा। छब्बीस साल का युवक, उन्हीं के साँचे में ढला हुआ। थोड़ा रुककर उन्होंने दोनों आदमियों से कहा, 'छोड़ो, छोटे बाबू की जो इच्छा है, करें। चलो।'

और इसके बाद, रेवती ने कई तरह की झूठी बातें बनाकर अनंग को भी चलता किया था। कहा था, आज उसकी माहवारी हुई है। दो दिन बाद शुद्ध स्नान कर वह अनंग का इन्तजार करेगी। इस जनम में वह केवल अनंग मिश्र की है और किसी की नहीं।

तब अनंग मिश्र रेवती को बाँहों में भरकर खुशी से नाच उठा था। उसके गालों और होंठों को चूमते हुए कहा था, 'हाड़ी के घर पैदा होकर तू इतनी सुन्दर कैसे हुई रे रेवती?'

रेवती झूठ-मूठ हँस पड़ी थी, खिलखिलाकर। पसीने से लथपथ अनंग को कसकर बाँहों में भर लिया था उसने। उसकी आँखें लेकिन अस्त-व्यस्त हो चुके

अपने घर को निहार रही थीं। सब कुछ टूट-फूटकर नष्ट हो चुका था। रोने की बजाय वह हँस पड़ी थी। अनंग मिश्र खुश होकर चला गया था। रेवती वहाँ वैसी ही बैठी थी। बापू रात के अन्तिम पहर लौटे थे।

रेवती को कुछ भी कहना नहीं पड़ा था। गाँव में घुसे तो रास्ते में ही उन्हें इस अनहोनी का सुराग लग गया था।

चमड़ा छीलने वाली छुरी लेकर बापू निकल पड़े थे घनश्याम मिश्र के घर की ओर। रेवती ने मना किया था। आगे खड़ी हो उसने बापू का रास्ता रोक लिया था। बापू फिर पाटपुर पुलिस चौकी जाने को हुए तो रेवती ने मना करते हुए कहा था, 'क्या फायदा बापू, दस-पन्द्रह दिन पुलिस जागेगी, उसके बाद क्या होगा?'

बापू समझ नहीं पाए थे। रेवती ने तब रोते हुए कहा था, 'एक कच्चे छप्पर के घर को जलने में कम-से-कम चार घंटे लगते हैं, पर एक लड़की के भाग्य को जल-जलाकर राख होने में पाँच मिनट का वक्त भी नहीं लगेगा। हम लोग पुलिस या कचहरी में जाकर फिर इस गाँव में नहीं रह सकेंगे बापू। चलो, सुबह होने से पहले ही हम यहाँ से जान बचाकर भाग चलें।'

नवधन जेना, रेवती के बापू, सत्तावन साल के पके हुए व्यक्ति थे। पैदा होने के बाद से ही न जाने कितने दुःख झेल चुके हैं। उन सबका कष्ट भोगा अपने शरीर के चाम और मांस पर, किन्तु जीवन के समस्त दुःखों से बढ़कर था, बिना माँ की बेटी पर हुआ अत्याचार। उन्हें लगा था, मानो किसी ने जीते-जी उनकी चमड़ी उतारकर उसमें नमक-मिर्च भर दिया है। वे भीतर-भीतर सुलगते चीख रहे थे, छाती पीट रहे थे, पर उनकी वेदना कम न हो रही थी।

रेवती के प्रति घनश्याम मिश्र के शत्रुता-भाव को वे जानते थे। मिश्र की बेटी मैट्रिक परीक्षा में अच्छे नम्बर नहीं ला सकी थी, पर रेवती पास हुई थी फर्स्ट डिवीजन में।

नुआसाहि से पाटपुर पाँच मील दूर है। अगर साइकिल न खरीदी होती तो बेचारी कैसे जाती पढ़ने? किन्तु जिस दिन से रेवती साइकिल पर चढ़ी, उसी दिन से गाँव में खुसुर-पुसुर होने लगी थी। गाँव की हर आपदा-विपदा का कारण रेवती का साइकिल चढ़ना हो गया था। एक छोटी बच्ची के साइकिल चढ़ने से क्या इतनी आपदा-विपदा आती है?

पोखरी किनारे खड़े होकर बाप-बेटी दोनों काफी देर तक रोते रहे। दोनों अपने ही आँसुओं से भीग गए थे, 'धिक्कार है इस जीवन को, जिसमें तनिक-सा भी सुख नहीं।' कहा था बापू ने।

रेवती ने तब उन्हें समझाया था, 'दुनिया बहुत बड़ी है बापू, चलो, चलें यहाँ से।'

उस साल भद्रक पहुँचने के तीन दिन बाद उसके बापू से उसे खबर मिली कि घनश्याम मिश्र और गाँववालों ने मिलकर उनके घर को जला दिया है। कह रहे थे

कि घटना आकस्मिक थी, लेकिन आकस्मिक घटना होने से पहले ही गाँव के लोग घर से झाड़ू-बेलन तक ले उड़े थे।

ये सात साल बाप-बेटी ने कैसे बिताए, यह तो वे ही जानते हैं। गाँव के इस आदमी ने चिलचिलाती धूप में कोलतार रोड का काम किया। तब मशीन बन गए थे उसके बापू! बस, एक ही सपना था कि उनकी बेटी पढ़-लिखकर दुनिया के सामने सिर ऊँचा कर खड़ी हो सके।

और रेवती...।

अमावस की काली रात का वह भयंकर दृश्य कभी नहीं भूल पाई। चार-चार शराबी आदमी और वह अकेली! जीभ लपलपाते नाखून और दाँत दिखाते कुत्तों की तरह वे उसकी ओर बढ़े आ रहे थे। वह आँख मूँदकर ईश्वर को पुकार रही है, 'बचाओ ठाकुर...रक्षा करो जगन्नाथ!'

जागकर उठ बैठती वह आधी रात में। अँधेरे में टटोलते-टटोलते जाती और कलसी से पानी उलछाकर पीती। राहत की साँस भरती। साड़ी के आँचल से पसीने की बूँदें माथे से पोंछती। स्वयं अपने हाथ पर चिकुटी काट महसूस करती कि वह वास्तव में है या स्वप्न में। तब फिर से सोने की कोशिश करती, पर डर से भरे बिछौने पर नींद नहीं आती।

वही रेवती अब पुलिस इंस्पेक्टर है। अनगुल की ट्रेनिंग के बाद उसकी पोस्टिंग हुई ब्रह्मपुर में। उसके बापू तो मना करते रहे। लड़की जात, पुलिस की नौकरी क्या करेगी, पर रेवती ने जिद ठान ली थी।

'और क्या अपमान होना बचा है, जो पुलिस की ड्रेस पहन लेने से उस पर ज्यादा बरस जाएगा!' रेवती ने जवाब दिया था।

जिस दिन पुलिस ड्रेस में रेवती बापू के सामने आ खड़ी हुई थी, उस दिन नवधन जेना खुशी के मारे रोने लगे। फिर कहा, 'मेरे सपने को पूरा कर तूने मुझे ऋणी बना दिया री।'

पुलिस ड्रेस में रेवती लड़के की तरह दिख रही थी।

बापू ने कहा था तब, 'तू ही मेरा बेटा है, तू ही मेरी बेटी।'

रेवती ने कहा था, 'लड़कियाँ लड़कों के काम कर सकेंगी, लड़कों की तरह दिख सकेंगी, पर लड़के लड़कियों की तरह हुए तो सब हँसेंगे।'

वह सब याद करते हुए आँखों से आँसू छलक गए।

मोहन एक और पर्ची थामे जल्दी-जल्दी आ रहा था। व्यक्ति बहुत मददगार है। आधी रात से ही वह उसके साथ है। रेवती ने पूछा, ''क्या चाहिए?''

''पहले एक अच्छी खबर सुनिए। पेंसेट को होश आ गया है।''

"होश आ गया?" रेवती उत्साह से भर गई। हठात् उसके चेहरे का तनाव कहीं गायब हो गया और वह संवेदनशील हो उठी।

बरामदे की ग्रिल से उसने देखा, एक कार से घनश्याम मिश्र और उसके दोनों साथी उतर रहे हैं। रेवती चुपचाप खड़ी रही।

घनश्याम मिश्र पहले दौड़ते हुए आईसीयू तक गए और दरवाजे पर कुछ देर खड़े रहे। फिर लौट पड़े। सीधे आकर रेवती के दोनों हाथ थाम बच्चों की तरह फफक-फफककर रो पड़े।

रेवती ने अपने हाथ खींच लिये। घनश्याम मिश्र के चेहरे को देखते हुए कहा, "आपके बेटे ने उस दिन अनजाने ही मुझे बचा लिया था, वैसे ही मैंने उसे अनजाने यहाँ पहुँचा दिया। सब ईश्वर की माया है।" रेवती ने ऊपर की ओर इशारा किया।

घनश्याम मिश्र सिर उठाकर ऊपर देखने लगे और बापू का हाथ थाम रेवती अस्पताल से बाहर निकल गई।

मोक्ष

लक्ष्मी माँ के सौभाग्य को लेकर हममें से किसी को भी कभी कोई सन्देह न था। इतने सारे लोगों के बीच अकेले उन्हें ही तीन सौ कोस दूर श्रीक्षेत्र पुरी जाकर पुण्य अर्जित करने का सुयोग प्राप्त होगा, इसे लेकर भी कभी कोई सन्देह न उपजा। वे एक धर्मपरायण स्त्री थीं। देवताओं और ब्राह्मण-वैष्णवों के प्रति उनकी भक्ति की कोई सीमा न थी। इसीलिए हमारे गरीब गाँव में उनके पास धन-जन और गाय-गोरू—सब भरपूर थे।

किन ऐतिहासिक-सामाजिक कारणों के चलते हमारे गाँव को दरिद्र गाँव की ख्याति मिली, यह तो ज्ञानी लोग ही जानते होंगे। साल में आठ-नौ बार बाढ़ आती है। खेतों की मेड़ों में घास-फूस तक नहीं बचते। साथ में अकाल और सूखा भी। सो, गाँववालों के सामने मेहनत-मजूरी करने के सिवा कोई दूसरा उपाय नहीं। एक दिन की मजूरी न मिले तो दूसरे जून उपवास करना पड़े। बीमारी हो या हाथ-पाँव टूट जाए, भूख इसे नहीं समझती। ऐसे गाँव के लोगों के लिए किराये की गाड़ी की व्यवस्था कर श्रीक्षेत्र दर्शन के लिए जाना सपने जैसा होता है, जो कभी सच नहीं हो पाता।

लक्ष्मी माँ बरामदे में चटाई बिछाकर बैठी हैं। उनके पास उनकी बहू और गोद में पोती है। संध्या का समय है। पश्चिम आकाश पर सूर्यदेव थक रहे हैं। बस, चन्द पल में ही वे अपने घर लौट जाएँगे। गोचर से गाय-गोरू लौट रहे हैं। उनके रँभाने और खुरों की आवाज से गाँव की गलियाँ गुँजायमान हो उठी हैं।

इसी बीच लक्ष्मी माँ के श्रीक्षेत्र से लौट आने की खबर सारे गाँव में फैल चुकी है। न जाने कितने बच्चे-बूढ़े और औरतें आकर जमा हैं। मजूरी कर रहे मजदूर और पोखर से पानी भरकर लौट रही औरतें भी आगे बढ़ने की बजाय वहीं पर अटक गए हैं। काँख से कलसी, काँधे से गैंती-कुदाल, टोकरी—सब कुछ वहीं रखकर लक्ष्मी की माँ से श्रीक्षेत्र यात्रा के अनुभव सुन रहे हैं। पैर छूकर प्रणाम करते हुए पैरों की धूल सिर-माथे लगा रहे हैं।

'अखंड सौभाग्यवती हो, आयुष्मती हो, आयुष्मान भव' जैसे आशीर्वाद लक्ष्मी की माँ सबको दे रही थीं। बीच में यदि कोई आकर प्रणाम करता तो कथा के बीच ही 'कल्याण हो' कहकर वे आगे की बातें बताने लगतीं।

"अहा! उस श्रीक्षेत्र का माहात्म्य क्या कहूँ! दो कोस पर चैतन्य ने मुझे टोका। मैं दोनों हाथ जोड़ प्रणाम करती हूँ, खिड़की से और इधर मेरी आँखों से आँसू बहे जा रहे हैं। न जाने कितने जनमों के पुन्न से जगन्नाथ जी के दर्शन करने का सुयोग मिला, यही सोचते हुए रोती जाती हूँ...रथयात्रा की भीड़...क्या बताऊँ उसकी बात...सरसों फेंको तो भी नीचे न पड़े! चैतन्य ने मुझे ले जाकर एक मकान पर बिठा दिया तो मैं रथयात्रा देख पाई, अन्यथा मैं कहाँ कुछ देख पाती?"

"तुम्हारा बड़ा पुन्न है लक्ष्मी माँ! हम तो हीनकर्मा हतभागे हैं। इसी नरक में पड़े जीवन भोगते रहेंगे। तुम्हारे जैसा पुन्न हमारा कहाँ!"

श्रीक्षेत्र से लौटीं लक्ष्मी माँ अपने सम्मान से गौरवान्वित हो रही थीं। लम्बी बस-यात्रा की थकान का कोई चिह्न उनके मुखड़े पर नहीं था। डिब्बे से एक खिल्ली पान निकाल गाल में दबा लेने के बाद उन्होंने फिर कहना शुरू किया, "...बड़े ठाकुर (बलभद्र) का रथ आगे जा रहा था। पीछे था जगन्नाथ का रथ। चैतन्य मुझे उतारकर रथयात्रा के विस्तृत मार्ग पर ले गया। ...माँ सुभद्रा के रथ की रस्सी खींची। वहाँ भी वैसी ही भीड़। रस्सी से हाथ छुआया भी कि नहीं, आगे से पीछे से लोगों की ठेला-ठाली। पानी के बहाव की तरह यात्रियों का बहाव। पश्चिम के यात्रियों की भारी भीड़। जगन्नाथ के रथ की ओर निहारते बोली, महाप्रभु ने स्त्री का जन्म दिया, कर्म पर ही सदा निर्भर रही। असाध्य हाथ थाम मरी, असाध्य जन्म दे मरी। पति लाया कि बेटा तक नहीं लाया। वहीं से चैतन्य को मन-ही-मन ढेर 'कल्याण हो' किया। उसे मेरी उम्र लगे। ठाकुर को धोक मार उसी मकान के ऊपर जा बैठी।"

लक्ष्मी माँ के मुँह से यात्रा-कथा सुनते ग्रामवासी सारे दृश्य अपनी आँखों से देखने की पुलक का अनुभव कर रहे थे। ऐसे दिव्य और प्रसन्न भाव उनके चेहरे और आँखों से दिखाई पड़ रहे थे। चैतन्य की प्रशंसा में लक्ष्मी की माँ मुखर हो उठतीं। चैतन्य उनकी दूर की रिश्तेदारी में भाँजा लगता है, जो अब नौकरी में है।

आशीर्वाद लेने आने वालों की भीड़ लगातार बढ़ रही थी। कई निरीह शिशु अपनी माँ की गोद से आँखें मिचमिचाते निहार रहे थे। कोई बरामदे से टेक लगाए, कोई बैठकर तो कोई बैलगाड़ी में एक ओर झुके-झुके सुन रहे थे। इससे पहले हमारे गाँव की कोई स्त्री श्रीक्षेत्र नहीं गई थी। हालाँकि बेहेरा और सामल घर के दो बूढ़े कई साल पहले पुरी गए थे, किन्तु उनमें से अब कोई भी जीवित नहीं। यह बीते समय की बात हो चुकी।

पड़ोस की बूढ़िया तुलसी चौरा पर साँझ-बाती करने के समय की तरह अपने गले के चारों ओर धोती का किनारा घुमाए लक्ष्मी की माँ की पगधूलि लेते हुए बोल रही थी, ''तुम तो हमारे लिए साक्षात् माँ सुभद्रा हो। सात जनमों के पाप-दोष धोकर तुम तीर्थ यात्रा से लौटी हो। मेरा कल्याण करो!''

अपने ऐसे गौरव को बनाए रखने के साथ गाँववालों और पड़ोसियों के मन:स्ताप के भार को कैसे कम कर सकें, इसी को लेकर कुछ शब्द ढूँढ़ रही थीं लक्ष्मी माँ। अपने जीवनकाल में वे श्रीक्षेत्र जाकर देव-दर्शन कर आएँगी, ऐसा विश्वास खुद उन्हें न था।

वे बोलीं, ''ऐसा क्यों बोल रही हो नेत की माँ? जगन्नाथ का मन हो जाए तो वे देखते-देखते खींच लेंगे। कितने ही कोढ़ी, लँगड़े और असमर्थ दक्षिण भारत के यात्री तक चलते दिखाई पड़ते हैं। वे भी तो बहुत दूर से आए होंगे। जगन्नाथ चाहेंगे तो कोई नहीं रोक सकता। न घर-जंजाल, न रोग-दोख! वे चाहेंगे तो अगले साल जाकर तुम दर्शन कर आना।''

अगला साल जैसे अगले क्षण की तरह पहुँच भर की दूरी पर आ गया था नेत की माँ के लिए। अगला साल क्यों, जगन्नाथ दर्शन की प्रतिश्रुति मिले तो वह अगले जन्म तक प्रतीक्षा कर लेगी। जितनी भी देर हो, पर दर्शन मिलेगा, यह आस भी क्या कम है?

अपने अनुभवों को विस्तार से बता देने के बाद अब लक्ष्मी माँ थकान महसूस कर रही थीं। हालाँकि घर लौटने के दौरान यह थकान नहीं थी। चलते रहने से थकान महसूस नहीं होती, पहुँचने पर होती है।

''कल सुबह नहा-धोकर जगन्नाथ के महाप्रसाद का पात्र खोलूँगी। तुम लोग आकर प्रसाद ले जाना।''

साँझ हुए काफी देर हो चुकी थी। बहू तुलसी चौरा तले साँझ-बाती जला गई थी। पड़ोस के लोग एक-एक कर जा चुके थे। लक्ष्मी माँ ने चटाई मोड़कर उठा ली। पान-डिब्बा उठाने के लिए बढ़ीं तो देखा कि बरामदे के नीचे कोई खड़ा है। अँधेरे में पहचाना नहीं जा रहा था।

उन्होंने पूछा, ''कौन?''

मंद स्वर में उत्तर, उत्तर तो नहीं, एक विकल आर्त्तनाद बरामदे तले से सुनाई पड़ा, ''मैं...मैं...चेमी बाउरानी।''

लक्ष्मी माँ के मन से सारी श्रद्धा छूमंतर हो गई। अभी थोड़ी देर पहले तक जो खुशी थी, आनन्द था, सब पर जैसे पानी फिर गया। निशि, बाँझ, राँड, बाउरानी कहीं की! फिर भी आकर उनका बरामदा छू लिया! बारह वर्षों का तप सूखी मछली की मुंडी पर जाते देख लक्ष्मी की माँ हठात् चौंक पड़ीं, ''खबरदार, पहले तू बरामदे से हटकर खड़ी हो! रात में क्या तेरा बाप आकर घर-द्वार धोएगा?''

''माँ, तुम पुरी से वापस आ गईं, खबर सुन मैं दौड़ी आई। मैं तो पापिन हूँ, मेरा मुँह देखना भी पाप। तभी तो साँझ अँधेरने तक रुककर आई हूँ। मुझे थोड़ी पाँव धूल दे दो न!'''

''हैं!!''

लक्ष्मी माँ ने अपने दोनों पैर तेजी से यूँ पीछे खींचे, जैसे कोई उनको काट ले जाने के लिए बढ़ रहा हो! उनके चेहरे का रंग भी बदल गया था। छोटे लोगों का इतना साहस? पगधूलि लेने की हिम्मत कर बैठी!

''जाती है कि नहीं यहाँ से? अरी बाँझ, और कोई नहीं मिला तुझे, जो अपना अशगुना थोबड़ा मुझे दिखाने चली आई गुरवार की साँझ? जा, भाग यहाँ से! नहीं तो गरम पानी के छींटे फेंक दूँगी तुझ पर!''

चेमी बाउरानी ने इससे हार मान ली हो, ऐसा तो कतई नहीं लग रहा था। बाँझ, रॉड जैसी गालियाँ उसे बुरी नहीं लगतीं। पति जिन्दा रहता तो क्या दिन में सौ बार ये गालियाँ सुन पाती? दैव फिर गए। नहीं तो वह भी 'पाणु बाउरी' के आँगन में खिल रही होती। पता नहीं, किस जन्म के पाप के चलते उसे ये सब भोगना पड़ा। इसीलिए उसे मोक्ष चाहिए और चाहिए इस पापी जन्म से मुक्ति। इसीलिए तो वह लक्ष्मी माँ की चरणधूलि लेने आई है।

एक बेसहारा स्त्री है चेमी बाउरानी। केवल स्त्री नहीं, वह तो अँजुरी भर हाहाकार है। कुरूपा का हाथ थाम ब्याहता होकर आने के एक दिन बाद ही विधवा हो गई। चौथी रात का उत्सव भी उसके जीवन में नहीं आया। पहले माँ-बाप को खा गई, पति के मर जाने के बाद उसका भाग्य भी जल गया। उसी दिन से वह गाँववालों की नजरों में बन गई जिन्दा दुष्टग्रह, जिसकी छाया भर पड़ जाए तो नवजात बच्चे की देह का खून सूख जाए, पौधा भी मर जाए। मानुसखोर डायन में बदल गई दी गई चेमी बाउरानी!

चेमी बाउरानी गाँव के रास्ते से आना-जाना नहीं करती। बड़ी भोर से, नहीं तो मुँह सँझा काम पर जाती। क्या करती, किसके यहाँ मजूरी करती चेमा बाउरानी, उसे छोड़ कोई नहीं जानता। मुँह अँधेरा होते-होते चेमी जंगल के भीतर चली जाती और लौटती साँझ का अँधेरा होने पर लकड़ी काटती, कंद-मूल जमा करती या सियार-कुत्तों के संग कहना-सुनना करती, यह जानना मुश्किल है। मसान के पास टूटा-फूटा झाड़-माटी का घर दूर से गुफा की तरह दिखता। जंगल से लौटकर उसी में घुस जाती चेमी। वह वहाँ कब से रहती है, इस बीच मर-खप गई कि नहीं, यह खबर गाँव में कोई नहीं रखता।

मसान के सूनेपन में हवा साँय-साँय करती। वर्षा भी तेज तिरछी हो बरसती। सियार और गीदड़ों की आवाजें सुनाई देतीं। चेमी अपने अधसिले वस्त्र के कोने को कमर में बाँधकर दोनों हाथ बाँधे बैठी रहती। दोनों आँखों की रोशनी में जितना

भी, जहाँ तक दिखाई देता, उकड़ूँ-मुकड़ूँ-सी सतर्क हो देखती रहती। 'दुर्र-दुर्र!' घूमते कुत्तों और सियारों को धमका देती। चेमी बाउरानी का चिल्लाना सुन सियार और कुत्ते भाग जाते। अँधेरे में चेमी बाउरानी आँखें मूँद लेती। उन आँखों में न तो नींद होती, न ही आँसू। अँजली-अँजली भर लम्बी साँस बाहर आकर ठंडी हवा को गरमा देती।

वही निपूती, बाँझ, विधवा और कुलक्षणी चेमी साँझ के अँधेरे में लक्ष्मी माँ के पैरों की धूल लेने दौड़ी आई है। यह धूल तनिक-सी मिल जाए तो वह मोक्ष पा जाएगी। इस पापी जनम से मुक्त हो जाएगी वह।

लक्ष्मी माँ और भी जोरों से चीखीं, ''जाती है कि अभी और कुछ देखेगी? कुलक्षणी कहीं की!'' उनका सारा आनन्द और अनुराग बाउरानी को देखते ही कब का कहीं गायब हो गया था।

चेमी बाउरानी मानो वहाँ शिलाखंड में बदल गई। जगह-जगह सिली उसकी साड़ी की किनारी तक हवा से नहीं हिल रही। एक बार, बस, एक बार वह चरण-धूलि लेकर चली जाएगी। तीर्थ की धूल है वह! धूल नहीं, वह तो भभूत है! पूरी देह पर लग जाए तो उसे मोक्ष मिल जाएगा। फिर दिन-रात एक कर, छाती पर पत्थर रख मसान के सूनेपन में जीवित मुर्दे की तरह नहीं पड़े रहना पड़ेगा।

''तेरे बेटे की सौगन्ध, माँ सान्ताणी, मुझे इस जनम से मुक्ति दे। बस, एक बार इस बेसहारा पर दया कर माँ, दया कर! मैं और कुछ कभी भी तुझसे नहीं माँगूँगी। बस, एक बार मेरी ओर निहार...मैं और नहीं सह पा रही माँ सान्ताणी! मुझे मुक्ति दे दे!''

काफी दिन हो गए थे, चेमी बाउरानी के बारे में कुछ नहीं सुना था लक्ष्मी माँ ने। मसान के एक सिरे पर मुर्गों, कुत्तों और सियारों के संग रहती है, इतना भर जानती है। बहुत दनों के बाद वही चेमी बाउरानी उनके दरवाजे पर आकर यों खड़ी हो जाएगी, यह तो लक्ष्मी माँ की कल्पना से भी परे था। उनका अन्तस क्रोध जलन और घृणा से भर उठा। इनको भेदकर चेमी बाउरानी की विकल प्रार्थना उन तक कतई नहीं पहुँच पा रही थी।

घर के सामने रास्ता था, जिसके किनारे थे दो बड़े-बड़े गाछ। एक इमली और दूसरा चाकुंडा। चाकुंडा में कभी फल-फूल नहीं आते। कब से लक्ष्मी माँ ने सोच रखा है कि उसे कटवा देंगी। चाकुंडा की छाँव तले दूसरे पेड़-पौधे पनप नहीं पाते, लेकिन बेटा है कि कुछ सुनता ही नहीं।

'और थोड़ा बड़ा हो जाने पर बैलगाड़ी वगैरह में काम आएगा। रहने दो, गर्मी में गहरी छाया तो मिलती ही है।'

चेमी बाउरानी की तरह ही अवांछित जीवन है चाकुंडा गाछ का। न तो कोई उसे चाहता है, न ही कोई हटाता है।

बेटे की सौगन्ध देकर चेमी बाउरानी ने लक्ष्मी माँ को उलझन में डाल दिया। ऐसे मारो तो ब्रह्महत्या, वैसे मारो तो गोहत्या। छोटी जात की है तो क्या, है तो मानुष ही! उसकी सौगन्ध बेटे का कोई नुकसान कर बैठी तो? ...फिर भी लक्ष्मी माँ ने ठान लिया कि चेमी बाउरानी को कदापि वे अपना पैर नहीं छूने देंगी। पैर छूने दिया तो सात जनम में भी उन्हें पाप से मुक्ति नहीं मिलेगी। उनका वह अमोक्ष पिंड तब न आग में जलेगा, न पानी में डूबेगा। गिद्ध और कुत्ते नोंच-नोंचकर खाएँगे। नहीं-नहीं, ऐसा पाप वह नहीं कर सकतीं!

इसलिए उन्होंने कहा, ''सुन चेमी, मैं उस चाकुंडा गाछ को छूकर जाती हूँ। तू उसे ही छूकर चली जा। छोटी जात में जनमी है तो मुझे कैसे छुएगी, बोल? तुझे पुन्न पाने देकर मैं घोर पाप तो नहीं कर सकती न! आगे तेरा भाग।''

अपना असहायपन जताने के लिए लक्ष्मी माँ ने आकाश की ओर देखा। चाकुंडा गाछ को छूने के प्रति उनकी कुंठा का पता साफ-साफ चल रहा था। कारण, कल यह चाकुंडा गाछ जरूर मर जाएगा, इसमें उन्हें रंचमात्र भी सन्देह न था। गाछ मर जाए, ऐसा तो वे कई मर्तबे चाह चुकी हैं। उसे काट देने के लिए वे कई मर्तबे बेटे से कह चुकी हैं। बाँझ गाछ—न फूल, न फल। फिर चाकुंडा गाछ के रहने से जैसा, न रहने से भी वैसा। इस सबके बावजूद चाकुंडा गाछ की मृत्यु का उचित कारण ढूँढ़े से भी उन्हें नहीं मिल रहा था। चेमी बाउरानी के लिए वे इस गाछ को मार देंगी?

चेमी बाउरानी उसी तरह सहमी-सिमटी-सी खड़ी थी। उसके इस संत्रस्त भाव से तो संत्रास शब्द भी कातर हो उठे।

''ठीक है माँ सान्ताणी, तेरी दया! तुम उस गाछ को अपना पैर छुआ दो, बाकी मेरा भाग्य!''

लक्ष्मी माँ ने जल्दी से दायाँ पैर उठा चाकुंडा के मूल को यूँ छुआया, मानो वे गाछ को नहीं, चेमी बाउरानी को छुआ रही हों! इसके बाद घर के भीतर दौड़ती-सी जा बरामदे का दरवाजा बंद कर लिया।

शुक्ल पक्ष का चन्द्रमा किसी अनाथ बच्चे की तरह घूम रहा था आकाश में। चेमी बाउरानी ने दौड़कर चाकुंडा गाछ को कसकर अपने आलिंगन में बाँध लिया। उसकी बाँह की मांसपेशियाँ उभर आई थीं। सचमुच जैसे वह विराट गाछ उसके आलिंगन में पिस जाएगा! सालोंसाल हो गए, चेमी बाउरानी ने किसी को बाँहों में नहीं भरा, न परिहास किया, किसी को चूमा नहीं, किसी की आँखों के आँसू तक नहीं पोंछे और न ही किसी की देह से पसीना पोंछा!

चाकुंडा के पत्ते तनिक डोल गए। चेमी ने अपनी बाँहों का कसाव कम कर दिया। अब उसने अपने आँचल से गाछ की मूल-गाँठ को पोंछ दिया, मानो गाछ नहीं, मजूरी कर लौटा उसका पति कुरूपा हो! मानो अवांछित चाकुंडा नहीं, उसकी

गोद का नन्हा शिशु हो! उसके हाथ-मुँह और उरोज छिले जा रहे थे चाकुंडा गाछ के खुरदुरे तने से घिसते हुए, पर उसे इसका भान न था। पता नहीं, बुदबुदाती-सी वह क्या-क्या बड़बड़ा रही थी और चाकुंडा को बार-बार बाँहों में भर रही थी! उसे दंडवत् कर फिर-फिर चूम लेती।

''पागल हो गई यह तो!'' चाकुंडा गाछ के मूल को निहारकर लक्ष्मी माँ ने झरोखा बंद कर लिया।

अब चेमी चाकुंडा के पास से हटकर थोड़ा पीछे आ गई। धरती पर घुटनों के बल बैठकर फिर एक बार प्रणाम किया। रास्ते पर माथा टेका और तब गाछ को निहारते हुए कहा, ''मुझे मुक्ति दो ठाकुर! तुम दारूब्रह्म जगन्नाथ हो। मेरे लिए ही इस अज्ञात, अनजाने से गाँव में आए हो प्रभो, चेमी को अब मुक्ति दो। अब और पार नहीं पा रही है। उसे मुक्ति दो जगन्नाथ, मुक्त करो!''

रात के अन्तिम पहर में चमककर जोरों से चीख मार हठात् उठ पड़ीं लक्ष्मी माँ। उनका चमककर चीखना इतना अस्वाभाविक था कि पास के कमरे में सोए बेटा-बहू और बाड़ी में सोया कुत्ता तक चौंककर उठ गए। बेटा-बहू ने लक्ष्मी माँ के बिछौने के पास आकर देखा, तब तक वे पसीने से सराबोर हो चुकी थीं। देह काँप रही थी। डबडबाती आँखों से वे दीवार को देखे जा रही थीं।

बेटे ने सोचा कि चोर-वोर को देखकर माँ चीखी होंगी, पर दरवाजा-खिड़की तो सब बंद हैं!

''मुझे बरामदे में ले चल रे...मुझे बरामदे में ले चल!'' लक्ष्मी माँ लगातार दोहराए जा रही हैं। बाल अस्त-व्यस्त हैं। मुँह से लार और माथे से पसीना बह रहा है। पान की पीक होंठ के दोनों ओर फैलकर सूख जाने से चेहरा अजीब-सा दिखाई दे रहा है।

''पर इस अँधेरे में कहाँ जाओगी माँ?'' पन्द्रह साल की अपनी इस गृहस्थी में पहले कभी ऐसा होता न देखने वाली बहू ने डरते-डरते पूछा।

लक्ष्मी माँ किसी का कुछ न सुन आगे बढ़ रही थीं। उनकी साड़ी का आँचल जमीन पर घिसट रहा था। पीछे-पीछे लालटेन थामे बेटा-बहू थे। लक्ष्मी माँ बरामदे से नीचे उतर रास्ते पर आ गईं। रास्ते के दूसरी ओर चाकुंडा गाछ के पास पहुँच भौंचक खड़ी हो गईं।

बेटा लालटेन ले जब दौड़ता-सा माँ के पास जाने लगा था तो बहू पूछ बैठी, ''क्या हो गया है माँ को? मुझे बहुत डर लग रहा है जी! किसी को बुला लेते तो... ?''

लक्ष्मी माँ दोनों हाथ फैलाए चाकुंडा गाछ को अवाक् हो देख रही थीं।

''देख रे कुसुनी, चाकुंडा गाछ में कैसे नीचे से ऊपर तक फूल भर गए हैं! कैसी चन्दन की सुगन्ध आ रही है चाकुंडा से! अरे, ये तो दारूब्रह्म हैं रे कुसुनी!

मैंने क्या पाप कर दिया! देख रहा है कि नहीं? आकाश के तारे गिरकर इस गाछ में झूल रहे हैं। प्रणाम कर रे कुसुनी!''

जमीन पर घुटनों के बल बैठ चाकुंडा को प्रणाम करने के साथ लक्ष्मी माँ कटे पेड़ की तरह चेतनाशून्य होकर गिर पड़ीं।

रात में ऐसी विपदा आ पहुँचेगी, ऐसी तो कुसुनी और उसकी पत्नी ने कल्पना भी न की थी। वे भी अवाक् हो देख रहे थे—कहाँ, किधर हैं फूल, कहाँ हैं तारे? चन्दन की सुगन्ध भी कहाँ है? माँ ये क्या बड़बड़ा रही हैं?

बहू दौड़ी गई कुएँ के पास। पानी निकालने वाली बाल्टी में पानी लाकर सास के मुँह पर छींटा मारा। कुछ समय बाद बुढ़िया को चेत हुआ। चाकुंडा गाछ पर नजर पड़ते ही उन्होंने बस यही कहा, ''चेमी बाउरानी को बुला ला।''

कहकर वे फिर से मूर्च्छित हो गईं।

चेमी बाउरानी? पहले तो कुसुनी स्वयं अपने कानों पर विश्वास न कर सका। ऐसी औरत का नाम माँ ने कंठ से निकाला कैसे? चेमी बाउरानी अभी तक जिंदा है, ऐसा कुसुनी ने सोचा तक न था।

माँ सामने अचेत पड़ी है। भोर हो आई। अँधेरा फिर भी पूरा नहीं छँटा है। इस समय वह चेमी बाउरानी को कहाँ पाएगा?

इसके बाद वहाँ मौजूद यह सब देख रहे कुछ युवकों और बड़ों के साथ कुसुनी मसान के सिरे तक गया। उन्होंने चेमी बाउरानी को खोजने के लिए सारा इलाका छान मारा। टूटी-फूटी हँडिया, फटे कपड़े, झाड़ू और जलती लकड़ियों के साथ मसान वैसा ही पड़ा था, पर चेमी बाउरानी वहाँ न थी। यहाँ से वह कहाँ चली गई, यह जानने का कोई उपाय न था।

❂❂❂